西安电子科技大学出版社

图书在版编目（CIP）数据

人生卷首语 / 陈希学著. 西安：西安电子科技大学出版社，2012.2（重印2018. 12）
ISBN 978-7-5606-2752-6

Ⅰ. ①人… Ⅱ. ①陈… Ⅲ. ①散文诗—诗集—中国—当代
Ⅳ. ①I227

中国版本图书馆CIP数据核字（2012）第015665号

人生卷首语

著　　者	陈希学
出版发行	西安电子科技大学出版社 新华书店经销
社　　址	西安市科技路41号
电　　话	（029）88242885 88201467
邮　　箱	xdupfxb001@163.com
邮政编码	710071
印　　刷	三河市人民印务有限公司
开　　本	787毫米 × 1029毫米　　1/18开本
字　　数	300千字
版　　次	2012年2月第1版 2018年12月第3次印刷
标准书号	ISBN 978-7-5606-2752-6
定　　价	38.00元

总是走在最前面

——序陈希学的《人生卷首语》

安武林

希学先生要出一本书，我是很惊喜的，但更多的是好奇。他到底要出一本什么样的书呢？记忆中，他是写报告文学和长篇通讯的高手，别的，我所知就甚少了。当我看到《人生卷首语》书稿的时候，这才大吃一惊，原来是一本散文诗集。

希学先生的全名是陈希学，我和他在上世纪90年代初就相识了，现在算来，几乎都有二十年的友谊了。那个时候，我在陕西的一个工厂里，经常去《少年月刊》编辑部坐坐。他当时是《少年月刊》的副主编，我尊敬地喊他陈老师，他热情地喊我老安。每次见面，他都粗喉咙大嗓门地鼓励我、赞美我，说我的文章写得越来越好了，这份溢美之词，于我的确是一份精神上的激励。

我每次读《少年月刊》，都会看到他的文章。他写的是报告文学或者长篇通讯。我觉得很不容易，这些文章，最起码要去采访，要文学的功底，还需要新闻的材料。缺一，都写不好。我问他何以要写这样的东西，他说大家都不写，我不写不行呀，我们是少年刊物，要给少年树立正面的形象。表面上，他有些无奈，有些酸楚，但内心，他是甜滋滋的。

陈希学先生是高个子，皮肤略黑，精瘦，但嗓音格外的洪亮，眼睛黑亮，笑容灿烂，可见内心是很明朗的。他做过教师，做过少先队辅导员和团的工作，都获过不少的荣誉。所以，我一直都很钦佩他。虽然后来我离开了陕西，但还经常给《少年月刊》写稿子，所以，精神上的联系一直未曾中断过。

《少年月刊》有一个好传统，那就是主编需要亲自动手，写卷首语。这是《少年月刊》这本刊物的一大特色。陈希学先生此次出版的这本书，就是该刊卷首语的集合。基本上都是读者耳熟能详的作品，我读了，也是深深地喜欢。遥想我的少年时代，遇到此类美文佳作，我是很激动的，一定会工工整整地抄写在笔记本上，每天早晨起来诵读。读着读着，心里就明亮了，而一个美好的前途和美好的世界似乎红彤彤地展示在眼前了。这就是美文加励志的散文诗所能带给人的美好。

此类散文我是写过不少的，所以，读起来未免有点惺惺相惜的感觉。希学先生写得很精到，诗歌的底蕴，诗歌的意境，美的情愫，人生的哲理，都淋漓尽致地挥洒在优美的文字之中。我以为，这是美的享受，是精神的激励，是心灵的沐浴，是文学的滋润，是韵律的悠扬。孩子们需要这些东西，也喜欢这些东西。文章短小精悍，大都八九百字，随时都可以读上一两篇。无论是早晨神清气爽地大声诵读，还是茶余饭后静思默想地默读，都会有意想不到的收获。在我看来，此类文章，是非常适合诵读的。

我对于诗歌、散文诗，有一种近乎苛刻的要求，觉得一首诗、一篇散文诗中，如果没有一两句读起来让人感觉眼前一亮的句子，那似乎就是一个失败之作，至少是不完美的。我知道这仅是个人审美趣味的一种体现，有些文章和诗作整体看起来很美，但就是找不出一两句优美的句子，这样的情形似乎有不少，但我总是期待能读到我所喜欢的句子。我读希学先生的散文诗，是很欣慰的，满足的，愉悦的，他的作品中不缺这样闪光的珍珠。我觉得，这些句子，就像是文章的眼睛一样，精气神全部包含在里面，而它也能充分体现作者的才华和灵气。

比如说：没有鸟飞的天空是寂寞的，忽略创新与创造的人生是苍白的。比如说：等待像古藤般亲切，但更像孕育了万物的土地，是一种成熟。只有真正成熟的人才善于等待。比如说：蜜蜂在阳光下欢笑着，在清风中舞蹈着。辛勤的劳动变作梦，变作歌，变作生命里最初的想象。比如说：真挚是友谊的基础；诚实是友谊的虹霓。虚伪和狡诈使友谊分离。我无需再引用了，因为这本书中，每一篇文章都有这样优美而又富有哲思的句子。它们就像夜晚的星光一样，给人以灿烂之美。

总是走在最前面，是个双关语，我的第一重意思是说这些文章作为刊首语，是在杂志的最前面，读者一打开，先看到的是刊首语。另一个意思是，如同往昔的岁月中一样，他是走在我前面的。我愿意跟在后面，感受友谊的温暖，品味岁月的珍藏，学习他的勤奋和踏实。一句话，是要以他为榜样，写出更好的文章来。但我想，他是幸福的，快乐的，尤其是这样工作和事业以及个人爱好高度一致的时候，那简直是人生的一大快事。我更相信，读者喜欢他这样的文字，若是当面表扬他的时候，他一定笑得比孩子还要灿烂，还要清澈。文字的甘苦，文字的春秋，文字的心血，是最隐瞒不了别人的，更隐瞒不了自己。

我似乎，都看到了他最初写这些文章的时候，那种激动，那种冲动，那种快乐。因为我是很熟悉他的，所以，我读这些文字时便会浮现他的身影和笑容，声音和神态，而读者，想必和我是一样的。走在这些文字的丛林中，就是走进希学先生的世界中去了。

2011年7月2日凌晨于北京

〔作者简介〕

安武林，北京少年儿童出版社策划总监，中国作家协会会员，中国寓言文学研究会副会长兼秘书长，独立书评人。

目录

contents

生命绿意

青春花季

人生咏叹

放飞理想

迎接希望

生命绿意

绿色·希望

春天，草长莺飞。生命的原野，因希望的来临，所有的绿色一齐绽放。这是一场欢乐的盛典——大幕拉开，大地泛绿，林海泛绿，山巅也悄悄地换上了绿装，连小鸟也欢乐登场，自由自在地在绿色的海洋中精彩飞翔。

人们流连于这绿色的世界，谁能说与这步步绿阴，浩浩绿海无关？绿是宁静，绿是生命，绿是和平，绿是长久，绿是无穷，绿是爱意，绿是我们的希望。

美国作家欧·亨利在他的小说《最后一片叶子》里讲了个故事：病房里，一个生命垂危的病人看见窗外一棵树，叶子在秋风中一片片地掉落下来。病人望着眼前的萧萧落叶，身体每况愈下。她说："树叶全部掉光时，即是我生命结束之时。"一位画家得知后，用彩笔画了一片叶脉青翠的树叶挂在树枝上。这样，最后一片叶子始终没有掉下来，只因为生命中的这片绿，病人竟奇迹般地活了下来。那片绿叶就是她生命中的希望。

人生可以没有很多东西，却唯独不能没有希望，一个心中没有希望的人，无异于行尸走肉，而希望满怀的人，生命就能像绿那样，四季常青——春天千树桃花万树柳，夏季满山碧透绿似染，秋天绿中透红更充盈，冬寒松柏森森仍苍翠。正因为绿色与希望相依，人的生命才会同日月交相辉映。

朋友们，热爱绿色吧，她接续了一种生命，她捍卫了一种神圣的尊严！保护绿色吧，她保卫了我们的财富与和平，她传递着我们心中的一种信仰！

名人名言

离离原上草，一岁一枯荣。野火烧不尽，春风吹又生。

——[中 国]白居易

希望犹如日光，两者都以光明取胜。前者是荒芜之心的神圣美梦，后者使泥水浮现耀眼的金光。

——[法 国]魏尔伦

绿，向我们招手

追着春天的踪迹，嗅着春天的气息，悄悄地寻找着春色！远方，一片茵茵的绿，绿得清爽，绿得鲜亮。

风吹来，绿在向我们招手，心在绿海中欢唱。

雨飘来，绿在向我们示意，眼在绿海中欢唱。

我们走出家门，唱着甜甜的歌儿，携着香香的风，走向那片绿色的风景，心情格外舒畅。

看，湿漉漉的地上，随处可见那具有顽强生命力的小草返青了，使劲往上长。大道旁，河堤边，院落中，草地返青，树木长出了嫩芽，田野里的麦苗掀开白雪被子，一切都换上了绿色的春装，让人满眼染绿，绿得那么清新，绿得那么鲜活，绿得那么灿烂。翠色欲滴，一直伸向远方。

绿为我们打开春的画卷，让我们欣赏风光旖旎的青山绿水，领略婀娜多姿的花儿怒放，饱览蝶儿们的美姿，还会听到叮咚泉水的流淌。

绿是朝气勃勃的，绿是奋发向上的，绿是生命的象征，绿是一个看得见、摸得着的希望。

让我们快快走进绿的天地，走向绿的憧憬，在大地播下希望的种子，告诉春天，我们会不负众望，茁壮成长；

让我们快快走向绿的海洋，走进绿的希望，向天空放飞一只色彩斑斓的风筝，告诉春天，我们会朝气蓬勃，振翅飞翔！

名人名言

任何新生事物在开始时都不过是一枝幼苗，一切新生事物之可贵，就因为在这新生的幼苗中，有无限的活力在成长，成长为巨人，成长为力量。

——[中 国]周恩来

只要我们的心向着生活，并时常鼓励它，就能在生活中感受到真正的喜悦。

——[德 国]歌 德

凝视绿色

绿色，是生命的颜色，象征着希望、和谐与活力。它让春天勃勃生机，让夏日荷塘旖旎，让秋后五谷入仓，让冬雪里的人们宁静。我喜爱绿色，不仅因为它有清淡芬芳的香味，更重要的是它所赋予大自然的无穷生命力。每当雪融冰消，大地泛绿的时候，我会知道春日的临近；每当走进田野，遥望绿茵茵的禾苗随风荡漾，我会想到人们收获的喜悦；每当走进戈壁大漠，我会渴望家乡那沁心怡人的绿色。

我喜爱绿色，源于我上初中时读过朱自清的《绿》，那绿的神韵、绿的妩媚、绿的清香，常使我心旷神怡、思绪万千。从此，我在绿色的世界行走，我的心在绿海中欢唱，绿也在向我招手。

我喜爱绿色，也便喜欢上了春雨。虽然“随风潜入夜，润物细无声”，但我还是从春雨中听到了绿的拔节声。春雨，涤尽了树木的尘土，树的新翠、枝枝碧染，带着水珠的叶片儿，令我欣然。春雨过后，每一根草都在黄土上举起清幽的芽儿，这嫩芽儿漏泄了春光，同时吐出了芳香，向我展示着绿的灵性。

春意浓郁，春光醉人。我举目凝视绿

色，草木不单以葱翠争荣，那根、那叶、那干、那茎都蓄积了旺盛的生命力，还有那坚毅、沉着、苍劲、雄浑，这些都足以说明绿色不可抑制的倔强的性格。我吻着叶片，感受着绿色的旺盛与蓬勃，感受着绿色的激情在叶脉中暗自涌动。虽然没有浓郁的香味，可那清淡的芬芳，也令我心醉！新绿的叶子从枯枝间挤出来，阳光温暖地对着每个人笑，鸟儿在歌唱飞翔，花儿飘荡着芳香，灞柳甩着绿辫，随风起舞。碧绿的灞河上反射着苍穹水晶般的蓝光，高远澄净的天空，也是瓦蓝瓦蓝的，这又足以说明绿色奉献于万物，包容于天下的品格。

绿色如此得天独厚，万物无可企及。今天，当我走进世园会，碧水绿树相映，尽是得自自然，给人以永不枯竭的青春活力。当绿色的原野画卷在我眼前展开，我想起了詹姆斯·希里顿赞美香格里拉："在这里，让我相信，原来世界上真有天堂。"我也相信，世园会以"绿色引领时尚"为主题，就是要创造一个天堂的样板。

朋友们，就让我们凝视绿色，从这里开始凝望天堂吧！

名人名言

春色满园关不住，一枝红杏出墙来。

——[中 国]叶绍翁

在理想的最美好的世界中，一切都是为美好的目的而设。

——[法 国]伏尔泰

仰 望

1

仰望天空。天是那样的阔大而高远，而我却显得那样渺小，渺小得一切的生之快乐、痛苦、忧愁、名利、金钱和荣辱兴衰，都变得那样无足轻重。于是，我的心灵似被净化了。顿觉天空辽阔，胸怀宽广，无私坦然，散发着如火的热情，包容着世间万物万象。

天空下的我虽渺小，望着天空，心中依然燃起希望。在群芳争艳的花园，做一枝普通的花朵，装扮春天；在绿色葱茏的树林下，做一棵平凡的小树，点缀大地；在涓涓流水的小溪中，做一朵微小的浪花，梦想海洋。

2

仰望太阳。我的躯体是那样的火热，抹掉了我脸庞痛苦的泪痕，驱散了我心头悲观的阴影。太阳，人类宇宙的使者，不图回报，只管燃烧。那跃动着的火球，滚烫着整个地球，人有了一种精神，一种力量，一种生命的旺盛，一种生活的快乐。

仰望太阳。我把阳光深深地搂在怀里。太阳燃烧着生命之火，光束编织我的思绪，光明照亮我的世界。

3

仰望星空。我不再孤单。夜是那样的寂静，没有了豪迈奔放的气概，不再有不羁的性格，没有剑扫清波，也没有“起舞弄清影”的场景。人们已经沉醉，只有星空闪烁，搜寻同样的踪迹。孤月穿越云层。虽有星空寂

寥，江河流水的哀鸣，但拥有流星那美丽却又感动的瞬间。

仰望星空，我学会了思念。凝视着月的眸子，勾起我对故乡，对远方亲人的思念。我的心灯亮了，彼此看到对方的脸庞和清澈的心田。蓦然回首，月隐云间，繁星落尽。我的心中充满了阳光的气息，没有了凄凉和黯然。

4

仰望大山。巍峨伟岸。让我感到单薄。我不敢上攀，因为有人攀登了一世，也没能登上顶峰。“会当凌绝顶，一览众山小。”那是诗人的气魄，伟人的胸襟。我仰望寂寥大山，冥想鸟翼飞绝的意境，整个灵魂都被严严实实裹住了。山顶白雪素裹，平添几分庄严。然而我望山间，铺天盖地的野花、灌木、树林，层林尽染。正值金秋，簇拥着数不清论不尽描绘不了的五彩斑斓。

金风拂送，漫天飞卷。望着林林总总的山，想到浩浩荡荡的海。山与海有时相依，有时相隔，山绝不会因为没有海做伴儿而郁郁寡欢，海也不会因为找不到山而郁闷孤单。我想人也一样，人与人在一起是风景，一个人也是风景。其实，不论聚集的还是独树的，都有景色，都是景观。

名人名言

一个人内心宽阔明亮，热爱自然，顺应节序；不矫情，不刻意，率真地去生活，那就是最健康的生活态度。

——[中 国]于 丹

凡是能冲上去的，能散发出来的焰火，都是美丽的。

——[丹 麦]安徒生

我爱土地

土地，孕育着人间岁月的希望；

土地，演奏着优美动听的旋律；

土地，拥有着绚丽多姿的世界。

土地是广袤的，神奇的，慷慨的！正如蓝天一样，有着奇妙的世界；正如大海一样，有着特有的性格。

当父母给了我生命之后，我作为一粒种子潜入土地；当我成为一棵树的时候，我深深地扎根于土地。我把根扎得越深，蓄积的力量就会越大，土地给我的恩赐就越多。

土地，我天天呼唤着你的名字。我从未像现在一样，渴望融进你的血液，化为你的骨骼，我渴望融入你的躯体，作为你肩上那片白帆和头顶的点点绿叶。

父辈丰富着土地，土地丰富着父辈。父辈们手中的锄把，丈量着长长的岁月。

土地是本厚重的大书，我是它最忠实的读者。读水分，读稻禾，读产量，读万物。亘古至今，谁读完了土地的书页？我不知道，恐怕没有答案的着落。

一方土地，养育一方文明。父辈们耕种劳作，古铜色的肤色捶打着世事的沧桑岁月。汗水与岁月，浸泡成心底固有的品格。守住春风秋雨，守住一辈子朴实的风姿与不逝的承诺。一辈一辈把土地轻柔地融入生命，化解一切拙劣，让土地变得无瑕；一天一天把土地浸透生活，滋润一切圆满，让土地变得圣洁。

春天，土地身染绿色。我站在故乡的土地上，田野是守望的风光景色。我看到很多故人亲近，它们是父老乡亲可爱的容颜。走近细雨，追觅我生长的绿叶；携上清风，展示我成长的骨骼。

夏天，麦浪沉浮，交织阡陌。滚滚的烈日下，我苍老的父亲，躬耕田垄，亮亮的汗珠从黑黑的脊背滑落，土地也顶着热浪忍着干渴。夏阳下我送给土地一首明媚的歌，让凉风驻足，让万物起舞。歌里有我耕耘土地的执著。

秋天，土地走向成熟。田野的芬芳，以丰收的语言收割。我心中流动的旋律，叩响了硕果的赞歌。我把丰收抱在怀里，把丰收扛在肩上，走向人生舞台，让我扛着丰收的造型永恒成辛劳的定格。

冬天，土地那样圣洁。一片纯净中，脸上的白雪融入心底，化作感动的泪水。我双手掬捧着故乡的泥土，仔细端详，深情亲吻，清香中变得更咸。那是因为祖祖辈辈流的汗，那是因为世世代代流的泪。我品着土地的味道，揣着土地的语言和心情，深深地绽开笑靥。

春华秋实。我永远地，永远地呼唤着你的名字——土地。我要剪一片灿烂的朝霞，红透你蓬勃的黎明；我要折一段清新的柳枝，染绿你多情的夏季；我要撷一捧清澈的小溪，滋润你已久的干涸。

我是土地的主人，就应该用青春的锄，智慧的犁，去开发，去耕耘，去收获！

名人名言

一分耕耘，一分收获，要收获好，必须耕耘得好。——[中国]徐特立

希望是永恒的欣喜，它就像人类拥有的土地，年年有收益，是用不尽的最牢靠的财产。

——[英国]斯特富森

新年，渴望长大

一元复始开新宇，缕缕阳光多灿烂。

元旦的钟声敲响迈进2009年震撼寰宇的鼓点，光阴之箭拥着彩云，鲜花把喜悦迎进了新年。

新年，在一片欢声笑语中，我们热烈地欢迎你的到来。虽然窗外，瑞雪飘飘，寒冷阻挡不住我们红红火火迎接你，红对联，红灯笼，红喜报，年画上的红鲤鱼，骑着红鲤鱼的胖娃娃，胖娃娃穿着红兜兜。人人喜气洋洋，家家红红火火，大红贺卡道平安，是你的心愿，也是我的心愿。

新年，你悄悄地到来，意味着我们每个人又长大一岁。孩子们渴望长大，长大意味着多了一份成熟，多了一份理智，又多了一份期盼。

啊，在这红红火火的日子里，让我们快快走向新的憧憬，只有那里啊，才会有这一篇篇诱人的童话，不信，去那里走一走吧，你准会成为一个长大了的孩子，你准会用自己的行动，去把那美好的愿望实现。

名人名言

不经风雨，长不成大树；不受百炼，难以成钢。迎着困难前进，这也是我们革命青年成长的必经之路。有理想有出息的青年人必定是乐于吃苦的人。

——[中 国]雷 锋

如果能追求理想而生活，本着正直自由的精神，勇往直前的毅力，诚实而不自欺的思想而行，则定能臻于至善至美的境地。

——[法 国]居里夫人

春天·思绪

缄口多时的河流告诉我："春天来了！"

酣睡多时的土地告诉我："春天来了！"

春姑娘唱着轻柔的歌儿，向你走来了，走来了，你却还在痴痴地问："春天在哪里？"

春在枝头绽放，悄悄地发芽，如你对生命的热爱，鲜嫩而柔爽。

春在紫燕呢喃，轻轻地来去，如你对飞翔的渴望，机灵地浅唱。

春在老牛犁尖，缓缓地展开，如你对收获的期待，把心头划亮。

春天，趁你不经意，从每一个角落里跳了出来。她用充满热情的手，抚摩你，拥抱你；她用温馨的嘴唇狂吻你，让你灿烂芬芳。

春天是孕育，是播洒，是希望，所有的美丽都得从这里启程。万紫千红只是春天的肤色，激动才是春天的心意；阳光明媚只是春天的眼睛，开朗才是春天的境界；大地披绿只是春天的风景，收获才是春天的企望。

少男少女们，春在你的眉宇间是一则生机勃勃的童话。请珍重这美好的时光，花儿在春天开放，鸟儿在春天歌唱。那么，你呢？置身在人生的春天，生活在祖国的春天，难道不擦亮你的眼睛展望未来，让生命的花朵斐然开放！

回答吧！用你坚定的行动，当做言词，悄悄地告诉给春天。春风、春雨和春光，一同伴你快乐成长！

名人名言

我们活着不能与草木同腐，不能醉生梦死，枉度人生，要有所作为。

——[中 国]方志敏

在内心构想并铭刻一幅自己事业取得成功的永久画像，牢牢握住这幅画像，决不能让它褪色，并要努力地完善这幅画像。

——[英 国]皮 尔

春天的美丽

一夜春风吹，万物复苏来。小草长出了绿叶，花儿露出了微笑，燕子在天空中自由飞翔……一切让人赞叹春天的美丽，真正的美丽是水的清，山的绿，是青蛙响亮的鸣，鸟儿婉转的啼歌，是金黄的油菜花，瓦蓝蓝的天。

春天，婀娜多姿的桃花，洁白无瑕的梨花，那翩翩盛开的花朵，都尽情地展示着自己的美姿，争芳斗妍。

雨来了，花朵仰着小脸，尽情沐浴；风来了，柳枝拍着小手，扭起柔腰。田野上，一片绿油油的麦苗儿，近处的是鲜绿色，远一点儿的是翠绿色，再远的就成了墨绿色。翠色欲滴，远近不同，缥缥缈缈，如诗如画，美丽无边。

春天不仅是美丽的，而且春天是奋发向上的。朋友们，别光陶醉在美丽媚人的春景里，让我们在春天的阳光下，在轻柔的春风里，放飞一只色彩斑斓的风筝，把童年的憧憬送上蓝天。

告诉春天，我们是一群快乐的小鸟，在这美丽的季节，把歌声洒满人间。

名人名言

我要用一生去实现心中美好的愿望，即便那是一条没有尽头的路，走向远方，又有远方。

——[中国]汪国真

要在自己心中培养对未来的理想，因为理想是一种特殊的阳光，没有阳光赋予生命的作用，地球会变成石头。不要让你的心化成顽石，要经常目不转睛地注视着在未来的远景中闪烁的那些发光的点。

——[俄国]谢德林

感受生命

人，都是生命的使者，也是生命的过客，是岁月的一个章节。

上帝，没有把人造成永恒，却让人自己去寻找永恒……永恒在每个人的心目中便形成了参差不齐的线条。有一种人，永恒的线条太细、太短，经不住狂风大浪的侵蚀，受不住生命磨难的挤压，永恒便消失了。有一种人，生活的舞姿那么婀娜多姿，优美动人，生命的毅力坚韧不拔，发自心灵的微笑与泪水凝成了生命永恒的美丽花朵。

生命是复杂的。纷繁复杂的人际关系，变幻莫测的是是非非，成长路上的坎坎坷坷。一丝一丝、一缕一缕，错综复杂地充斥于生命的每一时刻。

生命是简单的。一脉相承的古今文化，血浓于水的父母亲情，多姿多彩的生活世界，一点一点、一滴一滴，井然有序地穿插于生命的每个角落。

同样是一个人，在不同时期，却展示着不同的生命状态，挥洒的是与生俱来的淳朴，是脉搏与身体的跳动，是内心深处的寄托，是千秋万代的豪情，是灵魂升华的超脱。

天下所有人，都是带着生命上路。征途茫茫，有时看不到星光；长路漫漫，有时走得不够潇洒。这时，千万千万要记住：宁可丢掉一切，生命不可停歇！别忘了给自己一个诚实而坚强的笑脸，从容地昂起头来，用心朝前走。

生命本身就是一种艺术，其身后的内涵需要一个人用一生的时间去推敲，去品味，去琢磨，也许生命会是短暂的，也许生命又会是永恒的，也许生命还会有许多……

罗素在79岁高龄时获得诺贝尔文学奖，他对生命的感受有着独特的见解。他一生正是实践了他的比喻："一个人的一生应该像一条河——起初很小，被它的两岸紧紧地约束着，猛烈地冲过岩石和瀑布，逐渐地变宽了，两岸后退了，河水较为安静地流着，到最后，不经过任何可以看得见的间歇就和大海汇合在一起，毫无痛苦地失去它单独的存在。"老人的话富有哲理，精辟深邃，让我们感慨多多。是的，生命的意义始于"开始"，开始意味着新生，意味着理想有了方向，失去了"开始"的能力，那么，他的生命可以说已经终结。

朋友，让我们在生命的历程中，不断地开始，不间歇地流淌，感受这美丽多彩的世界！

名人名言

生命里真正美好的事物原来也都来自一种坦然的态度，来自对整个世界的理直气壮啊。

——[中 国]席慕容

生命在闪光中见出灿烂，在平凡中见出真实。

——[英 国]柏 克

热爱生命

生命如诗，生命如歌。

“生如夏花之绚烂，死如秋叶之静美。”这就是生命的轮回，这是对生命的壮丽赞歌。

我们从拥有生命的那一刻起，身上就跳动着强劲的脉搏。我们从父母那里得到血液，得到了骨骼，我们生活在阳光地带，得到了温暖，得到了光泽。从此，我们的生命就成了岁月的一个时代章节，我们的成长燃起了心中一团希望之火。

生命是一个过程，拥有生命是我们最大的幸福，最大的快乐。生命历程中还会有许许多多坎坎坷坷，但只要我们抓住这一经历，并有效地利用它，用奋斗去充实它，用激情去燃烧它，生命就会化为永恒，且光彩闪烁。这就是人生想要告诉我们的一切。

人来到多彩世界，就已经与大自然结合。生命常青，自然常青。因为它们都有自己的新陈代谢，总是那么气定神闲。我们在感悟自然、咏叹自然的同时，其实就是在享受母亲怀抱的温暖，就是在汲取自然界那种生生不息的能量，从而获取生命的绿色。

珍惜人生，才会热爱生命；珍惜人生，生命才会热烈鲜活。感悟人生，才会把握生活，只有采撷生活的光辉，才会创造生命的卓越。因此，我们不能在彷徨无度的日子中徜徉，不能在碌碌无为中迷惘，应该努力去争取自己想要的生活，这样的生活才能绽放它无穷无尽的快乐。

生命中最有分量的承诺不是登山临水，而是脚踏实地、尽心而做。我们留给岁月中的生平，应该是一个行动者的痕迹。靠勤奋不倦的耕作，不怕生命之树长不出盎然的绿叶，不怕人生结不出丰实的硕果。

生命是不能储藏的，岁月的时光永不会有瞬息的停歇。我们在幸福的时刻，要倍加珍惜，在苦难的时刻，要更加热爱。悉心地采撷生活中每一种花的标本，证明你生命历程的洒脱。

生命如诗！

生命如歌！

名人名言

使个人的有限的生命更加有效，也即等于延长了人的生命。

——[中 国]鲁　迅

一个好人的生命等于别人的两倍，因为他把自己的一生留在别人的记忆里。

——[西班牙]马休尔

放歌春天

春天放歌，放歌春天，小草在大地上破土发芽，我们在春光下走进大自然。初升的太阳最美丽，初春的小苗最鲜嫩，我们领略春的魅力，聆听春的歌谣。

我们拼命地追逐、跳跃、奔跑；

我们天真地啼叫、娱乐、舞蹈。

我们来到小溪边，观鱼儿戏水，纸船漂流；我们来到小树林，看新芽绽放，花儿微笑。

走上山岗，听山风诉说新春的希望；走近河畔，看柳枝跳起快乐的舞蹈。

我们登山不怕山路艰险，我们乘舟不怕浪急水深，我们锻炼不怕苦累，我们踏青不怕路遥。

春天里我们绘画，我们绘画在春天里。蓝天、白云、青山、绿水，还有田野、树林、小草、花苞……都会走进手中的画板，为未来绘出一幅幅蓝稿。

春天里我们放歌，我们放歌在春天里。听，我们的歌声多么嘹亮：春天在哪里呀，春天在哪里，春天在那青翠的山林里，这里有红花呀，这里有绿草……

让我们用歌声唱春天，用彩笔画春天，用智慧的光焰把春天打扮得美丽多娇。

名人名言

咬定青山不放松，立根原在破岩中。千磨万击还坚韧，任尔东西南北风。

——[中 国]郑板桥

朝着一定的目标走去是“志”，一鼓作气中途决不停止是“气”，两者合起来就是志气。一切事业的成败都取决于此。

——[美 国]卡耐基

鲜花·阳光

鲜花，阳光。漫过岁月，穿越时空，像娇羞的女子由远及近，向人间姗姗走来。世界，因有鲜花而美丽，因有阳光而明亮。

走在阳光里，鲜花的芳香会不经意间直逼人们的心扉。婉约东风，花朵含羞带俏地打着五彩的灯笼，在草木中，遥遥地翘首眺望。

缤纷的鸟语里，阳光灿烂，把鲜艳的花朵掩饰不定的幸福照耀得纯净、透亮。

欢乐的校园，朵朵鲜花，沐浴着阳光，把春天的细节吟哦成最为简约亮丽的诗行。

“儿童是祖国的花朵。”这是人间最美好的比喻，也是对少年儿童最真挚的希望。

是的，少年儿童正如鲜花，在党的阳光下，吐露嫩蕾，妖娆绽放。

少年儿童正如鲜花在老师的雨露里，舒展枝叶，让晶莹的音符向阳。

鲜花，鲜花，你们就是鲜花在欢笑，撒出芬芳，飘香在校园，像彩霞铺出斑斓，通向理想的人生殿堂。

阳光，阳光，你们就是迎着火红的太

阳，捧出希望，染红了校园，像晨光洒满大地，编织未来的灿烂辉煌。

名人名言

世界是你们的，也是我们的，但归根结底是你们的。你们青年人朝气蓬勃，正在兴旺时期，好像早晨八九点钟的太阳。希望寄托在你们身上。

——[中 国]毛泽东

朋友们，朝着太阳奔去吧，为了人类的幸福之花快点开放，挡住太阳的树叶能怎么样？树枝能怎么样——拨开它们，向着太阳，努力奋斗吧！

——[德 国]黑格尔

春雨的歌

下雨了，淅淅沥沥的春雨轻轻地下着，沙沙沙……

我举起手臂，向天空呼唤。

我跑出教室，春雨让小姑娘穿上一件件宽大的裙子，多么美丽，多么丰满。

我跑向田野，春雨让土地绽出一个个笑的酒窝，多么喜悦，多么迷恋。

我跑向湖边，春雨让玉盘溅起粒粒珍珠，多么晶莹，多么绚烂。

我跑向树林，春雨让鸟儿唱出一首首清脆的歌，多么动听，多么婉转。

春雨拥抱了我，我也拥抱了春雨。我情不自禁地去接一捧雨珠，它轻轻地流入我的心田，像醇酒一样浓烈，像蜂蜜一样甘甜。

春雨，多么及时，多么知人间冷暖，每当自然界的万物需要你的时候，你含着温热的泪，吻遍那麦苗和草木。让枯萎的复苏，让萌生的成长，让生活的世界，一派生机盎然。

青青的草坪，散发着青春的芳香；蓝蓝的天空，透出旖旎的风光；杨柳轻袅的细枝，跳起欢乐的舞蹈；花朵绽开了蕾苞，露出喜人的笑脸。

面对着勃勃生机的世界，我心中滚烫滚烫地燃烧着火一般的激情，大声地诵读着唐代诗人杜甫的诗句："好雨知时节，当春乃发生。随风潜入夜，润物细无声。"心中由衷地赞叹——多么好的细雨，多么好的景象，多么好的春天。

名人名言

如果你在自己的心中找不到美，那么，你就没有地方可以发现美的踪影。

——[中 国]宗白华

最能打动心灵的还是美，美立刻在想象里渗透一种内在的欣喜和满足。

——[美 国]爱迪生

春雨·春风

春雨，像一位柔情的小天使，从遥远的天空飘来。透明的雨丝，织成春姑娘漂亮的裙子，多么合身，多么美丽。小天使头上插着无数洁白的花朵，那是雨的花朵，滋润的花朵。上学的路上，我看到你掬一捧春雨洗面，春便在额头上绽放。

春风，像一只欢快的布谷鸟，从山的那边飞来。轻柔而顽皮的娃娃，飘逸翻飞，以滴翠的翅儿，播撒阳光。百灵鸟以盛展的羽毛，迎接回归的太阳。放学的路上，我又看到你掬一捧春风问候，春便在怀里浅唱。

春雨是无私的，含着温热的泪，吻遍千禾万木。让无垠的旷野，色彩夺目，艳丽清香；

春风是开朗的，敞开坦荡的胸，拥抱万水千山。让清澈的溪涧，流水叮咚，音韵悠长。

春雨、春风以温馨的情丝，无穷的魅力，让草芳树绿，山青水碧，百花争妍，百鸟歌唱。

我爱春雨，她给了大地一个蜜的甘甜；

我爱春风，她给了春天一个新的希望。

春雨、春风，让我们的生活充满勃勃生机和灿烂辉煌。

名人名言

成功的花，人们只惊羡她现时的明艳，然而当初她的芽儿，却浸透了奋斗的泪泉，洒满了牺牲的血雨。

——[中 国]冰 心

成千上万的小事落在我们的手心里，各式各样的小机会每天发生，它都留给我们自由运用和滥用，而它依旧默然走它的路，一无改变。

——[美 国]海伦·凯勒

世博的启示

绿色，满眼的绿色。走进上海世博会生命阳光馆，屋顶布满绿色的灌木，不时有大朵的粉色、白色花瓣飘落在参观者身上，带给我们除了视觉之外的新奇的触觉感受。同时，昭示着人们：营造绿色，低碳生活。

低碳生活，眼下正时兴地悄然来到我们身边。作为一种健康简约的生活方式，低碳生活要求人们在日常生活中养成节能的好习惯，建立全新的生活观和消费观，减少碳排放，促进人和自然和谐发展，建设资源节约型、环境友好型社会，让地球布满绿色，让大家生活快乐。

低碳生活是健康绿色的生活习惯，是更加时尚的消费观，是未来全新的生活质量观。低碳生活是一种绿色环保的行为，保护我们赖以生存的地球大家园，使我们生活的环境山清水秀、鸟语花香、自然和谐。

然而，有人要问，减少碳排放，青少年能做些什么呢？其实，低碳生活不仅是大人的事，也是我们孩子们的事，我们每个人都可参与其中。只要你留心，生活中

处处都可以为降低碳排放做出自己的贡献。

比如，节约用水、用电，少上网，少看电视，多参加户外活动；进行废物回收；尽量少使用一次性用具；购买物品时，尽量购买简装品，拒绝过度浪费包装品……其实，我们要做的还有很多。只要你在生活的点点滴滴中做到这些，就一定能享受到低碳生活带来的快乐。

朋友们，“雁过留声，人过不留碳。”低碳生活要从自身做起，从现在做起，从点滴做起，树立全新理念，选择低碳生活。

让我们共同携起手来，同唱一曲低碳生活优美的歌，同绘一张绿色家园美丽的画，用自己的行动为环保尽一份力吧！但愿我们的地球家园天更蓝、水更清、花更艳、树更茂、果更繁，生活的人们更快乐。

名人名言

所谓生活富裕，包含一个三角的结构：三分之一关注物质，三分之一关注精神，三分之一关注自然。只有三者融合的生活才是最完整的。

——[中 国]廖晓义

美好的生活是一种由爱所激动，由知识所指导的生活。

——[英 国]罗 素

三月的春色

三月的太阳，烂漫宜人，拨开冬天沉郁的云层，露出微笑的光芒。

三月的东风，清新如歌，拂去残留于大地的寒冷，催生着生命的希望。

三月别具特色。红的似火，粉的像纱，白的如云。小草掬一口清泉，尝一口甘洌；小树摆一个手势，露一抹绿韵；流溪携一只纸船，唱一首叮咚的歌谣；快乐的鸟儿张开回旋的羽翼轻轻地拍打，轻轻地飞翔，轻轻地歌唱……

三月热闹非凡。田野充满生机，农民忙着播种，城市里充满活力，工人们辛勤工作，校园里充满欢乐，孩子们在草地上追逐着远方的风筝，放飞着心中的向往。所有人在三月，跑啊，跳啊，唱啊，一身轻松，一脸笑容，心情格外地舒畅。

三月里飞花，三月里飘絮，三月里啼鸣，三月里放歌。花季少年的衣裙围成了草地的花边。孩子们手拉着手，肩并着肩，在朗朗的读书声中，走进三月，让雷锋叔叔的精神永放光芒，让中华美德用行动传扬。

三月的画卷，正是春的卷首语。走过三月，除了你的脚印，什么也别留下。如果一定要留下，就请把生机留给小树，把美丽留给彩蝶，把飞翔留给小鸟，把清澈留给山泉，把你甜甜的歌儿留在春光明媚的大地上。

名人名言

人的生命是有限的，而为人民服务是无限的，我要把有限的生命投入到无限的为人民服务中去。

——[中 国]雷 锋

世界上最快乐的事，莫过于为理想而奋斗。哲学家告诉我们，“为善而乐”的乐，乃是道德中产生出来的，为理想而奋斗的人，必能获得这种快乐，因为理想的本质就含有道德的价值。

——[古希腊]苏格拉底

三月，我们去植树

三月，带着春天的梦幻，带着绿色的期待，一个节日向我们走来，那就是植树节。

三月，是小鸟歌唱的季节；三月，是我们种树的季节。在这美好的时节里，无论置身于哪一座城市，哪一个郊外，哪一片原野，哪一条山脉，到处都是栽种树木的人们，他们忙忙碌碌，挥洒汗水。让我们也加入到这植树种草的大军中去，栽下棵棵树苗，种下片片绿阴。

三月里，我们去植树，栽种下胸中的美好心愿，唱出我们心中的希望之歌。

三月里，我们去植树。栽一棵，一点绿；栽十棵，一行绿；栽百棵，一片绿。老师告诉我们，栽下这千百棵树，将来这里会变成一片绿色，就像在这里造了一座水库。我们懂得其中的道理，千万棵大树托起树叶，就像千万把大伞遮住了山顶坡地。天降暴雨，树叶能把雨水接住；山洪暴发，树根能把泥土拦住，栽树就是建造绿色的世界。

我们也明白，假如这个地球上没有了树，世界将变成什么样的景象？没有了树，那些鸟儿没有了家园，动物没有了天堂。我们的生活没有了绿色的可爱，没有了花朵的芬芳，没有了甜甜的果实让人去摘，大自然将失去缤纷的色彩，世界将是一片苍白，没有树就没有鸟儿的歌声，我们将寂寞难耐，失去幸福与欢乐。

对！这个地球上不能没有树。

走，让我们在三月里去栽树，让每一座山岗铺上绿毯，让每一条小路绿阴错落，让我们生活的世界永远拥有春色！

名人名言

生活也是一条河，一条流着欢乐也流着痛苦的河，一条充满凶险而又兴味无穷的河。

——[中 国]古　华

生活就是知道自己的价值，自己所能做到的和自己所应该做到的。

——[法 国]雨　果

踏青·远足

四月，是春天的最好季节，我们去远足，我们去踏青，我们去拥抱大自然。

大自然是一个音乐家。它时时刻刻在演奏着音乐，有激情的，有舒缓的，跳动的音符，动人心弦；大自然是一个画家，它每时每刻都在绘画，有美丽的，有丑陋的，无论怎样的色彩皆源于生活，融于我们中间。

我们身处于自然之中，自然中的一草一木足以引发我们的许多感受。快乐与满足常常油然而生，一切的烦恼皆被抛上云天。

我们去踏青。看一看，蝶飞蜂舞倩影诱人，柳丝披翠千般秀丽；听一听，布谷鸟甜美的欢歌笑语，紫燕回归的激动心弦；

我们去远足。看一看，太阳光芒灿烂，鲜花吐露芬芳；听一听，小河哗哗流淌的音乐，银锄碰撞出的旋律美感。

我们去远足，我们去踏青。当我们来到有山有水的大自然，满眼是秀丽的山峰，耳边传来鸟儿婉转的歌声，细细品味这来源于高山流水的画卷。我们纵情于这山水间，放声地歌唱，尽管无人欣赏。其实，山水、树木和小鸟都是我们最好的听众。此时，山水温柔地拥抱着我们，小鸟用动听的歌声称赞着我们，谁不感到我与大自然亲密无间。

透过大自然，我们享受着人生，领略着人生，回味着人生；在人生的路上，我们倾听大自然，欣赏大自然，品味大自然。

名人名言

亲尝水之深，火之热，醉山海明晦之幻，摄风雷之震，栗呼号之惨，享歌舞之狂欢。创作过程如此，作品焉能不真诚者？

——[中 国]吴作人

一个具有纯洁的美感的人，能充分地欣赏自然，决不会在自然的美中找出什么缺陷。

——[俄 国]车尔尼雪夫斯基

清明·缅怀

清明时节，桃花灿红，杏花泛白。

清明的雨从天空轻轻飘落，晶晶亮亮，玉珠一样柔润。那是我们的热泪，涌出心底，洒满大地。

雨啊，打湿了我们的记忆。

清明的风，从大海边慢慢吹来，清清爽爽，银铃一般柔曼。那是我们的呼唤：先烈的忠魂，您闪现在哪里?

风啊，勾起了我们的敬意。

我们迎着淅淅沥沥的清明雨，走在庄严的烈士陵园，把一束束洁白的鲜花，献给先烈，让您久久安息。

我们沐浴着清清爽爽的清明风，举着飘扬的鲜红队旗，把一篇篇碑文轻轻诵读，每个名字都藏在我们的心底。

虽然，我们没有见到你们的音容笑貌，却知道在腥风血雨的岁月里，你们拨开重重浓雾，举起了火炬，照亮了东方；在共和国的黎明前夕，你们把灿烂的红旗，绣进了阳光，绣进了殷红的血滴。血染的风采，迎来了民族的胜利，你们的生命化作彩霞，飘飞在蓝天里……

我们读着一个个响亮的名字，像读一

部历史，一轮太阳的名字，辉煌而凝重。你们的生命永世长存，你们的伟绩在我们的心中留下不灭的记忆。

我们是绚丽的鲜花，铺满了烈士陵园。我们是可爱的百灵，齐声唱出肺腑的心意——倾听昨天的歌声，伫望明天的路程。

带着憧憬和希望，带着光荣与梦想，对于今天，我们一定好好珍惜，为了明天，我们一起好好努力！

名人名言

如果人生真有意义与价值的话，其意义与价值就在于对人类发展的承上启下、承先启后的责任感。

——[中 国]季羡林

真理一经发现就会永世长存，真理的发现者因此也千古留名。因为真理就像自然界新元素一样是永远不会消亡的。

——[英 国]哈兹利特

四月的歌谣

春天来了，新柳吐绿，迎春花开，我们走进了大自然。在山泉淙淙流淌的地方，在百花竞相绽放的地方，在鸟儿啁啾、蜂儿起舞的地方，我听到了四月的歌谣。

四月的歌谣是绿色的。麦苗、小草在沉沉的酣睡中，喝饱了大地母亲的乳汁，成长为一位大力士，在四月掀翻厚厚的屋顶，破土而出，齐刷刷地抹着绿韵，给大地母亲披上了一件绿色的外衣。树木也不示弱，伸展着枝条，也悄悄地生出淡绿的小翅膀。太阳公公播撒着暖色，给世界烘托出一片葱茏的绿色波涛。

四月的歌谣是金色的。阳光明媚，烂漫宜人。忙碌的人们都静静地微笑着张开双臂，把金色的阳光拥抱，总怕这黄金一样的时光从指缝间悄悄地溜掉。

春雨，送来甘洌的乳汁；春风，带来了金色的朝雾。油菜花在春风中掀起层层波浪，让人满眼泛黄。金色的小蜜蜂，追赶着花粉的芳香，情不自禁地翩跹舞蹈。勤劳者在春天做着金色的梦，让世界呈现春天的绚丽与娇娆。

四月的歌谣是五彩的。花朵把绿色和

金色藏在心里，然后哼着快乐的曲调，悄悄地孕育着芽苞。在温暖的阳光下，在和风细雨中，竞相开放，让整个春天缀满五彩缤纷的鲜花。艳丽的花朵和翩翩起舞的蝴蝶对话，蜻蜓展开晶莹的薄纱翅膀，东飞西飞地和花朵玩耍、嬉闹。

四月的歌谣是甜甜的，四月的歌谣是暖暖的。

让我们唱着四月的歌谣去学习，把知识拥抱；
让我们唱着四月的歌谣去生活，将烦恼抛掉；
让我们唱着四月的歌谣去成长，让祖国自豪。

名人名言

人的美丽可爱，不仅仅是由于他的容貌，首先决定于他的精神面貌。一个品质高尚的人，永远是年轻和美丽的。

——[中 国]冯雪峰

天上不会掉下玫瑰来，如果想要更多的玫瑰，必须自己种植。

——[英 国]艾略特

六月的花海

六月的天空格外碧蓝，六月的阳光格外灿烂；

六月的花儿格外鲜艳，六月的孩子格外漂亮。

六月是美丽的花季。穿上你的花裙舞起来，捧起你的心花唱起来，唱出花仙子的快乐，舞出快乐王子的欢畅。

你的心是一把花束，我的心是一把花束。心灵和心灵挽在一起，满世界构成了花海，朵朵花儿张开翅膀在做飞翔的梦。梦是祖国妈妈的诗篇，镌刻在爱的心碑上；梦是谱着希望的歌，吟唱在优美的憧憬里；梦是海之岸、山之巅，是干涸的土地对春雨的期盼，是沙漠对绿和水的渴望。

六月花儿平添了几分血色，那是胸前红领巾在闪光；六月花儿增添了几分妩媚，那是心中幸福感在激荡。

六月的花海五彩斑斓，童心、童趣、童真在天地间飞扬——爱心之花处处开放。课堂上勤奋学习，社会上尊老爱幼，家庭里学习劳动；“小红花”敬老院中绽放笑脸，“小分队”社区里打扫卫生，“小交警”街道上执勤站岗。

朵朵花儿艳艳的，甜甜的。花瓣上晶莹的露珠烁烁闪光；花芯上的芳香四溢芬芳。

六月的花海带给我们无尽的遐想；

六月的花海升腾祖国无限的希望。

伴着花儿的芳香，踏着歌儿的节拍，我们走进六月的花海，走向未来的辉煌。

名人名言

孩子，这是人类最纯洁而天真的花朵。

——[中 国]柔　石

我们为孩子的美丽和幸福感到极大的欢乐，这欢乐使我们的心灵博大到躯壳难以容纳的程度。

——[美 国]爱默生

走进七月

走进七月，让我们读一读夏日的颜色。

走进七月，让我们看一看火红的季节。

七月的第一个清晨，东方升起一轮火火的骄阳，给大地镀上了一层烁烁的金黄；那郁郁的树林，披上了一身翠翠的绿装；那艳艳的鲜花，露出了千姿百态的迷人笑靥。

黄的、绿的、红的、白的……赤橙黄绿青蓝紫，把七月打扮得分外秀丽，五彩缤纷。山也愉悦，水也愉悦。

“海阔凭鱼跃，天高任鸟飞。”我们对七月富有特殊深厚的感情，像一群快活的小鸟，身披一缕灿烂的光泽，心系一份执著，在广阔的天地奋力飞翔，永不停歇。

夏令营，我们走进大自然。田野上，洒落下汗水；青山间，回荡着悦耳的呐喊；海滩上，闪烁戏水的浪花；花丛间，手拉手唱着快乐的歌；星光下，我们朗诵纯真的诗句，诞生七色的遐想，给青春的生命注入新鲜的血液。

七月里，我们静静地在夏日里小坐，

悄悄地打开心锁，让一学年的日子从从容容地走过，把没有写好的章节坦坦荡荡地打开，然后整理、晾晒，在火火的阳光下，排泄烦恼、愁苦和一切忧伤，让火热的季节庄严地检阅。这样，成熟便离我们不再遥远，智慧之果，一定会在我们自己的枝头坐落。

七月，金子般的七月！

七月，令人神往陶醉的七月！

让我们站起身来，抖掉心中的落寞。编织幸福的理想花环，承载新时代的列车，谱写童年最美的晨歌。

名人名言

秘密与坦诚并不矛盾。坦诚用以待人，秘密用来自娱。

——[中 国]汪国真

在热情的激昂中，灵魂的火焰才有足够的力量把创造天才的各种材料熔于一炉。

——[法 国]司汤达

冬天·雪花

晚秋刚过，寒冷的冬天悄然到来。树稀释了青春光华，零落了浓厚的秀发。当载着六角帽儿的雪花，从灰蒙蒙的天空飘下，朵朵腊梅张开笑傲的嘴巴。

我们也张开手臂，欢迎雪花。

雪花，白光烁烁，有那么大神奇的魔力，让世界变得清净，让枯树变得丰满，把我们生存的环境绘成美丽的图画。

雪花，悠悠荡荡地飘落，给青苗盖上棉被，给溪流带来了眷恋，给孩子们增添了欢乐。他们尽情地滑雪，打雪仗，一起堆造雪娃娃。

雪花，没有华丽的衣冠，没有耀目的点缀，然而，我却对她有一份特殊的爱。这些美丽纯洁的天使，在飘落于地的同时，也飘进了孩子们的心里。她是一首梦中的交响曲，一部心灵的童话。

朋友们，让我们融进这个圣洁的世界里，用我们发自内心的欢歌笑语，把冬天的这份厚礼，送给春天里满树绽发的绿芽和那盛开的桃花。

名人名言

时间是有颜色的，只是这颜色易变，在季节里变，谁抓住了四季，谁就抓住了时间的颜色。

——[中 国]徐国静

人的生命似洪水奔流，不遇着岛屿和暗礁，难以激起美丽的浪花。

——[苏 联]奥斯特洛夫斯基

夏天，我们一起走过

从春天走出来，我们走进夏天。

夏天，是一个天真活泼、热情满腔的孩子，她最喜欢和我们交朋友。

我们和夏天一起看大海。欢迎我们的是那吹拂着的海风和蓝天。她像个小姑娘穿着漂亮的花裙子，跳着舞步，在那浪尖上走过，绽放出一朵朵浪花。浪花举起洁白的小手，向我们频频招手。仿佛说：来呀，我和你拥抱，我教你游泳，我能让你过一个舒适的夏天！

我们和夏天一起度过美好的夏令营生活——扛着鲜红的队旗，唱着动听的营歌。听身边，草虫鸣叫，看远处，星光点点。我们戴上了顶顶太阳帽，变成朵朵白云，飘到哪里哪里充满欢乐，飘到哪里哪里歌声荡漾，花儿灿烂。

夏天，我们走近大山，大山笑了，伸展坦荡的胸脯；我们走近小溪，小溪乐了，送来阵阵凉爽；我们把小手伸进小河，小鱼跳了，溅起甜美的水花；我们靠近大树，鸟儿唱了，大树撑开了浓绿的大伞……

夏天，我们的朋友，你的个性真好。你多么活泼泼辣，多么热情慷慨。在夏天的怀抱里，我们的遐思，像疯长的野草铺着嫩绿；在夏天的阳光下，我们的幻想，像无拘无束的花瓣，展示着绚丽和灿烂。

名人名言

去利欲愈远，离美情愈近；名利权欲愈炽，则去美情愈远矣。有趣就有美在内。喜欢是低层次的欣赏，欣赏是高层次的喜欢。

——[中 国]汪国真

状貌之美胜于颜色之美，而适宜并优雅的行为之美又胜于状貌之美。美中之最上者就是图画所不能表现，初睹所不能见及者。

——[英 国]培 根

夏天的歌

小鸟在蓝天上飞翔，叽叽喳喳叫嚷嚷。小鸟在欢嚷些什么呀？

蓝天恬静地笑了，飞扬出美丽的阳光、云霞和彩虹。哦，蓝天听懂了小鸟深情的感叹：我们走进了夏天！

是的，夏天来了。那滚滚震雷，如万马奔腾；那倾盆大雨，似乱箭齐发；那串串蝉歌，犹遥远的天籁之音；那阵阵蛙鸣，像天地之钟的滴答滴答声。

夏天，万木在春天拼命抽出的新绿，变得丰厚，乐呵呵地向人们捧出浓浓的绿意；百花在春天吮吸阳光雨露后，叮咚作响，也在绿丛中眨着亮闪闪的眼睛，向人们喃喃细语、切切亲昵；小鱼们也不甘示弱，自由地在水中玩耍，哗啦啦，哗啦啦，吵醒了睡莲。睡莲没有生气，乐呵呵地伸了伸懒腰，开成了美丽的花朵。那是她听懂了小鱼快乐的感叹：夏天真好！

是的，夏天真好！它让田野的麦苗快乐地把成熟的颜色变得金黄；它让校园的花蕾幸福地开放，把丰富的色彩涂在小伙伴的衣服上；它让我们的歌声嘹亮而清新，把夏令营之歌流向静穆的繁星，让一颗心和另一颗心，用夜莺的歌声互相呼应。

夏天，让我们歌唱，像蟋蟀那样“叽叽叽叽”甜甜地唱，呼唤着梦想；夏天让我们遐思，像无拘无束的花瓣，展示着绚丽……

夏天真好！我们一起用小脸儿感觉夏天，我们一起用小手儿触摸夏天。

名人名言

音乐的本质是美的，但是它不仅仅是单纯给人带来快乐，好的音乐能给人力量，给人鼓舞，使人高尚起来。

——[中 国]傅庚辰

歌声，就是生活，没有歌声就没有生活，犹如地球上没有太阳一样。

——[捷 克]伏契克

时光遐想

时光之河，浩浩荡荡，流过远古，流向未来；时光之剑，锋芒闪亮，穿透历史，指向未来。逝者如斯夫，不舍昼夜。

时光稍纵即逝，弥足珍贵。有人说：时间就是生命；有人说：时间就是金钱。伟人毛泽东铿锵作语："一万年太久，只争朝夕"；名将岳飞大声疾呼："莫等闲，白了少年头，空悲切"；诗仙李白感叹："高堂明镜悲白发；朝如青丝暮成雪"……

时光永久，人生短暂，有限的生命能够散发出无限的能量，短暂的人生能够在勤奋与奉献中奇迹般延长。在时间的长河中，快跑几步，多做事情，就是延长自己的生命，就是最好的打发自己的日子。谁都愿意把自己的历史写得光彩一些，使生命绚丽鲜活。

时光对每一个人都是公平的，面对珍贵时光的流逝，每个人必须对自己的人生做出正确的选择，不同的选择，人生会有不同的结果。歌德惜时如命，他说：我们的事业是多么美，多么广，多么宽！时间是我们的财产，我们的田地是时间。他珍惜每一分，每一秒，时光不断流，写作不停歇。

我们每天都是忙碌的，像是上紧发条的钟摆，不停地摆动，毫不停歇。如果你能每天抽出十分钟，多十分努力，你的生命将会如何?

每天多工作十分钟。要想人生辉煌，事业有成，工作出色，那就每天多工作十分钟，少点无聊的游荡、空乏的闲扯和缠绵的音乐。你会让工作迈上新台阶，给生活注入无限欢乐。

每天多读书十分钟。省下零零星星的一分钟，拿出一本喜欢又被遗忘很久的书来阅读。读上十分钟，你会感到久违的惬意，你会有一个意外的收获。

每天多玩十分钟。要想人生演绎得美妙多情些，那就每天多用十分钟，走出家门，跟大自然接触，品味一下蓝天、阳光，看一看星星和月亮，你会情不自禁地唱出心中快乐的歌。

年轻的朋友，热爱生命，珍惜每一天吧！让我们做一个智者，抓住时光之手，辛勤耕耘，在知识的园地播种、收获；让我们做一位开拓者，牵着时光走，风雨兼程，在人生的长路上奋进、求索。

名人名言

逆水行舟用力撑，一篙松劲退千寻。古云“此日足可惜”，吾辈更应惜秒阴。

——[中 国]董必武

不要为自己消尽之年华叹息，必须正视匆匆溜走的时光。

——[德 国]布莱希特

珍惜时间

时间的脚步是无声的。冬去春来，天回地转，稍不留意，岁月就从你的身边悄悄流走。

时间无情，它不会给延误时间的人以任何宽恕，也不因任何人的苦苦哀求而逗留；

时间绝情，它使红花萎谢，绿叶凋零，会让红颜白发，让童颜变为老朽；

时间尽管无情、绝情，但它又是有情的，关键看我们怎样运筹。

为什么时间没偏见和偏向，可是偏偏有的人时间太多，有的人时间太少，有的人叹息时间过得真快，有的抱怨时间过得太慢，于是便有了延续生命和浪费生命的说法。诚然，有的人生活充实而闪射光彩，有的人生虚度而无聊庸碌。

生命的长河源远跌宕，人的一生仅仅是小小的波浪。倘若这碧浪飞迸出素洁的浪花，这长河便因之而格外雄壮。鲁迅先生惜时如命，他把别人用在喝咖啡、聊天的时间都用在工作和学习上，以数量过人的投枪刺穿了暗夜的胸膛；居里夫人在寂静的实验室中熬尽了心血，使“镭”的奇葩盛开在群芳之中；共产主义战士雷锋，仅用二十三个春秋，生命的形象却永久、永久。

可是，有许多人都是“明日复明日，明日何其多！事事待明日，万事成蹉跎”。对待要做的事总抱着期待明天的态度，要知道，时间不可逆转，也无法贮存，只有今天，方在你的手中。如果不付诸行动，则永远是水中月，镜中花，空中楼阁。

珍惜时间，从眼前开始，从今天开始，今天是未来的地基，未来是今天的延续，走向美好的未来，时间不可虚度。

浩浩乾坤，挽不住人生的步履；茫茫苍穹，怎奈何飞逝的光阴？先者云：“劝君惜取少年时”，“一寸光阴一寸金，寸金难买寸光阴”。朋友，记住吧！在时间的长河中，快跑几步，生命会延长，人生便会更上一层楼。

名人名言

时间是慷慨的，也是吝啬的。勤勉者，时间给他留下智慧和宝藏；怠惰者，时间给他留下空虚和惆怅。

——[中 国]鲁 迅

人最宝贵的是生命。但是，仔细分析一下这个生命，可以说最宝贵的是时间。因为生命是由时间积累起来的，是一小时、一小时、一分钟、一分钟积累起来的。

——[苏 联]格拉宁

古典阳光

翻开世界历史长卷的首页，闪耀着一个古老的名字——中国。一代又一代龙的传人，为她谱写着光辉的一页。诗经、论语、秦汉古文、唐诗、宋词、明清小说……散文的、诗歌的、小说的、戏剧的、平装的、线装的，几分典雅，几分厚重，更有几分古朴。先秦的庄重，汉赋的精丽，魏晋的雄劲，唐诗的瑰丽，宋词的委婉和元曲的精致。千载万卷，辉煌绚烂。

走进书店，翻阅书架上的这些书籍，让我感到身在现代的人们，却心系古典，古典阳光的可爱之处，仍然普照着今天的人们，着实让我咏叹着遥远的从前。

品味古典，古典的酒，愈多愈香醇。我是一尾虔诚的鱼，游历其中，企图吮吸古典的智慧，心灵穿越时光的隧道，一览千年沧海，演绎千年的灿烂。

千年沧桑，千年的灿烂，多少生命的流程梦一般离去。当千年美丽的笑靥在瞬间怒放中凝固，当瞬间的灿烂在枝桠中纷纷消失，我无言地伫立，凝视着花瓣飞舞的凌美，感受瞬息万变的灿烂，一再瞬息万变。

我喜欢品读古典，也爱沐浴古典阳光，在脑海中细细品味来源自这高山流水的诗词、歌赋和画卷，是何等惬意的事呵。品读古典，沐浴古典阳光，而我也融入其中，与它亲密无间。

古典是一种感觉，那是司马迁在《史记》里透出的悲悯和伤感；那是“一江春水向东流”“人比黄花瘦”的千古名句中的丝丝淡淡的忧郁；那是“二泉映月”的悠悠悲愤；那是“大闹天宫”的豪迈壮观。

古典是一种心情，是在匆忙的日子仍能保持一份淡泊的从容；是在寂寞的日子里陡然生出的一份孤芳自赏；是在众人狂欢的日子里却能独倚栏杆的闲适安详。

古典是一面反射的镜子，高雅的既能丰富生活、净化心灵，又能陶冶情操、开拓境界；低俗的既能批判，又能作为“前车之鉴”，作为现代的明镜高悬。

古典已逝，古典阳光依然从空中洒下，如此丰富的文化遗产，推动着人类文明的车轮不断向前。古物风情散落城市的角落，古迹的、文化的、废墟的、重建的，依稀可见，折射着中华民族先进文化的强烈感染力，它开启我的心灵，点燃我穷尽的古典火花，给我带来无穷的精神享受。古典阳光让我如此眷恋。

现代的、古典的，融入生活，融入城市，让我相看两不厌。

名人名言

为甚提倡国粹？不是要人类尊信孔教，只是要人爱惜我们汉种的历史。

——[中 国]章太炎

历史是人类进步情形的记录，也是人类内心、精神朝向已知和未知目标进展的奋斗情况之记录。

——[印 度]尼赫鲁

教师节的心愿

站在铺满金色的大地，仰望秋高气爽的蓝天。

太阳是那样的温暖，空气是那样的清新，鲜花是那样的芬芳，雨露是那样的甘甜。

九月十日，我们迎来了灿烂的霞光，我们洋溢着欢乐的笑颜。教师节，是人民的真情厚意；教师节，有我们心中的心愿——把老师歌唱，把园丁称赞。

科技大厦谁建造，姹紫嫣红谁装点，历史的文明谁开创，心灵的火花谁点燃？问花朵，是您；问大树，是您；问山问水，问天问地，所有答案唯有您——甘为人梯的园丁。

老师，是您，用语言播种，用彩笔耕耘；您用汗水浇灌，用心血滋润。甘甜的乳汁，哺育着天真的顽童；智慧的目光，亲吻着蒙昧的心田；知识的甘霖，滋润求索的渴望；不倦的艰辛，谱写灿烂的诗篇。

老师，是您，在粉痕斑驳的黑板上，反复地描绘出最美的画卷。个个稚童成栋梁，祖国花朵更娇艳。呕心沥血数十载，粉笔生涯染白了您的黑发，而今您依然挚爱地站在讲台前。

老师，是您，在希望小学的教室里，为边远山坳里的孩子开辟了不同班级的教学点。您亲手做了那么多模型、图片，课堂上拿给我们演练。您总是问我们：孩子们，这个问题听懂了没有？我们个个会意地把头点。崎岖泥泞的山道，阻拦不住的脚步；艰苦简陋的环境，开拓出一股甘甜的清泉，把一颗颗鲜嫩的幼芽，精心地浇灌。

老师，是您，在课外带领我们走进大自然。小船在小溪漂游，船模在大河扬帆，小歌手黄莺般婉转歌唱，小风筝老鹰般搏击蓝天。

老师，您催开了芬芳桃李，您造就了济济人才，您创造了社会文明，您点染了河谷山川。今天，我们将采一捧鲜花，献给每一位老师，向您倾吐我们深深的爱和心中的祝愿——教师节里，都能展望到祖国更灿烂的明天。

师者，所以传道授业解惑也。

——[中 国]韩 愈

永远要爱自己的老师，永远要以尊敬的口吻来称呼“老师”这两个字。

——[意大利]亚米契斯

九月十日，我们想说……

清脆的竹子在林间悄悄地拔节，晶莹的露珠在绿叶间悄然滑落，幸福的儿童在校园里快乐地成长。

人之初，会说的第一句话是“妈——妈”；上学校，第一句问好的话语是“老师——好！”老师把着我们稚嫩的小手，一笔一划教我们书写汉字，又一遍一遍地教我们字正腔圆地读汉字，教室是知识的殿堂，校园是知识的海洋。

老师，您鼓励我们充满自信，勇于超越自己。让我觉得学习并不是一种负担，而是一种快乐，是一把通向未来未知天地的金钥匙。老师，您课堂上的教杆，是一根神奇的指挥棒，时起时落，掀起琅琅的涛声，时高时低，卷起起伏的巨浪。老师，您手中批改作业的红笔，是一根粗壮的动脉，如涓涓细流，天天在悄悄地为我们输送着血液——您的艰辛、执著、关爱，让我们茁壮成长！

我们的成长，离不开老师您的教诲与指引啊！您是一棵树，为我们撑出一片阴凉；您是一支烛，燃烧自己照亮我们；您是一扇窗，为我们送来空气和阳光。

九月十日，又一个教师节到来，我们想说：老师，请您放心，我们会努力学习，让您的智慧在我们身上闪烁，让我们的笑容在您的脸上绽放。

名人名言

教师不仅教给我们知识，还传授进一步获取知识的方法，所以我们不仅要注意教师给我们的“金子”，还要特别注意学习教师的“点金术”。

——[中 国]赵访熊

平庸的老师叙述，良好的老师解释，优秀的老师演示，伟大的老师启迪。

——[美 国]威廉·亚瑟·瓦尔德

师爱无边

人们常说，大爱无边。可我要在教师节里高呼一声：师爱无边。

爱无边，爱永恒，情无语，爱无声。自古中华有大爱，在一次次危难之中，许许多多教师用自己的行动甚至生命诠释了“爱”的名言。

2008年四川汶川大地震是这样，今年青海玉树地震也是这样。老师用无私的爱，伟大的爱，无怨无悔地抉择，用自己的血肉之躯，为学生撑起生的希望；老师用心灵的爱，自然的爱，雕塑出最美的姿势，像雄鹰一样张开双臂，勇敢地保护住自己的学生，顶住天塌地陷！

老师的行动让我感动，老师的身躯让我敬仰。老师的行动闪烁着爱，老师挺起的脊梁，撑起的是一片蓝天。

老师的职责，不仅传播知识，而且传递爱心，他们用自己的爱，点燃爱的火把，照亮爱的心灵，把教育概括为“以爱育爱”。有人说，教师“捧着一颗心来，不带半根草去”；也有人说：“教师的爱是滴滴甘露，即使枯萎的心灵也能苏醒；教师的爱是滴滴甘露，即使冰冻了的感情也会消融。”是的，我们的孩子和老师们在一起，纵然是雪地冰天，也一样无比温暖。

“为什么我的眼里常含泪水，因为我对这土地爱得深沉……”老师和诗人有着同样深沉的爱。只不过，他们把这种爱献给了学生。山摇地动，不畏艰难，只为抬起坚强的信念；自强不息，大爱无言，只为高扬生命的风帆。

今天是教师节，我站在九天之上歌唱，歌唱雏鹰飞翔；我拥抱日月星辰起舞，感受爱心的温暖。

祝福你，老师，用我守望的心和这首真挚的诗篇。

名人名言

最有力的论证莫如实际行动，最有效的教育莫如以身作则。

——[中 国]傅 雷

教师的影响是长久的。教师决不能停止自我感化。

——[英 国]亚当斯

老师·英雄

九月的彩霞，灿烂绚丽。

九月的鲜花，芳香扑鼻。

我们捧着彩霞，祝老师节日快乐，我们捧着鲜花，向老师深情谢意！

今年的教师节，我对老师的职业又有了一个新的认识，不仅传道授业解惑，燃烧自已，照亮别人，而且润物无声，感天动地——用自己的血肉之躯，为学生挡住死神，赢得生命。用生命诠释教师高尚的情操，用大爱释放永恒的力量。

“5·12”汶川大地震中，这个画面让千千万万人流泪、感动，从而在心中定格：29岁的张米亚老师跪扑在废墟上，双臂紧紧搂着两个孩子，两个孩子一息尚存，而用血肉之躯挡住钢筋水泥的张老师生命已经远去。乡亲们怎么也掰不开他拼死护着孩子而变得僵硬的双臂……老师，用不死的灵魂，为他们的学生牢牢把守住了生命之门。

撼人心魄的相同画面，还有好多好多，像张老师一样的老师，还有好多好多……一个个名字闪耀着爱的光辉，他们离去时都与张老师是同一个姿势：俯身向下，双臂紧紧护着学生，身体像展翅欲飞的雄鹰。

人民教师的英雄赞歌，令人震撼，催人奋进。老师把对孩子的爱和希望，都写成了那凝固的、飞向天际的美丽……

朋友们，教师节里，让我们再一次深刻地景仰我们英雄的人民教师；再一次，用心地向我们英雄的人民教师——致敬！

名人名言

成功的教育应该是一种最不落痕迹的教育，而不是一种标语化、教条化的教育。

——[中 国]席慕容

你要记住，在敢于担当培养一个人的任务之前，自己就必须要造就成一个人，自己就必须是一个值得推崇的模范。

——[法 国]卢 梭

老师，您好！

九月十日，在教师节的早晨，我们推开窗户远眺，金风送爽，也送来了——学生对您的问候——老师，您早！老师，您好！

这是学生对老师绽放的微笑，这是幼苗对园丁歌唱的童谣，这是祖国和人民，对教师——这一崇高职业的嘉奖和骄傲。

我们采一束鲜花，跑向学校，向老师敬献！老师慈祥地微笑，低下白发苍苍的头，热烈地把我们亲吻、拥抱。

我们的老师，真好！

老师，您站在三尺讲台，焕发出青春的光彩，洋溢着母亲的情怀，温暖着我们的怀抱。

老师，您挥动着手中的粉笔，默默耕耘；您用绵绵情思，播下幸福的种子；您用滴滴汗水，浇开千万株吐翠的新苗。

老师，您在宽敞明亮的教室，引领我们探索宇宙奥秘的瑰宝。一眨眼，一席话；一丝笑，一教导。

老师，您用生命的火花，点燃我们心中理想的火焰；您用坚强的臂膀，托起我们前进的航标。

老师，今天是您的节日，我们以今天

和明天的名义，向你们倾吐我们深深的爱和祝愿。

万曲千歌汇一句：“老师——您好！”

名人名言

教育的本意，是要把人们培养得有本领，有能力；如果要使一个人有本领有能力，就非要发展他的耳目心思口足不可。

——[中 国]梁漱溟

思想好比火星：一颗火星会点燃另一颗火星。一个深思熟虑的教师和班主任，总是力求在集体中创造一种共同热爱科学和渴求知识的气氛。

——[苏 联]苏霍姆林斯基

老师·园丁

朝霞似锦，鲜花如云；

新苗茁壮，幼树成林。

幼树成林靠的是园丁培育，鲜花如云靠的是雨露滋润。

老师是园丁，她辛勤地耕耘，用智慧的双手把知识的种子，播撒在孩子的心田，种子浸透着老师的心血，破土发芽；幼芽倾注着园丁的汗滴，片片长成鲜丽的花朵。于是，大山笑了，伸展坦荡的胸脯；野花醉了，飘逸温馨的芳香。

少年朋友，你们都是春天的小花，在祖国的花园中争着绽放自己的美丽；你们都是春天的小树，在祖国的苗圃中充满勃勃朝气……

九月的节日里，老师笑了，笑靥里含着甜蜜；花朵与幼苗醉了，舞蹈着歌的旋律，捧上心底的祝福——

老师，我们向您深情地致意！

名人名言

有水分、肥料、空气、阳光，而无虫害，幼苗才能长成大树。园丁的责任在灌溉、施肥、除虫害，而不没收它的自由的空气与阳光，则幼苗自能欣欣向荣了。

——[中国]陶行知

对于大多数学生来说，长大了成为普通的人居多，因此，教师不必刻意去追求要使学生怎么样发展，而必须遵循人才成长规律，是小草就让它装饰大地，是参天大树就让它成栋梁之材。

——[美国]门肯

亲情的长河

亲情是人类永恒的话题。古往今来，亲情曾被多少诗人讴歌，曾被多少平常人惦念。

亲情，有一种奇妙无比的力量，在我们心中犹如鲜花般绚烂，大海般深邃，天空般高远。

亲情像一轮火红的太阳，那样炫目，那样灿烂。不管岁月的年轮怎样增加，不管生活的压力怎样磋磨，不管事业的成就有没有辉煌，也不管身边的财富有多少积淀，我都不以为然，而常常把亲情眷恋。

有人说：亲情，是一坛陈年老酒，甜美醉香；亲情，是一幅传世名画，精美隽永；也有人说：亲情，是一方名贵的丝绸，细腻光滑；亲情，是一首经典老歌，轻柔温婉。我说：亲情，是一条长长的生命之河，源远流长，相依相伴。这条河，汇聚了我生活中的美好，承载着我生命的幸福感受。将人生的意义融入大海，托起万吨巨轮，扬起生命的风帆，在生活的海洋里捕捉生命的鱼儿，在人生的旅途中拥有亲情的浪漫。

亲情的长河，在我心中时时激起幸福的波涛。父辈们追求真、善、美的那种执著、聪慧、毅力、坚韧……所留下的足迹，是我生命中的路标，是我生命之途前进的方向。也使我学会了感动，学会了坚强。灾难面前从不张狂自大，前进路上不断扬起风帆。

亲情的哺育，化为我血管的血液；亲情的言行，成为我行动的指南；亲情的品德，使我生命之船始终沿着真善美的河床源远流长，而永不搁浅。

亲情的长河，一滴一滴，晶莹剔透，盛满了爱，盛满了无私，盛满了坦然。她总托起我这只生命之船，走着漫长的人生之路，给我的生活，掘出甘甜的源泉；把我的生命，推向辉煌的彼岸。

不管岁月怎样匆匆而过，亲情的长河，永远辉映着太阳、星星和月亮。而太阳、月亮和星星则构成了我心中期待的幸福天堂！

名人名言

问心的道德胜于问理的道德，所以情感的生活胜于理智的生活。

——[中 国]朱光潜

我们对于感情的理解愈多，则我们愈能控制情感，而心灵感受情感的痛苦也愈少。

——[荷 兰]斯宾诺莎

母爱·感恩

我们能够来到这个世界上，看见太阳、星星、月亮、鲜花和流水，都是因为有母爱的风采；我们能够有吃喝和睡觉的地方，能够行走、说话，直到独立生活，也是母亲的能耐。

母亲勤劳，母亲坚毅，母亲值得我们敬重和爱戴。

母亲是伟大的。母爱是圣洁、美好的。母爱更是一种力量，如水似波，却又汹涌澎湃，势不可挡。她深藏于我们的内心，而又见于我们的行动。唐山大地震中那个咬破食指，以血代奶，延续儿子生命的母亲；海峡对岸那个投身火海，勇救儿女，被烧毁容颜的母亲；千里追凶，风餐露宿，为儿雪恨的母亲……母爱在母亲身上处处体现，时时藏在心海。

这些母爱，又何尝不在感动着我们，并孕育着新的力量！当你读出爱的真谛，即是幸福的所在。

血色的母爱，闪光的母爱。爱到极致，母爱足以惊天地、泣鬼神！沐浴血色母爱，任何的讴歌、赞美都流于肤浅，都显得苍白。

母爱是粥，母爱是乳。她滋润着我们

每一颗心灵、每一个人；她教我们懂得同情，学会珍惜，学会感恩。

什么是感恩，怎样去感恩？一个留守儿童在给母亲的信中这样写道：“无论你是贫是富，我都永远感激你！我知道我手中的一书一本，身上的一丝一缕都浸润着你的血汗，我会以我加倍的刻苦和勤劳来报答你！”这就是感恩的情怀。

每个孩子都是母亲的一颗心，母爱为我们而跳动，我们因母爱而珍贵，并且因母爱而成为幸福的一代。

幸福的人一定是个常怀感恩之心的人；幸福的人生是充满感恩的人生。当三月八日的太阳升起的时候，当千千万万个母亲欢庆节日的时候，让我们珍惜母爱，做一件感恩的事，让阳光轻舞飞扬，亲情温馨常在。

名人名言

小时候，乡愁是一枚小小的邮票。我在这头，母亲在那头；长大后，乡愁是一张窄窄的船票。我在这头，新娘在那头；后来啊，乡愁是一方矮矮的坟墓。我在外头，母亲在里头；而现在，乡愁是一湾浅浅的海峡。我在这头，大陆在那头。

——[中 国]余光中

小儿之命运，为母亲所造。

——[法 国]拿破仑

父母之爱

人一出生所能体验到的第一份情感，就是父母之爱，尽管那时我们没有记忆，但对父母亲有着本能的依恋。

人的嘴唇所能发出的最甜美的字眼，最美好的呼喊，就是“爸爸、妈妈”，话虽简单，但意味深长，充满了希望；人的喉咙所能唱出的最美好的歌，最动听的旋律，就是“世上只有妈妈好”，词虽朴实，但声情并茂，充满了向往。

父母是我们的至爱。不论他们长什么模样，不同的是他们承担的社会角色和身份各异，相同的是他们都有一颗爱子的心，并为我们迎来了温暖的阳光。在孩子的眼中，父母是天下最可爱的人，因为他们赐给了我们生命，还含辛茹苦地把我们养大，让我们在人生路上茁壮成长。

父母之爱是沉甸甸的，是一坛陈年老酒，甜美醇香；是一幅传世书画，精美隽永；是一首经典老歌，轻柔温婉；是一首优美诗篇，意蕴悠长。我们不必用任何事物去比拟，也不必用任何词语去修饰，我们只需用心灵去感受，用行动去感恩，用灵魂去展望。

儿女的出行是父母的牵挂；儿女的错

误是父母的忧伤；儿女的进步是父母的奖状；儿女的成功是父母的渴望。当我们上学走出家门的时候，他们总是牵手相送，再三叮嘱，到了回家的时候，总是心里惦念，扶门张望；当我们不懂事理，犯了错时，他们总是先把大手一扬，但终究又缓缓放下，然后耐心教导，忧伤的心给我们指明方向；当我们进步时，他们激动得热泪盈眶，鼓励夸奖。

父母之爱，春夏秋冬，四季荡漾。她是春天里的一股清风，在我们惊惶伤心时，拭去焦躁的汗水，令人心神开朗；

她是夏天里的一眼清泉，在我们干渴病痛时，只消一滴，滚滚的生命汪洋就会在心中徜徉；

她是秋天里的一枝硕果，在我们喜出望外时，教我们戒骄戒躁，再创下次的辉煌；

她是冬天里的一床棉被，当我们意志消沉，瑟瑟发抖时，贴心的呵护给我们温暖。

父母之爱是真爱。她既不是缠绵不已，也不是热情如火。是那种回眸间令我们怦然心动，久久回味的一个动作，一个眼神，一段历程；是那种时刻萦绕在我们心间，使我们不再孤单，坦然地度过美好时光。

父母之爱，真爱至尊；

父母之爱，真爱无上。

名人名言

孤独的时候，精神不会是一片纯洁的空白，它仍然是一个丰富多彩的世界。

——[中 国]路 遥

父母在儿童的气质中，奠定了最初的几块基石。

——[德 国]蔡特金

母爱如花

世上有一种爱，伟大而平凡。这种爱总是无私付出，不求回报，这种爱如甘甜的清泉，纯真而唯美，这种爱就是母爱！母爱如花，一生绽放。

母爱如花，神圣而博大，如春雨滋养大地，绵绵不断，意味深长。

母爱如花，含蓄而无声，如彩霞点缀天空，渐渐消失，无需赞扬。

母爱如花，香味浓郁，经久不散，四溢芬芳。从我们呱呱坠地，直至长大成人，这朵花一直陪伴我们身旁，传递沉甸甸的爱，又赐予我们一种神奇的力量。

母爱如花，淡薄宁静，色彩斑斓，充满想象。这朵花绽放美好的憧憬，又给予我们一种美好的希望。

母爱如花，淡淡地，默默地，静静地开放，尽管不那么灿烂，不那么辉煌，但开得痛快淋漓，也不乏个中滋味悠长。

母爱如花，开辟了人生的风景。虽然平淡，我们也被感动得心潮激荡。我们睁大眼睛去欣赏着的是欣慰；如果用行动去珍视，那感受着的是温暖。

母爱如春花般绚丽，秋叶般静美。如果你用心感受，就会发现总有一朵艳花一直在你的身旁，总有一股香味在你的周围芬芳。无论你在哪，它都会给你温暖，给你芳香。当你遇到挫折而灰心丧气时，只要抬头看看天空，她的影子仍然会注视着你，芬芳的香味会感应着你，于是心中会增添战胜一切困难的力量。这种亲情感应，世界上没有任何一种力量能够超越，这种亲情，人生中没有任何一种感情能够沁肠。

春夏秋冬，寒来暑往，我们茁壮成长，这朵花在生命的历程中渐渐枯萎。那是母亲的沉默，不是对我们的漠视，却是无声的鼓励，给予我们无穷的力量。

母爱如花，不在于苍白的语言，而在于无言的付出。不过请放心，即使这朵花最终折断了，她的芬香也会永驻，它的影子也会鲜活，时时刻刻陪伴在我们心上。

母爱如花，一生绽放。

她美丽，如盛装的少女，玉立于岁月的河岸；

她芳香，似夜晚的玉兰，侵入于灵魂的渊源。

名人名言

只有你单身奔赴大自然的怀抱时，像一个裸体的小孩扑入你母亲的怀抱时，你才知道灵魂的愉快是怎样。

——[中 国]徐志摩

慈母的泪，有化学分析不了的尊贵而深厚的爱情存在的。

——[英 国]法拉第

父爱如山

生命无非记忆，生命在记忆中延长。人在生命的记忆里，父爱如流淌长河的泥沙，在不断地被冲刷中，渐渐沉淀，直至融入生命的血管。

人在生命的旅程中，眼中更多的是母亲的身影，记忆里更多的是母爱的流淌。提起父亲，我们更多想到的是威严，是严厉的批评，是默不作声的影像。

父爱如山，那里是我们永远的幸福乐园；父爱如山，当我们高兴的时候，那里是我们永远的心灵避风港，当伤心难过的时候，总是想躺到那里痛哭一场。

父爱如山，那里是一片晴朗的天空，黑夜里，我们在父亲的肩上看星星，星星读懂了沉甸甸的爱，把小心翼翼的星光收藏。

父爱如天空一束灿烂的阳光。虽不强烈，却始终沐浴我们的心田；它永恒，却在永恒中跨越时空，超越极限永放光芒。

父爱如山水间一股涓涓细流。虽无声，却能够滋润我们干涸的心灵，它平凡，却在坦然孕育着一份惊人的伟大。这份如山的父爱，有谁能够掂出他的分量，有谁能够真心偿还？

父爱，有一种坚定的信念。他为我们的人生树立了一个坐标，为我们的生命铸造了展翅飞翔的翅膀。

父爱，有一种神奇的魔力。他让我们心中的胆怯忽然变得放松，他让我们生活的体验变得快乐无限。

父爱，有一种潜在的力量。是我们最值得尊敬的珍藏的情感。如果说父爱中有一种成分，那就是血液凝聚的比钻石还坚硬的亲情因子，有了它，父爱成为一种摆脱万物控制的神奇力量。

我们怀着感激的心接受着这一切，听父亲的教导，感受做人的真谛，看父亲的背影，凝聚生活的力量。我们怀着细腻的心感受这一切，感受亲情的无私，向往未来的希望。

父爱环绕我们的心胸，唤起我们青春的冲动与激情，使我们的生命永远在青春激荡中生长。

父爱渗入我们的血脉，荡涤与青春品性不相容的杂质。并化成一股雄浑磅礴的力量，把我们青春的创造写在生命的历程上。

父爱如斯；

父爱如山。

名人名言

有你在，灯亮着；我们不在黑暗中，我们放心了。

——[中国]巴 金

爱就是充实了的生命，正如盛满了酒的酒杯。

——[印度]泰戈尔

平凡赞歌

有人歌颂伟大，有人歌颂崇高，我要赞美平凡，为平凡唱出一曲心中的歌谣。

平凡世界的芸芸众生，一生跋涉，却依然平凡。没有惊天动地的壮举，也没有拥有财富的阔绰。如石子一粒，仰高山之巍峨，但不自惭形秽；若小草一棵，慕白杨之伟岸，但不妄自菲薄。

不是吗？见过落花生的人，谁也不会对它留下太多的印象。它没有婀娜多姿的枝叶，没有芬芳的花朵，也不会把果实挂在枝头向人们夸耀。

一滴水很平凡，千千万万的水滴汇成了浩瀚的大海；一块碎石很平凡，成堆成堆的碎石聚集成了海岛；一棵树很平凡，一行一行的树营造了绿海波涛。它们平凡吗？平凡。但你没理由说它们平凡，因为平凡才真正孕育着伟大与崇高。

世间的一切现象，生命的，生活的，生存的，无一不是从平凡开始。平凡属于自然。它是一种举止，是一种天然，是一种燃烧。当你拥有了平凡，便拥有了特色；拥有了平凡，便拥有了飘逸；拥有了平凡，便拥有了骄傲。

平凡是人生的真谛。菲迪拉有句名

言："只有平凡的人生才是真正的人生。实际上只有在远离矫饰或特异的地方，才有真实。"的确，平常人生，日复一日，山还是那个梁，路还是那条道。春去秋来，不变的是苍岩，改变的是人的容貌。生活只有从平常中见光泽，人生只能从平凡中见崇高。

平凡孕育着伟大，孕育着崛起。人生从平凡做起，你的生命便可绽放美丽的花朵。只有你好好把握自己，踏实过好每一天，不在忧愁中虚度光阴，你的生活便可以找到真实的感觉。平凡会让你的生活变得充实，会使你的心灵变得美好，使你的境界变得更高。

平平凡凡才是真。在人生无法逃避的跌宕中，在我的身边认识一个个平凡的人，真好！在生命沉浮的历程中，做一个平凡的人，真好！

名人名言

人生应该如蜡烛一样，从顶燃到底，一直都是光明的。

——[中 国]萧楚女

最伟大的真理是最平凡的真理。

——[俄 国]列夫·托尔斯泰

劳动者之歌

五月的风，和着细雨声，在温暖的季节里吹荡；

五月的花，跟着清风舞，在灿烂的阳光下飘香；

五月，灿烂辉煌，五月，充满希望。走进五月，劳动者的丰硕成果尽收眼底。我们仿佛看到挥汗躬耕的身影——

农民伯伯劳动，让麦苗青青，大地丰收；工人叔叔劳动，让楼房林立，城市漂亮；解放军劳动，让天下安宁，祖国富强；园丁们劳动，让鲜花绽放，家园温馨；我们劳动，让理想点燃，希望飞翔。

劳动者生命的光辉，在劳动中闪光；劳动者人生的乐趣，在劳动中培养；劳动者爱心的花环，在劳动中绽放；劳动者人生的壮丽，在劳动中辉煌。

高尔基说：“劳动是世界一切欢乐和一切美好事情的源泉。”乌申斯基更是精辟：“劳动是人类存在的基础和手段，是一个人在体格、智慧和道德上臻于完善的源泉。”是的，尊重劳动，就会有人生的意义；热爱劳动，就会有人生的欢乐。人生的幸福，均是从劳动中获得，也正是劳动，闪烁人生的辉煌。

劳动是最好的财富。天底下没有免费的午餐，天上也不会掉下馅饼来。人生于世，若想要有所收获，一定得付出辛劳，正所谓“一分耕耘一分收获”，“梅花香自苦寒来，宝剑锋从磨砺出”。不劳而获，表面看是一种享受，实际上是作践自己，企图不劳而获的是懒汉，他和废物没有两样。

我们是新中国的接班人，我们是祖国的未来和希望。我们不是可怜虫，我们绝不做懒汉，我们会像天下劳动者一样，尊重劳动、热爱劳动、学会劳动，从小争戴父辈胸前那枚沉甸甸的劳动奖章。

名人名言

伟大的成绩和辛勤的劳动是成正比的，有一分劳动就有一分收获，日积月累，从少到多，奇迹就可以创造出来。

——[中 国]鲁 迅

热爱劳动吧。没有一种力量能像劳动，即集体、友爱、自由的劳动的力量那样使人成为伟大和聪明的人。

——[苏 联]高尔基

劳动果实最甜美

长辈说：劳动果实是所有果实中最甜蜜的。可我不懂，劳动已经够累了，还怎么尝到甘甜呢？

我徜徉在生活的长廊，劳动的身影光彩耀眼。园丁爷爷细心修整街心公园翠绿的草坪、花园；清洁工奶奶挥舞着扫帚，让街道干净明亮；交警叔叔迎风冒雪指挥行人车辆；农民伯伯辛勤耕耘，黎明前把蔬菜鲜果送到市场；医生阿姨细心诊断病情、救死扶伤；我们的老师站在讲台，不辞辛苦传授知识文化……人人在辛勤的劳动中收获一个灿烂的明天。

哦，我也像他们一样，努力学习，热爱劳动——我为爸爸泡上一杯茶，帮妈妈洗衣服，把屋里屋外打扫得整洁而又漂亮……从此，不再当可怜虫，不再当懒汉，天天收获着劳动果实的甘甜。

苍鹰高翔靠强健的羽翼，大树钻天靠稳固的根基，金秋果实挂枝靠的是春天的播种和剪枝，我们幸福的生活靠的是劳动获得。劳动是人走向生命辉煌的起点。

每天的努力终将是我们成长的阶梯，一日又一日的勤劳，收获的季节会向你招手，即使在严寒的冬季，生命的叶子也不会枯黄腐烂。

尊重劳动，让自己变得不再孤单；

热爱劳动，理想目标就不再遥远；

体验劳动，让自己吮吸果实的甘甜。

名人名言

我觉得人生求乐的方法，最好莫过于尊重劳动。一切乐境，都可由劳动得来；一切苦境，都可由劳动解脱。

——[中 国]李大钊

我幼年时，我的父亲在他的教训之中常常引用罗门的一句格言，“凡一生勤劳的人，他将要站在帝王之前，而不是站在下等人之前。”从那以后，我以为勤劳是得到财富和名声的方法。

——[美 国]富兰克林

生命源于顽强

种子深埋在泥土之中，泥土既是它发芽的障碍，更是它成长的基础和源泉。瀑布迈着勇敢的步伐，在悬崖峭壁毫不退缩，与山崖碰撞造就了自己生命的辉煌。

顽强，是一种不屈不挠、永不言败的精神，一种坚强果断、勇往直前的风范，是一种积极向上、追求成功的愿望。

生命的精彩源于顽强，不论人生有多么艰辛，只要顽强，必然能绽放出生命的绚丽，不畏生活的艰辛，是因为生命本身就很坚强。

普希金说："生命如海水，不遇礁石难以激起美丽的浪花。"人生如果不遇到一些困难，没有任何挫折，只能是平凡无奇的。生命之美正源于它的顽强。

不经历风雨，怎么见彩虹。我们的成长需要阳光雨露，有时也需要风雨雷电。生命的顽强总是在一个个困难面前彰显，人总是在一次次挫折面前成长。

读书时，我记下了一则对联故事——春在心中。故事讲的是：1963年春天，郭沫若先生在普陀山游览时，偶然在梵音洞拾取一本他人遗失的笔记，翻开后看到扉页上写到一副对联：年年失望年年望，处处难寻处处寻。横批，春在哪里。接下去便是一首署着当天日期的绝命诗。郭沫若立即和随行的同志找到了写这首绝命诗的人，原来她决心魂归普陀是因为高考三次落榜，爱情又遇到严重挫折。郭沫若先生和蔼地对她说：“下联和横批太消沉了，这不好，我替你改改，你看如何？”见到这位姑娘低头不语，他沉吟道：“年年失望年年望，事事难成事事成”。横批：“春在心中”。好一个“春在心中”给了这位姑娘顽强的生命。从此，她不再颓废，而是展开双翅，在人生之路奋然飞翔。

当然，不是所有的人都能从困境中崛起，只有强者才能崛起，超越自己，战胜困难，顽强生活，创造辉煌。

朋友，生命因为顽强而美丽。不要抱怨生活把我们折磨得遍体鳞伤，因为人生之舟在辽阔的大海上远航；不要抱怨人生有太多的沉浮，因为那是我们生命美丽的释放。

名人名言

生命开始的一瞬间就带着斗志而来的草才是坚韧的草，也只有这种草，才可以傲然对那些玻璃棚中的盆花耻笑。

——[中 国]夏 衍

顽强是妙不可言的东西，它可以把山移动，使你不敢相信和想象。

——[美 国]杰克·伦敦

拥抱冬天

冬，藏秋实而育春华；冬，万物之终归，生命之肇始。

春夏秋冬，四季循环，就像一个人生命的历程。由明媚清纯的春进入理想高燃的夏，然后自盛放的夏转入盛熟的秋，由怡美成熟的秋最终进入沉思的冬。走过冬天，你才会在内心深处真正拥有煎熬过后的释然。冬的静谧与空旷，能净化出新的生机，让已有的生命不断地超越。

冬天是严酷的。小河冰封，鲜花枯去，五彩凋敝，百鸟呻吟。面对冬的现实，难道仅仅因为它的严酷，就可以在生命的历程中畏惧而逃避吗？青松不是在北风呼啸、天昏地暗中挺拔依旧？寒梅不是在大雪纷飞万籁俱寂中微笑粲然？还有那迎着寒风奔跑得大汗淋漓的虎虎生气，还有那纵身扑进冰水畅泳的激动人心……

其实，冬天也有迷人的景象，也有让人陶醉的时刻。

冬天是雪的世界。那雪，初如柳絮，渐似鹅毛，晶亮的雪花如梨花乱舞一般洒落，满树银花，满地银光，白的刺眼，花的耀人。奇异的雪景犹如娇艳的少女，闪烁着柔丽的光华，动人却感冰冷。飘雪的日子，让人沉醉啊！雪后之晨，送来一个晶莹的世界，没有尘埃，没有枯萎，没有荒芜，到处展示着光辉、宁静与和平！走入雪的世界，领略雪的魅力，思索雪的神奇，伸手掬片雪花，含在嘴里，甜甜的，凉凉的，多惬意啊！

雪后的景象，更让人热爱。太阳一出来，霞光万道，雪地生辉。金色的阳光映在雪地上，幻化成光彩，织成一道美丽的虹，天地间仿佛是一幅巨型画，天是蓝的，太阳是金的，大地是白的，这蓝、金、白三色互映，煞是美丽。难怪伟人毛泽东曾这样叹道："须晴日，看红妆素裹，分外妖娆。"

冬天原本有着异样的景象和别样的深蕴。我们不可因为懦弱而误解了它良苦的期待和深厚的启迪，那风凄雨冷的岁月，那荆棘满目的刺痛，那萧索山野的攀援，那孤灯黄卷的空寂，正是冬日的严峻考验，让沉思丰盈你的生命，也抚平你疼痛或满是创伤的心灵，期待一个新的超越。

冬天的一切都洋溢着生命萌动的灵气，一切都展示出斑斓怡和的色彩，热爱生活的人，珍惜生命的人们，谁会不喜欢冬天，谁又能不敞开心怀去拥抱冬天？

拥抱冬天，可不是简单地等待或是应和"冬天来了，春天还会远吗？"那句诗意，而是要在冬的寓所里，冷静地思考，自觉地砥砺。

名人名言

环境越是困难，精神越是能发奋努力。困难被克服了，就会有出色的成就。这就是所谓的"艰难玉成"。

——[中 国]郭沫若

在希望与失望的决斗中，如果你用勇气与坚决的双手紧握着，胜利必属于希望。

——[古罗马]普林尼

青春花季

青春美好

青春，一个多么美好而富有诗意的字眼啊！

青春是初升的太阳，光彩夺目，灿烂辉煌，使我们的生命充满着光和热。

青春是娇艳的玫瑰，靓丽怒放，扑鼻芬芳，使我们的人生充满执著的追求和向往。

青春是美好的，美好的青春该怎样度过？

纵横古今，翻阅史册，许多有志之士为我们树立了青春的榜样。宋朝的辛弃疾年仅21岁，就领兵抗金，“金戈铁马，气吞万里如虎”；鲁迅先生也是21岁东渡日本，立下“我以我血祭轩辕”的豪迈誓言；铡刀面前，刘胡兰宁死不屈，痛斥敌人，因为她把共产主义的明天瞩望……他们的青春在中华史册永远闪光。

今天繁忙的生活中，你若是一位公交售票员，你那满面春风的热情接待，就会像一股热流温暖着乘客；如果你是一名清洁工，你那美好的心灵犹如一眼清泉，就会把城市打扮得更加舒适美丽；如果你成为一名人民教师，你那优美动听的语言，就会像童话仙女的巧手，开启孩子们一扇扇心灵之窗……

青春美好，需要我们的拼搏。一生青春有几何？青春又有几回搏？我们所处的时代，韶华正当，风华正茂，我们不搏谁去搏？成长中的我们用血与汗把青春凝成，用理想和信念让青春绽放。

我们不会虚度年华，不在教室无种播种，不在校园空喊立愿。

青春美好，需要我们歌唱。我们的青春是鲜花，我们的时代是一首歌。我们的祖国是最广袤的原野，我们愿做歌的一个音符，唱响大江南北；我们愿做原野上的一朵鲜花，盛开千秋万代，永放华光。

名人名言

为世界进文明，为人类造幸福，以青春之我，创建青春之家庭，青春之国家，青春之民族，青春之人类，青春之地球，青春之宇宙，资以乐其无涯之生。

——[中 国]李大钊

青春活力，可以说把我们整个身心都舒展开了，同时用生活的乐趣把我们眼前的万物也美化了。

——[法 国]卢 梭

珍惜青春

青春是人生的黄金时代，犹如明丽的朝霞。

年轻的朋友，正是朝霞般的年龄。呵，展现在我们面前的，将是无比美好的未来。如果把青春浸泡在酒杯里，那它就会腐蚀生命的钙质；如果把青春丢弃在火堆旁，那它就会让岁月像冰块很快地融化。因为时光匆匆，转瞬即逝，青春也只不过是生命中匆匆流逝的一瞬。但只要我们抓住这瞬间，有效地利用它，用奋斗去充实它，生命就会化为永恒，人生就会有耀眼的光华。

珍惜那青春一瞬的时光，流逝了青春，却让我们感受到了美丽的过往；听着那青春泉水的流淌，走过了青春，却让我们感受到了心灵的净化。

翻开历史画卷，仁人志士把青春之歌唱响。爱因斯坦不修边幅，因为他倾心于科学钻研；枪口前，瞿秋白高歌宁死不屈；绞架下，李大钊义正辞严讲演，因为他瞩望的是共产主义明天；黄继光手擎炸药包，是为了人民战争的胜利；赵梦桃忘我地工作，是为了建设社会主义大厦……他们用追求作经线，用信念作纬线，编织着瑰丽的青春乐园，绽放绚丽的青春之花。

今天，跨世纪的我们肩负着民族的重任，在建设社会主义文明强国之际，珍惜这人生的黄金时代，勤奋学习，创造未来。让青春飞向校园的上空，揭开宇宙的奥秘；让青春潜入朗朗的教室，探索未知的地方；让青春在成长中闪光，让青春在生活里迸发爱的火花。

呵，年轻的朋友，让我们擎起青春的火把，迎着时代的晨光，向着人生辉煌的目标，勇猛地进发！

名人名言

青春是美丽的。但一个人的青春可以平庸无奇，也可以放出美丽的火花；可以因虚度而懊悔，也可以用结结实实的步子走到辉煌壮丽的成年。

——[中 国]魏 巍

青春在人的一生中只有一次，青春时代要比其他任何时代更能接受高尚的和美好的东西。谁能把青春保持到老年，不让自己的心灵冷却、变硬、僵化，谁就是幸福的人。

——[俄 国]别林斯基

播种青春

“我们是五月的鲜花，开遍了原野……”这徐缓悠扬的歌声，随着清风飘来，像云儿在游，像鸟儿在飞，像柔嫩的手在掀开我们青春的窗扉，似一曲优美的旋律，舞动着我们的人生梦想。

生命的原野，因青春的吹拂，所有的鲜花一齐开放。这是一出欢乐、幸福、成长的盛典——大幕拉开，灯光闪烁，青春亮相。我们的人生从此开始精彩的飞翔。

生命只给人一次青春，刚刚步入花样年华的少年，得抓紧时光播种，我们要让自己的青春，在她经得起风雨、经得起浪击的时候，潇潇洒洒地走一回，该出手时就出手，哪怕最终被风浪淘汰，哪怕被黄河埋没，也不后悔，一生中毕竟经历了最美好、最珍贵的时光。

我们要在春天里播下青春的种子，让她在泥土里孕育、发芽、开花，生机勃勃地伸一伸臂膀，吐一吐志向，抒发萌动的爱，亮一亮飞翔的心，爆发出自己的热情和能量。哪怕最后在深秋里枯黄，也不会悔恨和羞愧，也不会自卑和惆怅。

播种青春，奔向明天，我们的足迹踏着节拍，人生花蕾应声怒放。

播种青春，走向未来，我们的双臂荡起雄风，生命光华冲向辉煌。

名人名言

青春啊，永远是美好的。可是真正的青春，只属于那些永远力争上游的人，永远忘我劳动的人，永远谦虚的人！

——[中 国]雷 锋

英雄的青春并不是在花前月下的缠绵悱恻中度过的，而是在历史的转折点经受严峻的考验，用非凡的毅力演奏出气势磅礴的生命交响乐。

——[科威特]穆尼尔·纳索夫

满怀激情

人生需要激情，生命充满激情，青春点燃激情。

激情不是诗人的专利，我们人人都需要激情。

激情是闪烁的火花，点燃你心中热烈的火焰；激情是悠扬的琴声，抒发你心灵美好的旋律；激情是飞泻的瀑布，流淌你身上滚烫的血液；激情是明亮的星星，陪伴你迎来久盼的黎明。

激情，是一种精神，一种力量，一种境界，一种晶莹。

激情是一种物质，尽管外面的世界很精彩，但没有内在的激情，生命便有不能承受之轻。

激情是一种希望，让你挺立坚强。胸怀激情的人，会立刻进入实现理想的积极情感和渴望挑战的精神状态；富有激情的人在学习、工作和生活中始终精力充沛，富有热情。

激情是心灵的阳光，胸怀激情就会有一个豁达、大度、积极、开朗的心态，就会有一个健康、宽容、自信、乐观的心境。胸怀激情，你的生活态度就会积极向上，开拓进取，昂扬向上，活力四射，充满光明。

激情与理智情同兄弟，相依相存，并非势不两立，激情需要理智，理智包容着激情。得到理智，不能失却激情。当你向上攀援的时候，激情将你托举，在你被琐碎缠绕的时候，激情帮你斩断，在你温吞麻木的时候，激情让你心血上涌……

逆境中，激情帮你走出沼泽；痛苦中，激情帮你抹掉泪痕；挫折中，激情帮你排除苦恼；悲观中，激情帮你驱散阴影……

胸怀激情，青春永驻，燃起你生命的火焰。

胸怀激情，生活常乐，唤起你人生的充盈。

因为，激情源于对生命的珍视，对生活的热爱，对幸福的期待，对事业的执著，对未来的憧憬！

名人名言

心灵的激情和痛苦常常源自记忆。

——[中 国]王大海

若无激情，便不能完成世界上任何伟大的事业。

——[意大利]伽利略

充满热情

有一种无形的宝贵资源和财富，那就是热情，它是成功的开端。

一位哲人说得好："失去了热情，就损伤了灵魂。"每一个致力于成功的人，都应该牢记这句名言。

人生成功的因素诸多，居于首位的，那就是热情这顶皇冠。

热情是一剂良药。用热情来治"信心衰弱症"，药效奇佳，因为它会增加我们的勇气，而一直往前。不过许多人怀疑这个药方，以致在人生路上死气沉沉、朝思暮想、缺乏活力。试想，一个没有热情的人，很难想象他心里会是怎样一种糟糕，工作会遭遇多少困难。

热情是快乐的源泉。生活充满热情，生活充满快乐；学习充满热情，会打开知识的宫殿；工作充满热情，成效超乎想象；身心充满热情，人生青春永驻。充满热情，乐在其间。

热情是人生追梦的本钱。热情的人，能够从内心深处绽放出来真情的笑，比你拼命苦干更管用。人生有了动机、动力和活力，心情就会变得阳光充满，许多热情还有更多更好的方式需要去发现。因为有热情，才有追梦的本钱。

人生不可没有热情。伊尔说：“离开了热情是无法做出伟大的创造的。这也正是一切伟大事物所激励人心的地方。离开了热情，任何人都算不了什么，而有了热情，任何人都不可以小觑。”

热情是阳光，让你豁达大度；热情是力量，让你健康自信；热情心态，给你宽容乐观。

朋友们，让热情发出纯洁露水的光芒和早晨太阳的光芒，把你的生活照得更新、更亮、更灿烂。

名人名言

热情既使人疯狂糊涂，也使人明澈深思。

——[中 国]沈从文

伟大的热情能战胜一切，因此我们可以说，一个人只要强烈地坚持不懈地追求，他就能达到目的。

——[法 国]司汤达

超越自我

人生的意义在于超越。艰难困苦的跋涉，激流冲浪的飞跃，从山麓到山巅，你超越了大山的障碍；从此岸到彼岸，你超越了江河的阻隔；从幼稚到成熟，从失败到成功，你实现了自我的超越。

超越，是我们实现自我的旗帜！每个人都有超越的经历，从牙牙学语到校园朗读，从学走跌倒到赛跑冲刺，从性格的软弱到意志的坚强，从学习上的惰性到生活中的勤劳，从幼小的身影到靓丽的定格……超越的感受一定太多太多。

超越自我，即是超越快乐与烦恼，创新一个全新的自我。在阳光的季节里，能够面对黎明而无悔，也能够在困惑与挫折面前坦然走过，这才是真正的超越。科学家超越了自我，登上了科学的高峰；艺术家超越了自我，摘取了艺术的桂冠；运动员超越了自我，赢得了熠熠的金牌；老师们超越了自我，校园里绽放灿烂夺目的花朵……

超越，能驱散你眼前忧愁的迷雾；超越，可搏动你身上流淌的血液。

实现超越，需要挑战自我的勇气，需要丢弃过去的“我”，拓展现在的

"我"。丢弃是为了放下包袱，轻装上阵，拓展是为了扩大自己的领域，产生全新的自我。人生没有丢弃，就不能真正超越自我；人生没有丢弃，就会永远拘泥于狭窄的怪圈；人生没有丢弃，就会永远走不出茫茫荒芜的沙漠。

实现超越，需要战胜困难的毅力。人的一生，总有阴霾。成长的道路，总是坎坎坷坷，使你找不到超越的希望，但心却能改变你的迷茫，给你机会选择"黑暗"还是"阳光"，别站立不动，请朝着阳光的方向奔跑。不论头顶风风雨雨，不管脚下道路坎坷。也许要跑上一千步、一万步，还没有见到目标，但成功可能就悄悄地躲在拐角后面，我们只要再坚持一点点、一点点，太阳一定会在你的身上定格。

超越自我，你不再羡慕鸟的飞翔，你将拥有腾飞的翅膀；超越自己，你不再羡慕风的自由，你将解开束缚自己的心结；超越自我，你不再整天抑郁沉默，你将拥有江河昂扬奋发的激越。

来吧，同学们，让我们一起努力，实现自己人生路上的一次次超越。

超越自我，绽放灿烂夺目的花朵；

超越自我，唱出人生嘹亮的凯歌。

名人名言

人生之旅像攀登一样，只有一鼓作气，而又懂得不断调整自己的步伐的人，才能到达峰顶。

——[中 国]陈鸣树

世界上使社会变得伟大的人，正是那些有勇气在生活中尝试和解决人生新问题的人。

——[印 度]泰戈尔

欣赏自己

静静地坐在花丛里，我看见花朵绽开了笑靥，我知道，那是花为自己自豪；缓缓地穿行在树林中，我听见树长的声音，我知道，那是树为自己鼓掌；悠闲地漫步在小河边，我听见“哗哗”的水流声，我知道，那是小河为自己叫好……你看，自然界的万物，自己欣赏着自己，我们为何不把自己欣赏。

我欣赏我自己！我不怕艰难困苦，不怕坎坷路长。流水是有曲折，但总是朝前；道路虽有曲折，但总在延伸；生活虽有曲折，但总在成长。我的眼前，有一条彩虹桥，将带我到幸福的乐园；我的脚下，有一条宽广的路，将引领我走向人生的辉煌。

我欣赏我自己！从清晨中走来，从欢乐中走来，走进科学的殿堂，走向知识的海洋。当我获得成功时，我兴奋，我歌唱；当我暂时失败时，我苦闷，我忧愁，我彷徨。但我不悲哀，不放弃，不退堂。我要用尽全身心的力量，站起来为自己鼓掌。

欣赏自己，虽没有超凡的智颖，却拥有热烈的激情和努力的方向。

欣赏自己，虽没有出众的美丽，却拥有美好的心灵和远大的理想。

欣赏自己，虽没有健壮的肢体，却拥有奋飞的勇气和心灵的健康。

欣赏自己，虽没有金钱的荣耀，却拥有人生的坐标和清贫的欢畅。

欣赏自己，在挫折面前没有叹息和抱怨，只有更加奋然前进的力量。

欣赏自己，在羡慕面前没有忌妒和自卑，只有更加热爱生命的渴望。

欣赏自己，火热的太阳，会给你光明；远航的路标，会给你以方向；生命的明媚，会给你以辉煌；知识的海洋，会给你以成长。

欣赏自己，像花丛、树林、河流，为了明天的辉煌而孜孜不倦地开拓进取；为了自己的每一点亮丽而欢呼鼓掌，为自己的每一份独特的优秀而放声歌唱。

人生漫长，心灵是坚韧的，但有时又很脆弱。犹如屋檐下玲珑剔透的冰锥，经得起凌冽的风霜，却又总是不堪一击。在孤独苦痛的深渊，你需要祝福，需要信心，需要成长。那么，请欣赏自己，自己欣赏。

朋友，记住，不管成功喜悦时，还是失败伤心时——

请为自己鼓掌；

请把自己欣赏。

名人名言

一个不欣赏自己的人，是难以快乐的。

——[中 国]三 毛

假如你的品德十分高尚，莫为出身低微而悲伤，蔷薇常在荆棘中生长。

——[波 斯]萨 迪

为自己喝彩

小草虽然没有鲜花的绚丽和芳香，却从来没有失去过生存的信心；小溪虽然没有江河的壮丽，却从来没有停止对美的赞歌；雪山因为有平原的衬托更显得伟岸耀眼、晶莹纯洁。拥有自我，人生就得到了一种升华，生命就会灿烂如阳。

在成长的道路上，很多人没有像小草、小溪和雪山那样欣赏自己、肯定自己，为自己喝彩。而为自己的容貌、身材、性格、出身等状况自艾自怨，抛弃了自己的拥有，也看不见自己生命的闪光。

其实，生命并不都是充满华彩，也不总是一帆风顺。也许，我们会遭遇各种困难，陷入各种困境。它们可能动摇我们前进的意志，扼杀我们昂扬向上的斗志，挫败我们勇往直前的信念，折断我们腾飞的翅膀，但是面对困难，只要我们努力了，尽心了，哪怕只跨越了一步的距离，都是一种收获，都应该为自己的表现喝彩，带头为自己的进步和收获鼓掌！

也许，我们并不出类拔萃，但是为了集体的荣誉，我们能主动出谋划策；为了帮助困难同学，我们奉献着爱心；为了团结同学，我们主动伸去友谊的手……那么，自己就是出色的，值得赞赏的。

为自己喝彩，我们就别太相信天才，天才多是勤奋的产物，没有埋头苦干，没有智慧思考，任何聪明都是徒劳。要相信，只有通过不懈努力，才能获取成功的桂冠，才能实现自己心中的愿望。

为自己喝彩，不要羡慕鸟的飞翔，我们将拥有腾飞的翅膀；为自己喝彩，不再羡慕风的自由，我们将挣脱束缚自己的锁链和铁窗。

为自己喝彩，感受生活的快乐；

为自己喝彩，感受生命的辉煌。

名人名言

任何人都应该有自尊心、自信心、独立性，不然就是奴才，但自尊不是轻人，自信不是自满，独立不是孤立。

——[中 国]徐特立

我不要祈求痛苦的平息，只愿赐予我征服它们的勇气。

——[印 度]泰戈尔

学会欣赏

欣赏是一种感应，欣赏让生命有致远的风景。

欣赏是一种气质，欣赏让你的人生充满美好和光明。

欣赏清风明月之美，你就不会伤感霜叶秋林的凄凉；欣赏良辰美景，你就不会悲叹冷雨寒风的无情。

读《屈原列传》，你会欣赏屈原“举世独浊我独清”的爱国与高洁；看《史记》，你会欣赏司马迁忍辱负重，完成民族史册的精神；读李白、杜甫的诗章，你会欣赏唐诗的奇妙意境；听阿炳的《二泉映月》，会叩动你深情的心弦；看刘翔飞跑的身影，会让你陶醉激动。建国60周年之际，阅读“双百”人物事迹，你会从内心对这些平凡而又神圣的人民英模，发出深沉的敬意！

假如你用心欣赏，就能发现人生中的真谛和恬静。只要你细细地欣赏自己周围的人和事，你就会发现许多美好的东西，而冲淡不应有的妒忌和烦躁。你能欣赏别人“学业的精湛、品格的纯正、胸怀的博大”，你就能感受生命的欢乐，充满昂扬的激情；你能欣赏大地每一道晨曦、每一丝细雨、每一缕彩云，你就能感受人生的美好，觉得天蓝草碧，云白风清。

春去秋来，寒来暑往。人的生命在时光中不经意间流逝。生活中的许多人却行色匆匆，茫然若失，只顾朝着遥远的目标奔跑，没有心思欣赏沿途的风景，使他们错过了许多值得珍惜的时光。所以，在生命的历程中，请驻足欣赏生命行走的足迹。你会觉得生命多姿多彩，幸福甜美；你会感觉世界风景如画，如临仙境。

罗丹说得好："对于我们的眼睛而言，这世界从来不是少了美丽，而是少了发现。换言之，对于我们来说，这世界并不缺少美，而是缺少欣赏的眼睛。"细雨绵绵，芭蕉不语，忽然有了预感，浪漫的故事不再仅仅属于梦境。

让我们神采飞扬地奔向辽阔的大地、巍巍的群山、滚滚的江河和沸腾的生活，去欣赏、去体验。微笑比阳光还灿烂，憧憬比彩虹还绚丽，留给你的，是一个一个鲜活的背影和许许多多美妙的风景！

名人名言

一切美的光是来自心灵的源泉；没有心灵的映射，是无所谓美的。

——[中国]宗白华

你如果要做一个艺术家，你要牢记，必须开拓你的胸襟，务使心如明镜，能够照见一切事物，一切色彩！

——[意大利]达·芬奇

燃起爱的火焰

世界美妙，千姿百态，美轮美奂；

生活美好，蕴藏丰富，爱意绵绵。

朋友，你懂得爱吗？让我看看你的眼睛，从你的目光里，我会看出你对生活的热爱，看出你的心中燃起了爱的火焰。

人拥有了生命，爱随之而来。“人之初，性本善”，说的是每一个人的内心潜藏着善根，充满着爱的源泉。只是，这份爱“潜伏”着，若隐若现，时隐时现。如果遭遇合适的阳光、雨露和土壤，心中的爱就会生根发芽，泉涌徜徉。

生活中每时每刻都在展开爱的画卷：深夜送大娘，手扶老人到家中；抢救落水者，把孩子托到头顶；“希望工程”助贫困孩子继续求学，把爱施向山村校园；抗震救灾，灾区重建，多少人将爱心传向灾区，深深的爱意跨越了千山万水……这才是真正的爱啊——这样的心灵是爱的凝聚、爱的呼唤。这样的爱让遥远的变得亲近，陌生的变得熟悉，灰暗的变得亮丽，冷漠的变得温暖，沉重的变得轻松，泪眼变成笑脸。呈现一派“沙漠流甘泉，荒原花鲜艳”的景象。

爱，是人类最美好的情感，是无比芳醇的精神体验。纯洁的爱，是美好的化身，美的诗篇；高尚的爱，是心中的彩虹，生命的容颜。那么，就不再把爱局囿在一个狭小的童话王国里面！爱不仅仅是投进月下湖中的倩影；也不仅仅是连接亲朋之间的缆绳；也绝不仅仅是朋友之间的礼尚往来，不尽的语言。

爱，随着我们的长大，脚印的延伸，视野的扩展，也随之延伸扩展。那是爱的大境界，那是爱的熊熊火焰。

爱，是生命的信念，它支撑着我们渡过难关，成功地完成许多几乎不可能的事。有爱的人生更坚强、更执著，有爱的生命更辉煌、更灿烂。

爱，布满世界，无边无际；爱，贯穿历史，无始无终。爱心，就是给他人一个灿烂的微笑，一个关怀的眼神，一个美好的祝福，一个善意的意见。爱其实就是这么简单，没有任何理由，也没有任何要求，就是这么一颗朴实关爱的心，就是这么平凡没有夹杂的情感，给被爱的人以快乐，给爱的人以阳光般的温暖。

拥有爱的人是幸福的，懂得发现爱的人就更幸福。不要把爱看成是遥不可及的梦幻，生活中的爱其实就是童话世界中的“灰姑娘”，不着华丽的衣裳却更清纯，任何人都执著于“她”的美丽，但“她”却默默无闻地生活在我们中间。因此，爱，不需要任何物质的修饰装扮。在我们平凡的生命中，你只要注入一份朴实无华的爱，一沙、一石、一瓶、一罐，用心灵的真情实感，让世界变得更灿烂。

朋友，爱吧！拥有爱心吧！当你心灵的闸门打开，爱的潮水就会奔涌；当你眼前的阳光闪烁，爱的希望就会点燃。

名人名言

心心复心心，结爱务在深。

——[中 国]孟东野

最高尚的爱是这样的，它在消失之前是不让人察觉的。

——[黎巴嫩]纪伯伦

幸福在哪里

幸福，这个美好而闪光的词句，招惹了多少人生憧憬和追求，促使人们激奋向上。

许愿树上挂着许多小灯笼，上面画着童男童女和聚宝盆，还写着“万事如意、恭喜发财”；谁过生日了，亲朋好友送上蛋糕或贺卡，写着“祝你生日快乐”；节日期间，同学、朋友、同事相互问候“节日好”，这一切的一切都表达出人们追寻幸福的美好愿望。

幸福是一种感觉，幸福是一种境界。人们时常会问自己，什么是幸福？辞书上讲：使人心情舒畅的境遇和生活。其实，现实寄予幸福没有标准的答案——

有人说，幸福在于金钱；有人说，幸福意味着享受；也有人说，幸福就是知足常乐；还有人说，幸福像天上的太阳，闪烁辉煌。

幸福是胜利的彼岸。当你绕过千山万水，走过万丛荆棘，到达岸边，回头一看，不免发出感慨：哦，幸福是心中的欢唱。

幸福是手中的奖杯。当你经过一番拼搏努力，站在领奖席上，手捧奖杯，热泪盈眶，不免情不自禁地感叹：哦，幸福是劳动之花的开放。

那么幸福到底在哪里？幸福洒在温暖的灯光里，幸福凝结在爸爸妈妈的笑容里……幸福是你手中的风筝，在天空中自由飞翔。

幸福充满四季，它载着春的希冀，夏的奋发，秋的报答，冬的坚强。

幸福陪伴着人生。你萌动的爱，在大地怀里成熟，成熟就是幸福的；你飞翔的心，在蓝天中充实，充实就是幸福的；你憧憬的情，在风帆上寄托，寄托就是幸福的；你执著的步，在征途里奋进，奋进就是幸福的。幸福的陪伴，让你的生活充满芬芳；幸福的梦想，让你的心灵永驻阳光。

幸福并非遥不可及，无法追寻，有时它就在你的身边。更多的时候，是你自己远离了幸福。当你独自对幸福做着缥缈不已、诗意无限的遥想时，它正悄然地随着岁月从我们的指尖和身边流淌……

追求幸福，用不着祷告，因为幸福需要自己创造。每个人心里都有一颗幸福的种子，把它播种下去，并用汗水辛勤浇灌，你就有可能收获一个幸福的金秋时光。

追求幸福，还是低头捡拾你易得的珠贝吧，尽管碎碎点点，也能串成与你生命等长的珠链。

人生中既有狂风暴雨，又有漫天大雪，可这一切并不能阻挡我们获取幸福，只要在心灵的天空中挂一轮希望的太阳，幸福之光就会永远照耀在你身上。

朋友，让幸福在我们生命的长河中，激起一朵朵晶莹闪亮的浪花，以真诚的情感把一个个幸福收藏。

名人名言

幸福永远存在于人类不安的追求中，而不存在于和谐与稳定之中。

——[中国]鲁 迅

幸福不在于拥有金钱，而在于获得成就时的喜悦以及产生创造力的激情。

——[美国]罗斯福

笑对人生

五彩缤纷的生活舞台，常常是欢笑和愁眉相对。大千世界，花开花落，云卷云舒，让人欢笑让人哭。笑与哭，是上帝给人的一份得天独厚的本能。

生活中，没有一个婴儿是笑着来到人间的。人的一生总有太多的挫折和坎坷，让我们唉声叹气，泪眼盈盈。然而，即使有一千个哭的理由，我们也要找出第一千零一个理由去笑。唱着生活之歌，笑比哭好；唱响生命之歌，仰天长笑。告诉自己：笑对人生。

笑对人生，表达一种向上的渴望；

笑对人生，保持一种清丽的心境。

笑对人生，四个字，可谓平平淡淡、简简单单，却铿锵有力。但在生活中能达到如此心境则难之又难；历史长河大浪淘沙，能做到如此境界的凤毛麟角，点点星星。生活让我们苦不堪言，与其愁眉不展，不如笑对人生。

人生的美丽时刻，不一定是挥金如土或头戴桂冠的瞬间，却往往表现于心无旁骛的自然一笑。

笑对人生，不是肤浅地面对困难或挫折时给个好表情，而是凭着你锲而不舍、机智勇敢的精神去战胜它，越过生活坎坷的崇山峻岭。

笑对人生，是一份超然，是一种乐观。用超然乐观的心态看待生活中的一切，凡事认真做，想得开，拿得起，放得下，不为功名利禄所缚，不为荣辱得失所累。得之淡然，失之泰然。笑对人生，以笑开怀，以笑解忧，以笑排难，面对苦境和困惑，心静如水，波澜不惊。

笑对人生，是一种宽容，是一种自信。一个人有了海阔天空的心境和虚怀若谷的胸襟，就能自信达观地笑对人生的种种逆境。胸怀坦荡，坚韧自然，豁达自信，淡泊人生。行到水穷处，坐看云起时。只要能笑对人生，必会迎来鲜花和掌声。

笑对人生，是人生的至高追求。具有生活智慧的人，总是向人生展开恬淡的微笑。深奥的佛理面前，摩诃迦叶尊者破颜微笑，总比眉头紧锁的众僧高出一筹，因为他怀有一颗喜悦的心。还有弥勒佛那“开口便笑，笑天下可笑之人”的胸怀则让人佩服。滚滚红尘中“笑对人生”不胜枚举。赤壁大战，周公瑾大获全胜，他仰天一笑，笑出一代儒将的自豪和得意；曹操败在华容道犹能大笑，抒发超拔的自信，藐视万难的强者心境。

悠悠岁月，坎坷人生。隐在痛苦泥潭里不能自拔，只会与快乐无缘；笑对人生，松弛神经，享受生活盛开的玫瑰。人间万物快乐和痛苦相伴，人情世故善与恶相争。让我们笑对人生，用欢笑渲染生活，并从痛苦中提炼出快乐的歌声。

名人名言

人以情绪感知世界。人以感知世界体察情绪。情绪好了，世界就好了。世界好了，情绪不一定好。

——[中 国]陈家琪

笑，就是阳光，它能消除人们脸上的冬色。

——[法 国]雨 果

打开心窗

人有心而知远方，有心而识灵魂；人有心而自知，有心而有情。

人为文者，要“文心史笔”，这样的文，才可以给后人以校阅，载万世之汗青；人为武者，也要“剑胆琴心”，这样的武，才可以给后人以仿学，可以留一世之英名。

心有小窗，便有亮丽阳光进来。小酌一些温暖的故事，便有自由清风邀约一些花香或者蓝天白云，作客于我的心房。于是，我永远领略着一派好风景。

人活一世，心灵跋涉，路途遥远，不敢停歇。难免心窗会在不经意中关闭。就像没有月亮与星星的晚上，我总是渴盼有几点亮光划破沉寂的夜。记忆的眼前，忽闪着飞来一只萤火虫，点点光泽，打开了我的心窗，让我在最黑暗的时候迎来一盏明灯，捍卫着夜奔的脚步，驱赶着夜色的幽灵。

萤火虫虽小虽弱，四两拨千斤。点点亮光，让我在“山重水复疑无路”之时，有一种“柳暗花明又一村”的受宠若惊。于是，我打开心窗，摒弃内心的杂念，给灵魂喘息的机会。打开心窗，换换心房的空气，踏上坦荡的命运之途。打开心窗，给我的梦想和希望插上翅膀，让它带领自己过好生活，搏击人生。

的确，打开心窗，给我温暖，给我光明。犹如夜空中的星辰一样可以照亮灵魂，让我相信这个世界的美好。人生路途走得再久也感觉不到疲惫，犹如树林里的一只歌唱的百灵，使我生活的小天地充满快乐和温情。拥有一片温馨，任何时候我都不会再对生命叹息。因为，我心中充盈着希望的束束光明。

打开心窗，或许在没有阳光的日子，那留存在心中的阳光会淹没和驱赶走心中的潮湿和寒冷。我也要在心中装一面镜子，把心中的阳光反射出去，让自己成为一个发光体。于是，在没有阳光的时候我自己便是阳光。阳光明媚的日子里，我甚至可以在心中安装一方太阳能，把阳光蓄存起来。于是，到了严冬的时候，我的心也不会寒冷和灰暗，也能愉快地欣赏玉洁冰清的美景。

打开心窗，这是举手之劳，人人都不难做到，但往往被漠视了，遗忘得一干二净。

雨果说过："世界上最宽阔的东西是海洋，比海洋更宽阔的是天空，比天空更宽阔的是心灵。"这句至理名言，时刻提醒我打开心窗。我把天空、海洋装在心里，把阳光揣在怀里，让人生之路的酸甜苦辣、喜怒哀乐都映射在阳光的荧屏上。

一窗阳光，满目缤纷和葱茏；
一窗阳光，满怀希望和温情。
打开心窗，在阳光里演绎人生；
打开心窗，在清风中净化心灵。

名人名言

对于一个有思想的人来说，没有一个地方是荒凉偏僻的，在任何逆境中，他都能充实和丰富自己。

——[中国]丁　玲

思想是天空中的鸟儿，在语言的笼子里，也许会展翅，却不会飞翔。

——[黎巴嫩]纪伯伦

点亮心灵那盏灯

每个人的心灵都有一盏灯，它既温暖着自己又照耀着别人。那盏灯把心灵照得晶亮，指引人们朝着人生目标奋力飞翔。

人的心灵应该比眼睛及一切都要更晶亮。心灵愈亮，周围愈亮，世界愈亮。

心灵的广场是个既熟悉又陌生，既悄然无声又奔腾激越，既灰暗又明亮的多彩世界，它积淀着真诚与美好，错误与愧疚，安闲与浮躁。当你点亮心灵之灯，就意味着自己通向成功的道路有了亮光，时刻照亮你行走的方向。

人生就是一个不断点亮心灵之灯的过程。也许我们会遇到狂风骤雨，心灵广场一时会变得暗淡无光，失败、贫穷和疾病也许会将我们置于艰难困苦的荒漠沙滩，但只要心灵之灯还亮着，人生就一定能走出重围，生命的光彩依然绽放。

点亮心灵之灯，我们立即感受到了它的润泽和温馨。我们的生活家园充满阳光，温暖如春。心灵之灯常明，生命之树常青。我们的人生蓬勃向上，生生不息，多姿多彩，充满欢乐。心灵之灯，将我们送到希望的彼岸，让我们实现人生的美好理想。

我们每个人一定在生活中碰到过盲人过马路吧！不知你是否注意过盲人的表情。车水马龙的通衢大道，危机四伏的大千世界，盲人的脸是那样的安详、宁静，他们走起路来，心无旁骛，步步踏实，直到目的地。而那些疾走的、愤怒的、胆怯的、锁眉的却恰恰是那些明眼人。盲人之所以安然而恬静，是因为他们心中那盏灯，永远地闪着亮光。

生活的欲望无休止地侵蚀生命，使我们看不清生活的方向，更多时候我们只能茫然地张望，从而无法脚踏实地地追逐自己的理想。点亮心灵那盏灯，请不要被着色的眼睛蒙蔽了你生命的真相，这样才能看到生命的光亮。

朋友，点亮心灵那盏灯吧，让它引领我们在那丰富的生活海洋中泛舟，在那优美的世界中徜徉，使我们心灵永久晶亮晶亮。

名人名言

精神故乡意味着甜美，意味着在心灵之夜，清朗而光辉的明月洒下了一片银光。

——[中 国]赵鑫珊

谢谢火焰给你光明，但是可不要忘记那执灯的人，他仍坚忍地站在黑暗当中呢。

——[印 度]泰戈尔

放歌生活

放歌生活，在生活中放歌。

没有歌声的生活是乏味的，人的生命不能没有歌声。放歌生活，就是为自己的生命而歌。歌声来自心灵，为生命而歌的人，生命也会踏歌而舞，充满快乐。

生活有了快乐，用歌声为之锦上添花；生活有了忧愁，用歌声化解一切的烦恼。歌声让你的生活有滋有味，歌声让你的生命充实鲜活。

生活的歌声是船夫的号子，古老激越，旋律激荡于山间，力量也随之聚合。

生活的歌声是农夫的小调，简单清新，歌声来源于心中，全身也随之欢乐。

生活的歌声是校园里的小鸟，活泼甜蜜，歌声飘逸于天空，梦想也随之超越。

生活是一场大型交响乐，有时单调，有时激越，但总有歌声在尘世间静静地唱着。而有歌声的生活，能让你满身的血液澎湃，更能让你品出生活的真味，也更能让你陶醉于五彩缤纷的世界。对于生活，你可不能总在抱怨。日复一日，你会开始无法忍耐生活的单调乏味，你会觉得生活没有色彩和快乐，你还会抱怨日子无聊没法生活。如果这样，你该想一想，到底是生活辜负了你，还是你放弃了生活？生活快乐不快乐，关键是你在生活中放歌没放歌。

没有歌声的生活只能把你的身体和精神禁锢在看不见的“笼子”里。人们为了消闲，为了轻松，于是有了公园，有了度假村，有了影视歌厅……不管走到哪里，那里的歌声总能传到你的耳朵。一句话，放歌生活就要打破生活的怅惘去获得精神的高尚，工作学习的充实，去追求一片属于心灵的快乐。

生活是一首诗，一幅画，一首歌。只要你心中存有一份青春情怀，有着至真至善至美的追求，生活就会给你一首心灵的快乐歌。

生活之歌亢然，生命盎然亦鲜活。

生命之歌泰然，生活精彩亦快乐。

名人名言

生活，是一部最大最厚的书，是一部最生动、最激动人心的书，似乎好懂，其实难懂的书。

——[中 国]秦兆阳

生活之所以美好，就在于我们左右永远有一颗年轻、善良的心在成长、开花。

——[前苏联]高尔基

微笑着生活

生活需要什么？除了阳光、空气和水，还需要微笑、爱意和理解。

微笑着生活，获得的是力量，感受的是愉悦。

生活中微笑，快乐的是自己，赢得的是世界。

你微笑着面对世界，世界也会微笑着面对你。青春有太多太多的憧憬，青春有太多太多的失意，也有太多太多的微笑，更有太多太多的感觉。

你微笑着面对生活，给他人以美感，给自己以轻松，给生活以温馨，给自然以和谐。

微笑着生活，面对困难，你顽强勇敢；面对误解，你露出宽容；面对挫折，你信心倍增；面对冷漠，你从容走过。

微笑虽然无声，却非常有形。犹如灿烂花朵，绽开美丽的笑容；犹如细细雨丝，滋润生命的鲜活。微笑着生活，是人生必须的选择，向善的力量会增加许多。这种力量足以穿过厚重的心灵防卫的大门，使另一颗心得到爱的包容。因为微笑意味着亲切、同情、关爱、信任、合作、了解和愉悦……

微笑着生活，悲观和紧张跑得无踪无影，勇气和胆量会越来越多。微笑赶跑恐惧，战胜忧虑。曾经有报道说：美国一患晚期癌症的男子，自知无再生之力，于是在生命的最后时光里，专看滑稽类电视节目以使自己发笑。从内心深处绽放出真情微笑，结果3年过去了，他的病不药而愈，微笑为自己获得生存的希望。可见微笑着生活，人的力量多么强大，生命之光重新闪烁。

微笑着生活的人，心灵有着一种至高无上的境界。不仅能够坦然地面对纷繁的世界，而且能够荣辱不惊地正视自己生存时空的尴尬与不幸，内心恬淡，心气平和。微笑让生活充满着快乐；微笑让命运有好的归宿。

生活需要微笑，我微笑着生活。

名人名言

笑是生活中不可缺少的甘甜调料，没有笑声的生活是一种酷刑。没有笑，生活就不称其为生活。

——[中 国]侯宝林

笑和幽默是只有人类才有的特权。

——[日 本]池田大作

微笑于他人

笑是一种表情流露，是一种乐观开朗的生活态度，是对人对己的宽容大度。是不计得失的坦然胸怀，从心底而发出的笑，生活会更快乐潇洒，人生会更自由豪迈。

笑的形象很多，唯有微笑的脸最动人。自然的表情上袒露真诚的心，让人感到愉快。它发生在瞬间，但回味无穷，没有富人不需要它，也没有穷人不想拥有它。它给家人带来欢乐，给事业带来兴旺，给朋友带去愉快；它使疲倦者得到休息，失望者见到光明，悲哀者看到希望；它是消除痛苦的天然良药，是人生幸福快乐的爱。

人的快乐与否并不在于你拥有什么，地位高低。只要你笑口常开，和善待人，就能获得别人的信任和爱戴。

微笑是自信的体现，是礼貌的表示，是坦诚的象征。真诚的微笑体现出一个人的淳朴、坦然、宽容和信任，可以反映出一个人极高的修养和待人至诚的心，而且极易被人接纳，会为你赢得口碑、好感和潜在的机遇。笑的修养，也是人品的修养。你给人一张微笑的脸，微笑会把好运给你带来。

微笑的脸，充满诗情画意，是形象化的哲理，是秘诀化的智慧，是照亮迷茫心智时的一缕阳光。有人说“用微笑去照亮生命的隧道，我们会看见人生的奇迹和宝藏”。你的微笑给人留下亲和、明朗、灵秀、健康、坚韧的印象。人们仿佛能听到那里面流淌着诗与画的音乐，仿佛能看到微笑的你心中那宽阔的大海。

微笑，拉近了人与人之间的距离，让你学会了赞美与欣赏他人，使别人在视觉上直接感受到你的友好和友爱。清晨走进办公室，同事用微笑招呼一句：您好！整整一天你工作起来都会轻松愉快；傍晚回到家里，妈妈笑着问候一声：回来啦！再寒冷的夜晚你也会感到温馨如春；左邻右舍相逢一笑，可以增进感情，密切关系，相处融洽，和谐顺畅；寂寞的旅途，与陌生人同行，微笑着点点头，彼此的戒备顿时消除；驱车途中迷路，用微笑问候路人，前进的方向立刻明白。

朋友，微笑于他人吧，人生的道路则会越走越畅通，心灵的空间不再狭窄阴暗多堵塞。

名人名言

珍惜自己的感情，会更赢得别人对你的尊重；尊重别人的感情，别人会更珍惜与你的交往。

——[中 国]汪国真

笑实在是仁爱的象征，快乐的泉源，亲近别人的媒介。有了笑，人类的感情就沟通了。

——[英 国]雪　莱

学会微笑

天空的微笑，是灿烂的阳光，让我心灵亮堂；

天空的微笑，是缤纷的云霞，让我神采飞扬。

我喜欢躺在草地上，望着天空。我微笑着，把天空微笑的“秘密”猜想。

微笑就是阳光。有了微笑，我便拥有了湛蓝湛蓝的艳丽晴空；有了微笑，我们便拥有了金黄金黄的硕果归仓。

我微笑，给他人以美感，给自己以快乐；微笑是无声的问候，播下友谊的良种；微笑是有形的雨丝，滋润朋友的心房。

微笑是一种风度的挥洒；微笑是一种精神的振作；微笑是一种热情的友善；微笑是一种坚强的力量。

面对困难，微笑含着勇敢；面对误解，微笑显现豁达；面对冷漠，微笑洋溢热情；面对挫折，微笑激励向上。

微笑是一种神奇的力量，既能改变自己，也能温暖别人。我微笑于朋友，是心灵的默契；我微笑于陌生，是架起的桥梁。我微笑于山水，山也愉悦，水也愉悦；我微笑于树林，树也欢唱，鸟也欢唱。

微笑是心底的一脉灵泉，它能使我内心丰盈而深情。人是很容易被感动的，往往一个热情的问候，温馨的微笑，也足以在人的心灵中撒下一片阳光。只要我们学会了微笑，你的笑脸，他的笑脸，所有人的笑脸像花的海洋，让大家的内心不会再疲惫和紧张，一切变得轻松而愉快，温暖如春光。

微笑是心灵的盛宴，是人生的乐土。微笑的人生，是人活着的至高期望。朋友们，让我们学会微笑吧！学会微笑，我们的人生不再寂寞；学会微笑，我们的生命更加辉煌；学会微笑，让金色的种子，在大地里生根、发芽、成长；学会微笑，让力量的翅膀，在蓝天上更高、更快地飞翔。

名人名言

魅力的源泉，不在财富，也不仅是有礼的举止、优雅的风度和美好的仪容。更重要的是内心真诚友善的意愿——是否拥有一颗愿意关怀别人的慈善之心，并且付诸实践。

——[中 国]靳羽西

当你微笑时，世界会爱你；当你大笑时，世界则会害怕你。

——[印 度]泰戈尔

人生创造出少年

没有鸟飞的天空是寂寞的，忽略创新与创造的人生是苍白的。关山千里，只要创造的心依旧，我们就能在人生的旅途中寻找到自己的价值，生命也在创造的过程中把新鲜血液增添。

不论创造多与少，成功与失败，当我们回首人生往事，心中都会无悔无怨。

世间美好的东西离不开人的创造。艺术是心灵与智慧的创造；社会的财富是信念与文明的创造。创造犹如幼雏的出世，在孵化中获得新生，创造人生的辉煌犹如美玉的雕琢，在劳动生活中赢得精湛。

创造产生新，创造产生精，创造产生美的生活。人生的创造正如弗洛姆所说："生命的路是进步的，总是沿着无限的精神三角形的斜面向上走，什么都阻止它不得。只有通过展现其力量，创造性地生活，才能给生命以所赋予的那种意义，否则它的生命就无意义可言。"人生的过程是一个创造的过程，人总是要怀着创造的激情走向生活的彼岸。

人生创造出少年。少年才思敏捷，富于想象，充满理想，很多大师的天赋和灵感，都是在年少时喷薄而生，崭露头角。

比如，帕斯卡16岁证明了美妙的帕斯卡定理；牛顿的许多重大贡献都是在25岁以前作出的，21岁到23岁期间，他发明了微积分方程，发现了万有引力定律，在光学上也作出重要的贡献。“发明大王”爱迪生取得其第一项专利时，只有21岁……展望“发明与创造”的辉煌，闪耀着这些年轻的智慧与天分，却让世人们提取出一个人生密码：人生创造出少年。

人生要创造美好的生活，就要崇尚科学，并把它当作人生的追求。崇尚科学是每个人的责任和义务，是人类共有的价值理念，也是决定你创造的先决条件。崇尚科学就要学会创造，学会创造就要养成勤于观察的习惯。没有创造的眼睛、耳朵，就感觉不到新的东西的存在。人脑知识的90%以上，都是通过眼和耳进入大脑的。凭借创造的感官，才能触觉到新事物的丰富内涵。

朋友，少年创造正当时。让我们怀揣着对创造的向往和追求，开启创造的马达，驾起理想的船只，驰向人生成功的彼岸。

名人名言

敢探未发明的新理，即是创造精神；敢探未开化的疆土，即是开辟精神。创造时，目光要深；开辟时，目光要远。总的来说，创造开辟都要有胆量。

——[中 国]陶行知

想象是创造的开始。你想象要做所愿意的东西，你决心要得到你所想象的东西，最后你就创造出你决心得到的东西。

——[爱尔兰]萧伯纳

拯救自己

人生苦短，不尽人意的地方很多，得与失随时相伴，像毒虫一样噬咬你的心灵；压力和烦恼也无处不在，痛苦像大山一样压着。无数次的失败，难以表达的委屈，面对这些哭泣无须耿耿于怀、叹息惆怅，不然只能失掉生的感受，只能失去生活的快乐。

这时，自己是最好的救星。中国有句古训：自助者，天助也。唯有自己才能拯救自己，一切外部的帮助只能是你的幸运。帮助的人是你的好朋友，而真正改变命运的依然是你。不要期望幸运降临，更不要以自己的处境为乞求别人的怜悯而喋喋不休地诉说。

其实这点道理人人晓得。你可能读过这样一则寓言故事吧！

有一天，天下着大雨，有一个人躲在屋檐下避雨。这时他看到一个撑伞而过的和尚。这人说："大师，普度一下众生吧，带我一段如何？"大师说："我在雨里，你在檐下，而檐下无雨，你不需要我度。"这人立刻跳出檐下，站在雨中说："现在我也在雨中了，该度我了吧？"大师说："我也在雨中，你也在雨中，我不被淋，因为有伞；你被雨淋，因为无伞。所以不是我度了自己，而是伞度我。你要被度，不必找我，请自找伞！”说完便转身而去了。

当上帝关闭了你面前的一扇窗的时候，一定还会为你打开另一扇窗。朋友，不必沮丧，上帝也给了你一把伞。这伞是自立、自信、智慧、毅力、品格。

生活，生已经有了，活着完全依靠自己。没有任何外部援助的处境是能激发一个人的自立精神。活着靠精神、个性，精神便是力量，个性决定命运。一个懦弱、缺乏自立的人怎能拯救自己；只有具备坚韧、充满自立的人才能拯救自己。自立，才会自强；自强，才会鲜活。

人生的过程，就是自己不断拯救自己的过程，自己拯救自己是最大的人生快乐。

朋友，我们只有用自己的生命去体验人生，去接受人生中的风风雨雨，用自己的汗水浇灌成功之花。我们的生活才会像风儿一样快乐，像云儿一样洒脱。

名人名言

路是脚踏出来的，历史是人写出来的。人的每一步行动都在书写自己的历史。

——[中　国]吉鸿昌

一个勇敢而率直的灵魂，能用自己的眼睛去观察，用自己的心去爱，用自己的理想去判断，不做影子，而做人。

——[法　国]罗曼·罗兰

保持本色

上帝创造天地万物，没有任何自然东西相同，每个人都是独一无二的，就像世上没有相同的树叶。所以，你就是你，有你的价值，你的存在就是你的价值；有你的本色，你的本色其实就是你的特色。

一切艺术都带有自传色彩，你只能描绘你自己的画，你只能由你的思维、能力和环境造就你，你也只能演唱你自己的歌。

本色就像透过光能看见纸背一样；就像大理石的花纹一样。就像大海汹涌澎湃；就像人能够创造欢乐。

本色不怕色彩单调，不怕出身贫寒，不怕个子比别人矮半截，更不怕长相没有别人那么有光泽。只要保持心灵的美好纯朴，就永远拥有生机和鲜活。

保持本色，你就不要羡慕别人的拥有，不要怀疑自己的创造力，你既不是谁的主人，也不是谁的奴隶。羡慕别人，就会丧失自己；羡慕别人，就会成了生活的观赏者，而不能成为一个参与者。正如爱默生在散文《论自信》中所说的："每个人的教育过程中，他定会在某个时间领域，羡慕即无知，模仿即自杀。不论好坏，他都得保持本色。虽然无尽的宇宙间有的是好东西，但要取得收成，除了耕作属于他自己的那块土地外，别无他法。他所有的能力是自然界的一种新能力，除自然之母外，没人知道他能做些什么，能知道写什么，而这些都要经过他的尝试才能取得。”

每个人都保持本色，世界才如此多姿多彩。尽管“大江东去，浪淘尽，千古风流人物”。地球照样旋转，历史依然走过，倘若人人失去本色，那么，自然界也就失去彩色。

保持本色，你不能徒劳地模仿别人，而要展示你自己的个性；保持本色，你不能追求与别人的相同，而要活出你自己的鲜活。

保持本色，就要发掘自身的潜力，成就自我。已故诗人格拉斯·马罗区的一首小诗，能加深你对“本色”的理解——“如果你不能成为山顶的一棵青松/就做生长在山谷中的一丛小树/但须是溪边最好的一小丛/如果你不能成为一丛灌木/就做一棵绿草，让公路也有几分欣喜的颜色……”

人生路上，你就是你，一个实实在在的你，一个完完整整的你，一个普普通通的你。朋友，敞开你青春的大门，亮出你的本色，在顺其自然中充分发挥自己的聪明才智，在这个追求新潮、注重包装、崇拜时尚的年代，依然选择一种朴素的生活，留住你那份属于自己的真实和独特。

名人名言

我们谱写自己的命运。我们干什么，就成就什么。

——[中 国]宋美龄

如果我不尽力重新按照自己的意愿去生存的话，我觉得活着总是荒谬的事。

——[法 国]萨 特

善于等待

欲人生有所追求，就要善于等待。

等待是生活中的一种需要，也是为了把握最好机会必要的付出。懂得等待，你才能品尝到人生的美味来。

等待给人以憧憬，给人以希望。它可以使人成为丰沛的河流，可以使人成为奔腾的江水，还可以使人成为浩瀚的大海。

春风是冰河的等待，收获是秋天的等待，雨露是大地的等待，绿海是森林的等待……

等待，并不意味着你面对人生的红灯而退却，也并不意味着你真的放弃，而是在审时度势。这不仅是一种生活的方式，还是一种豁达和乐观的演出舞台。

等待，并不是守株待兔，更不是坐享其成。而是一种沉着，一种忍耐。人的一生必须通过不断地抗争期待机会的到来，才能拥有一丝希望。机会仅仅是一种幸运，希望也最多不过是摆在台桌上的奖杯，仅仅是一种诱惑，诱惑的目的，在于让我们展示实力的风采。

滴水不求朝夕之效，故能坚持穿石的目的；穿石之后，依然平心静气，坚持着自己的步伐，这就是沉着。沉着的过程，

常常需要等待。

等待像古藤般亲切，但更像孕育了万物的土地，是一种成熟。只有真正成熟的人才善于等待。

等待体现的是一种品质，需要我们去掘采；而等待的可贵之处，也正在于它可以让我们人生之花盛开。

有人说，“一鸣惊人的人，肯定是默默无闻过一个相当长的时间；豁然开朗的境界，必然得经过一段昏暗狭窄的路程。”这之间，最重要的依然是坚持和忍耐的等待。

等待的过程会有焦灼、哀伤，就像破茧成蝶的过程是痛苦的，但也是美丽的。它意味着新生，彰显着生命的活力。人生路上当你正在努力冲破最后的茧壳，等待你的将是绚丽的阳光，美丽的云彩。

朋友，让我们在无声的落叶中行走，在沉默与安静中冥想，在阳光下轻轻告诉自己——坚持一下，忍耐一会儿，等待等待。

名人名言

人生就像爬坡，要一步一步来。

——[中 国]丁 玲

思而后行，以免做出蠢事。因为草率的动作和言语，均是卑劣的特征。

——[古希腊]毕达哥拉斯

胸怀一颗感恩的心

感恩是一个古老的话题，也是一个新鲜的话题。

感恩，是人类最美好的情感抒发，是无比芳醇的精神体验。感恩的心呀，像小草追春，像枯枝返绿，让人心灵在净化，感情在沸腾，对美好未来的向往在升华。

天地万物，生命轮回。每一个来到这世间的人都是幸运的，步入新时代的少年儿童更是如此——父母的养育，老师的教诲，社会的关爱……可以说，每一个生命从呱呱坠地的那一刻就已开始接受他人给予的种种帮助——伤心时，会有人送来逗你开心的冰淇淋；摔倒时，会有人伸来双双热情的手；有难题时，会有人为你耐心解说。这种种的帮助，是一种情感的抒发，是一份沉甸甸的爱的奉献。朋友们，你能掂得出这种爱的分量吗？如果能，那么你唯一能做出的就是珍爱这份情感，并且懂得回报，学会感恩。

学会感恩，与人分享快乐，你就会加倍快乐；

学会感恩，与人分享幸福，你就会加倍幸福；

学会感恩，与人分享成功，你就会取

得更大的成功。

因为，你有感恩的行动，世界才会变得更美好，你的心中就会有彩霞，满天万紫千红。

我们生活在这色彩缤纷、爱心无限的世界，是多么幸福！应该胸怀一颗感恩的心，感谢太阳给我们温暖，感谢大地给我们食物，感谢小鸟给我们歌唱，感谢先辈给我们种植了大树，感谢父母养育了我们，感谢老师给我们的教育，感谢同学给我们的关心和帮助。

感恩，就是给他人：一个关怀的眼神，一个灿烂的微笑，一个美好的祝福。世界一切和谐的声音，都得感谢寂静的衬托，人间一切美好的相逢，都得感谢最初的机缘。

感恩别人，就是善待自己。如果你这样去做事，你就是一个积极的人，一个高尚的人，一个快乐的人，在你的人生之路上，你就会遇到更多关爱你的人、帮助你的人和支持你的人。因为，报恩，是对善良的回应。请你相信，善良和回报，既纯净着我们自己，也纯净着更多的人，就像传递的奥运火炬，照亮越来越广的天空。

名人名言

任何一个人都会有感恩的情操。问题是，年轻人对别人的不孝事件，无不义愤填膺，但自己做起来，却毫不动心。

——[中国]柏　杨

没有感恩就没有真正的美德。

——[法国]卢　梭

蜜蜂·勤奋

似锦的繁花披着明媚的春光，召唤蜜蜂抖动透亮的翅膀去选择那最香最美的花朵，唱着歌儿飞向前方，饥渴而尽情地吮吸甜汁，酿制芬芳馥郁的蜜糖。

蜜蜂是勤奋的象征，劳动是它们一生的追求和理想。勤奋是点燃智慧的火把，伟大的成功和辛勤的劳动是成正比的，有一分劳动就有一分收获。正如蜂儿博采百花之精华那样，你们从课堂上、书刊中、生活里去学知识、寻榜样、觅力量，从而使你的精神世界变得纯洁、丰富、高尚。

懒惰是勤奋的天敌。有人说懒惰是附在人身上的魔鬼，但它也不是不可战胜的，关键是要超越自己。勤奋是成功之母，超越懒惰便获得勤奋，获得勤奋便获得成功。谁都想得到别人的喝彩与掌声，谁都想获得令人羡慕的成功，但这得之不易，需要付出努力。千万不要被懒惰所困倒，勇敢地跨过那道坎，你会看到成功的曙光。

朋友们：假如你是蜜蜂，想撷采真正的蜜糖，请张开一双勤奋的翅膀，快快飞向浩渺的春光——那里百花竞妍，大气飘香……

名人名言

形成天才的决定因素应该是勤奋。……有几分勤学苦练，天资就能发挥几分。天资的充分发挥和个人的勤学苦练是成正比例的。 ——[中 国]郭沫若

在天才和勤奋两者之间，我毫不迟疑地选择勤奋，她几乎是世界上一切成就的催产婆。 ——[美 国]爱因斯坦

做一只小蜜蜂

春天，真美好。

风暖百花香，蜜蜂采蜜忙。你看，一簇簇火红的牡丹花，姿态婀娜，色彩鲜艳。成群的蜜蜂，在沁人的芬芳中飞舞……小蜜蜂顾不上把美景欣赏，它很忙很忙，像劳动者一样，每天都要不停地工作，把家园建设得美好，把日子过得富强。

一只小蜜蜂从花丛中飞出来，激动地向我耳语着："爱劳动是我们蜜蜂的本色，只有在这美好的春光里勤奋劳动，才能酿造出甜蜜的食粮！"

蜜蜂的劳动是美丽的。

蜜蜂在阳光下欢笑着，在清风中舞蹈着。辛勤的劳动变作梦，变作歌，变作生命里最初的想象。

蜜蜂劳动的图景尽收眼底。我仿佛看到挥汗躬耕的身影——劳动点染了秋色，让人们把美丽富饶守望！

劳动，是蜜蜂最美好的情感，是无比芳醇的精神体验。我仿佛看到不眠的灯影——生命的光华，在劳动中闪现，让人们对美好的未来向往。

勤奋学习，创造未来，是我们新一

代的应有风采。热爱劳动，生活充满了阳光，学会劳动，人生就会多拥有一道美丽的风景线。

朋友们，让我们像小蜜蜂那样，做一名勤奋的劳动者吧！用我们的智慧，闪烁美丽的灵光；用我们的双手，托起灿烂的太阳。

名人名言

每一个最平凡的小人物，只要以敬业精神点燃执著追求的火把，都能使自己的人生闪烁出童话般美丽的灵光。

——[中 国]刘心武

在日常生活中，靠天才能做到的事，靠勤奋同样能做到；靠天才做不到的事，靠勤奋也能做到。

——[美 国]比 彻

学会劳动

世上有多少新鲜事物，吸引着我们的眼睛；字典里有多少诱人的词汇，牵动着我们的神经。然而，历史告诉我们：劳动创造了世界，劳动者最光荣。

如果没有劳动，人类也许至今还住在树上，不会站立，只能爬行；如果没有劳动，也许地球至今还是原始情景，满目凄凉，不见文明。

劳动是诗，是画，是景，有情。农民辛勤耕种，田野里生出万顷碧绿，粮果丰盈；工人勤劳工作，车间里迸出钢花万朵，高楼林立；解放军戍卫边疆，人民幸福安康，祖国处处飘荡着欢声笑语；老师呕心沥血，让校园里呈现一片快乐的情景……

爷爷告诉我劳动创造一切，奶奶嘱咐我劳动无比荣光，爸爸启发我劳动需要科学，妈妈鼓舞我劳动实现理想，老师的讲课，让我懂得：出息的桂冠，要在汗水中获得，在劳动中“加冕”；未来的艳彩，要在竞争中调抹，在创造中呈现。

我们是幸福的一代。幸福的一代，一点也离不开劳动。劳动与享受不是对立的，而是和谐的，有节奏地携手共进。我们必须懂得，不劳动不创造，就没有任何权利来享受幸福。劳动有苦有累，但苦尽甘来。劳动须流汗，但汗水从劳动者的脸上流下——这是财富的种子，文明的种子，进步的种子。颗颗种子剔透晶莹。

一湾溪流，曲折回转中竟会激起心旷神怡的鸣响；一波巨澜，潮涌潮却时更能叠出惊魂荡魄般的雄壮；一生劳动，成功失败中方显生命的伟大与辉煌。朋友们，未来是美丽的，春晖是无限的。愿你们一生热爱劳动，学会劳动，在劳动中锻炼自己，创造未来。用智慧和双手，把我们伟大祖国建设得更加繁荣富强，绚丽文明。

名人名言

人，既然是人就应该不同于动物，就应该学会劳动。只要有了热爱劳动的习惯，就能够养活自己，就能够在即使最为艰苦的环境中，学会生存。

——[中 国]曾宪梓

人的天赋就像火花，它既可以熄灭，也可以燃烧起来。而逼使它燃烧成熊熊大火的方法只有一个，就是劳动，再劳动。

——[苏 联]高尔基

有个好心情

小时候，经常看到父亲用筛子筛小麦，把沙土和草籽等杂物过滤掉，但过大的杂物还是滤不掉，父亲还得一粒一粒用手拣掉。后来，我明白了一个道理。

人的生活如果能用筛子筛选，你会发现，烦恼的事永远筛不完，忧虑的事也一辈子滤不尽，仔细想想，烦恼、忧愁等等都是自己伤害自己。人应该学会克制、宽容、豁达、乐观，转移那些不愉快的情绪，让自己有一个好心情。

怎样才能有个好心情?

冷静让你有个好心情。生活中的你，如果感觉自己情绪马上就要爆发，告诉自己一定要冷静。分析事因，用“缓兵之计”消除冲动，用气度、涵养、宽容塞满你的心胸；用高兴、愉快、喜悦的信息洗涤自己的心灵；用理智、镇静、沉默来抗议自己的脾气。这样，你的情绪会得到缓解。正如一位诗人所说：“忧伤来了又去了，唯我内心的平静常在。”结果你会发现你此时呼出的气凝成的水澄澈透明。

“知足常乐”，你就有了好心情。人的追求并不可怕，可怕的是没有满足的心情，盲目地去追求。生活中的机会无处不在，生活中的幸福许许多多。但我们却变得难以感受幸福。难怪老子曾经感慨地说：“祸莫大于不知足，咎莫大于欲得。故知足之足，常足。”好心情因你的常乐而伴随着你。当你心情不好的时候，往往会自认倒霉而羡慕别人。实际上，别人也有痛苦的时候，别人也有羡慕你的时候，“知足常乐”，你才会经常拥有一个好心情。

“享受生活”，你会有个好心情。生活就像一条曲径通幽的小径，鲜花绽放、彩蝶飞舞、硕果压枝，我们不必花费许多时间，舍近求远去寻找幸福。其实，幸福就在我们脚下，俯拾即得，只要我们肯弯下腰去。幸福像一个个小小的颗粒装满一篮子，然后，你再去细细品味、去咀嚼，因为有了这些小小的幸福，你会拥有一个好心情。

展开笑颜，你就有个好心情。卡耐基说：“笑对于悲伤者来说是太阳，对烦恼来说是解毒剂。”笑容就像甜美的果实，让饥饿的人获得温饱，让温饱的人获得甘甜；笑声是一种粘合剂，能积极地把两颗心紧贴在一起。你如果在生活中面带笑容达观处世，你一定会获得一个好心情。

朋友，让我们在人生旅途，拿起筛子，过滤掉痛苦，把快乐储存，给生活留个好憧憬，给自己留个好心情。

名人名言

灿烂的，常有市场价值；美丽的，常有装饰价值；平凡的，常有情感价值。

——[中 国]刘　墉

虽然住在气候宜人的地方，也免不了受蚊蝇的滋扰；虽然享受着盛大的欢乐，也免不了受烦恼的缠绕。

——[英 国]莎士比亚

珍爱友谊

从走进校园的那一天起，我们便走进了人生第一个属于自己的群体，彼此在陌生中相识，在心与心的碰撞中，绽放出纯真美丽的友谊之花。这朵花开放在每个人的心里。

友谊啊，像晨露那样晶莹；像彩虹那样美丽；像阳光那样温暖；像蜂糖那样甜蜜。你活跃于我们这个集体，人间处处有你的踪迹。

友谊啊，你是生活中的一盏明灯；是连接大伙心灵的一条纽带；你是三九严寒中通红的炉火；是漫漫沙漠里润喉的清泉；你让我们之间多了信任和关爱，你让我们携手共进有了动力和阶梯。

生活中不能没有友谊，就像地球不能没有阳光和空气。人与人之间没有友谊，就像春天没有了春风和暖意。

友谊之树，用沃土培育，才能根深叶茂。枝，荡出万里云霞；冠，牵动一轮春意。

友谊之花，用心血浇灌，才能开得灿烂。叶，喷溢永恒的碧绿；花，绽放生命的绚丽。

真挚是友谊的基础，诚实是友谊的虹

霓，虚伪和狡诈使友谊分离。以势相交，势无则疏；以利相交，利尽则散，真正的友谊是理想相同、甘苦相存、志向统一。真诚的友谊需要岁月的考验，需要在风雨兼程中磨炼，更需要心灵的相依。真正的友谊不需要华丽的词藻来表达，它是困难时伸出的那双温暖的手；无助时迈出的那双坚实的脚；忧虑时送来的那份慰藉。

培根说过："友谊能使欢乐倍增，使痛苦减半。"这话说得多透彻。是的，当你在朋友困难时为他雪中送炭，当你欢乐时，他会为你锦上添花，并带来春的勃勃生机。

你心中的友谊之花常开，可使你的生活少一些麻烦，多一些容易；多一些亲近，少一些距离；少一些失败，多一些胜利。

朋友们，捧着你的友谊到春天里来，让友谊和美丽的春天一起生长，让友谊浸染着花季的气息；珍爱你的友谊到秋天里来，让友谊和金色的秋天一起成熟，让友谊融进果实的甜蜜。

名人名言

友谊是易碎品。从来就没有"坚如磐石"的友谊。倘能坚如磐石，那已不是友谊，必是仇恨了。

——[中 国]原 野

友谊是灵魂的结合，这个结合是可以离异的，这是两个敏感、正直的人之间心照不宣的契约。

——[法 国]伏尔泰

淡淡的友情

春天的花朵，绚丽灿烂，美不胜收；秋天的果实，挂满枝头，清香四溢。再美、再香也比不过我们之间的友情。

友情是一条红线，连接彼此的心灵；友情是一座桥梁，沟通纯真的感情。友情是棵树，传递着绿色；友情是朵花，绽放着美丽；友情是晨露，闪烁着晶莹；友情是首歌，充满着激情。

友情是你登高时的一把扶梯；是你受伤时的一剂良药；是风雨来袭时为你挡风遮雨的一把伞；是春夜里的月光和繁星。

风雨人生路，朋友一起走。当你在知识的峻岭中奋力攀登，手中的绳索时而颤抖，脚下的岩石时而松动时，友情会向你姗姗而来，伸出有力之手，助你一臂之力；当你远离家乡，父母不在身边，饥渴、劳累或好多困扰令你烦恼，令你失掉信心与勇气时，友情会悄悄走到你的身边，指点迷津；当你被一种无情的力量冲垮的时候，友情会温暖你那荒凉沉默的心灵；当你处于忧愁和怅惘的时候，友情会如期在你的周围，给你安慰，给你理解，给你注入感情。

生活中如果没有友情，人的存在就变

得苍白无力，也就失去固有的那份美好的回忆。生活中如果没有友情，在你的生命长河中少些许涟漪，生命的花朵也就失去了晶莹。

生活中有了友情，人才真正拥有了财富和真爱，就像花朵拥有了绿叶，就像沙漠拥有了绿洲，就像夏天拥有了清泉，就像秋天拥有了丰盈。

友情淡淡的，让你难以忘怀；

友情甜甜的，让你精神文明。

珍惜友情吧，让你的心灵得到美好的熏陶，使你生活的歌声更加动听！

名人名言

友情好比一瓶酒，封存的时间越长，价值则越高；而一旦启封，还不够一个酒鬼滥饮一次。

——[中 国]梁晓声

和你一同笑过的人，你可以把他忘掉；但是和你一同哭过的人，你永远不忘。

——[黎巴嫩]纪伯伦

收藏幸福生活

幸福，其实是无时不在我们身边的，只要我们细心地去感受，敏锐地去观察，你会发现，原来幸福就在我们身边。如果你一个不小心，幸福就会从身边悄悄溜走。所以，你一旦感受到生活的幸福，就好好把握，并小心翼翼地收藏。

生活中的幸福总是在平凡点滴中写就。不要寄希望某一天拥有突如其来的财富，不要认为拥有了豪华住宅、顶级轿车、官运亨通才是幸福，如果这样，你肯定永远尝不到幸福的琼浆。

生活就是由一件件小事串联而成的，每一个点滴的记忆中都融汇着幸福的音符，我们只需要用心弹奏，就会让它流出美妙的旋律；我们只需要用心去聆听，就能欣赏出生活的幸福乐章。

幸福生活的收藏，感受点滴存在着的快乐是唯一途径。幸福像一个个小花朵，开放在我们周围，除了工作、学习、读书、娱乐，还有可口的饭菜、温馨的家庭，以及自然界的蓝天白云、江河海域、草原雪山……生活中的喜悦到处都有，点点滴滴都值得我们细细品味、咀嚼，小小的幸福让你可亲、让你眷恋、让你收藏。

幸福生活的收藏，镜头不要去对着金钱财富，而是对准你的心灵，你的精神和你的理想。收藏那些让你自己感到幸福的事，因为生活不是每天都会阳光明媚。那些阴雨连绵的日子也会常来打搅我们，如果你总是把镜头对准高不可攀或盯在生活的阴暗面，哪还有什么幸福可收藏。

正如一位作家写过一段话：“在我看来，最糟糕的境遇不是贫困，不是厄运，而是精神心境处于一种无知无觉的疲惫状态，感动过你的一切不能再感动你，吸引过你的一切不能再吸引你，甚至激怒过你的一切不能再激怒你，即便是饥饿感与仇恨感，也是一种强烈的让人感到存在的东西，但那种疲惫会让人止不住地滑向虚无。”如果真的处在这种状态当中了，这时，你怎能把幸福生活收藏？

幸福是什么，幸福是一种心态，幸福是一种感情。刻意去追求幸福反而难以找到，其实幸福散落在身边，只要你用心生活，幸福就会像鲜花般在你的身旁绽放。

朋友，你想从生活中得到快乐，你想让人生灿烂辉煌，那么，就请把幸福生活收藏！

名人名言

我是属于太阳的风……我的目的就是到处创造幸福。

——[中 国]严文井

真正的幸福只有当你真实地认识到人生的价值时，才能体会到。

——[科威特]穆尼尔·纳素夫

让自尊占据灵魂

人古有自尊，人皆需自尊。

自尊，是一种人格尊严，是中华民族道德心理素质的精华，它在人们心理结构中占有重要的位置。人有了自尊，心中永驻春。

自尊就是力量。它可以化腐朽为神奇，变耻辱为荣光。古有司马迁宫刑而作《史记》，孙膑削足而修兵法；今有华罗庚跛脚而成数学王子，张海迪高位截瘫而为时代楷模。试观寰宇，多少人杰就是这样高擎着自尊的旗帜，凭着自尊的力量，在逆厄中奋起，在困难中挺进，披荆斩棘，一路潇洒，一路豪迈，终于站立于人生辉煌的巅峰。

自尊须不失自我。一个有自尊心的人，必然重信义、善交际、不轻人、不自轻、不自贱。一帆风顺，冷静地维护自己的尊严；身处逆境时，也不失自尊。人生之路阡陌交错，一旦你不留意你就会走错，便会戴上面具为他人而活着。你不妒在“过程”中，多一点独立，少一点痴迷，多一点站立，少一点休息，不可自狂，一定谦逊。

自尊须相信自己。人生路上，只有自

己，才能让他增值。可是不少人在面对挫折和困难时，最容易自己贬低自己，自己瞧不起自己。自己的价值丧失在自己的手上，这是一个人最大的悲哀。因此做人应保持自己的本色和尊严，不能让自己价值随意遭到贬损。

自尊须自爱。爱你自己，不能言累，你的身体，你的言行，你的思想都需要自己来好生把握，使它永远有光泽，使它充满人生智慧，使它深邃而具有香醇。

自尊不能唯我独尊。每个人都有自己的优势和潜能，也都有惬意和乏味的故事。作为一种人格，都应把自己和别人放在平等的台面上，乐观地评估自己的存在，既不傲视别人，也不可感到自卑。我们应该牢记邹韬奋的一句名言：“自尊心是进步之母，自贱心是堕落之源，故自尊之心不可无，自贱之心不可有。”只有这样，我们每个人才能活得有尊严、有价值，人生也一定会精彩几分。

朋友，自尊吧！珍爱自己、相信自己、成就自己，用自尊占据自己的灵魂。

名人名言

人不可以不自爱，不可以不自修，不可以不自尊，不可以不自强，而断不可以自欺。

——[中 国]张　澜

无论谁想获得自尊的名声，都应该隐藏起他的自负。

——[英 国]斯威夫特

乐于倾听

耳朵是心灵的一扇门，美好的声音，源于耳朵的倾听——

细雨绵绵，芭蕉不语，忽然有了预感，浪漫的故事不再仅仅属于梦中；清风爽爽，小草不语，忽然有了灵感，心灵的诗篇不再仅仅属于吟诵；雪花飘飘，麦苗不语，忽然有了温暖，温馨的情调不再仅仅属于风铃。

倾听是一种感应，你可以倾听大自然的，也可以倾听心灵的，既倾听别人的，也倾听自己的。置身于自然界，倾听落叶飘飘，倾听流水淙淙；倾听花蕾绽放，倾听阳光播洒。站在工作岗位，倾听城市喧嚣，倾听乡村宁静。畅开心灵的世界，倾听默默的怀恋，倾听昂扬的激情；倾听切近的心声，倾听致远风景……

倾听是一门艺术。会倾听的人必然会思考，会思考的人必然会表达。不会倾听，就不懂得生活；不会倾听的人，就读不懂心灵。倾听于别人，耐心地接纳对方的话，尊重对方的苦衷；成为他们雨中的一把伞，路上的一盏灯；倾听于朋友，真诚地为其高兴，为其成功喝彩，成为他们心灵上的一朵花，黑夜里的一颗星；倾听于双亲，排解他们内心的孤独，生活的苦闷，让他们感受到儿女的那份孝敬之情。

倾听是智慧之举，美德之称。倾听对方的谈话，尤其是善于倾听带着某种情绪，心情不佳者的谈话，并做出适度的应答，展示你的人格素养和交往技能。善于倾听的人有耐心、有谦心、有爱心，他们一定会成功。善于倾听的人常常会有意想不到的收获：蒲松龄因为虚心听取路人的述说，记下了许多聊斋故事；唐太宗因为兼听而成明主；齐桓公因为细听而善任管仲，刘玄德因为恭听而鼎足天下……他们不仅仅伶牙俐齿，能说会道，人生走向成功，其关键是善于倾听。

朋友，乐于倾听，既是学会感受，更是体验快乐的生活。让我们敞开耳朵尽情地倾听！

名人名言

从自知知人中而表示谦虚，那谦虚才不致是虚伪的。

——[中 国]巴　金

向上级谦虚，是本分；向平辈谦虚，是和善；向下级谦逊，是高贵；向所有人谦恭，是安全。

——[英 国]摩　尔

莫负童年

我们走在童年的小路上，人生之路便印下了童年的足迹。

这条小路是一条长长的五线谱，我们的足迹，就是一个个音符。你听，它们在编织着童年的旋律……

童年是一瓣嫩芽，破土而出，向上萌发，展露生机，它闪着光亮，放射出生命的绿。

童年是一缕晨光，破晓而升，勇往直前，播撒光明，照亮大地，给世界带来勃勃生机。

童年是一只远航的船，刚刚启程，乘风破浪，将与大海搏击。

童年是一只待飞的鹰，跃跃欲试，激情满怀，时刻会被老鹰妈妈丢手而腾空高飞。

童年是美丽的，童年是多彩的，然而童年又是短暂的。大人们常叹："人生匆忙"，一梦醒来已是落花时节。春天如此短暂，不要到了三伏酷暑方去思忖阳春的细雨，那已是错过了季节。因此，童年的我们，格外需要崇高的理想，坚定的自信，勇敢地面对人生的挑战，满怀豪情去搏击。像绿叶不断地吮吸雨露阳光，丰厚自己；像太阳喷薄而出，光芒四射，在天宇里争艳吐辉；像航船在狂风暴雨的肆虐里坚定地搏击；像老鹰在蓝天白云上豪壮呼啸。

童年是幸福的，童年是成长的。瑰丽的童年属于你们，你们要定准童年的音符，只有这样，在将来的人生路上，才能演奏出宏伟非凡、气势磅礴的交响乐。

亲爱的朋友，童年不可辜负！

名人名言

老年人如夕阳，少年人如朝阳。老年人如瘠牛，少年人如乳虎。老年人如僧，少年人如侠。老年人如字典，少年人如戏文。老年人如鸦片烟，少年人如白兰地酒。老年人如别行星之陨石，少年人如大海洋之珊瑚岛。老年人如埃及沙漠之金字塔，少年人如西伯利亚之铁路。老年人如秋后之柳，少年人如春前小草。老年人如死海之潴为泽，少年人如长江之初发源。

——[中 国]梁启超

时间会刺破青春表面的彩饰，会把平行线刻上美人的额角；会吃掉稀世之珍；天生丽质，什么都逃不过它横切的镰刀！

——[英 国]莎士比亚

少年当自立

海燕，没有一回回与风浪的搏击，怎能振翅翱翔万里长空；青松，没有一次次与风霜砥砺，怎能笑傲严寒巍然屹立。少年不自立，怎能在人生路上走出一个宽广的美好天地！

高耸的大厦，必定有坚固的根基；完美的结局，必定有良好的前程；少年自立，就是成才的前提和根基。人生之路，风雨兼程，靠自己主宰。没有谁比你自己更能决定你的命运，人生就是不断地挑战自我，不断强化自己。只要勇于自立，就会有成功的欣喜；只要能够自立，就是人生的成熟；只要坚持自立，就一定会顶天立地。

自立，不是生疏的课题，它来源于生活的点滴，它存在于你的心底。只有你自信大胆地去走自己的路，不断地去体验新的尝试，才能使你体会到生活的丰富多彩及与众不同，才会让你独辟蹊径，获得不凡的成绩。

人要自立，先要认识自己，既是一种能力，又是一种智慧；既是一种品德，又是一种境界，更是达到人生辉煌顶点的前提。

自立，能够让人更加自信和充满力量。人在溺爱和庇护下，难以有出息。就像一个人在一个可以踩到底的浅水区，是很难学会游泳的，而当他被置于一个较深的水域，本能的力量就会促使他很快学会游泳。所以，依靠自己的力量而成功的人，其成就感和自信心比其他人更加出奇。

人生要辉煌，少年当自立。人生路上只要能自立，哪怕走得蹒跚，留下来的足迹，也是你人生书卷里值得自豪的一笔；生活中只要能自立，就要多掌握自立的能力，能力越强，你的人生书写就越能透出独特的风格魅力。

朋友，让我们抛弃每一根拐杖，破釜沉舟，依靠自己，从自立中寻找谱写人生的优美旋律，从自立中获得生活的快乐真谛。

名人名言

没有志向的人，就好比没有动力的船，只能随波逐流。

——[中 国]魏 琼

意志是一件很重要的事情。工作随着志向走，成功随着工作走，这是一定的规律。立志、工作、成功，是人类活动的三大因素。立志是事业的大门，工作是登堂入室的旅程。这旅程的尽头就有个成功在等待着，来庆祝你的努力结果。

——[法 国]巴斯德

在平凡中追寻崇高

历史，夜以继日地延伸；文明，突飞猛进地发展。历史记录着文明，文明推进着历史。

伴随新中国成立62周年的步伐，百名道德模范意气风发，豪情万丈，奔向新的征程，努力创造更无愧于时代，无愧于人民，无愧于中国共产党这个光辉称号的辉煌事业！他们的行动，他们的诺言给我们每一个人带来了心灵的震撼。

郭明义、王文珍、文建明、李青云、孔祥瑞、许振超、邓前堆、李影、孙东林，等等，一个个平凡的名字，一个个普通的人，却有着一个个不平凡、不普通的故事……

他们助人为乐，以奉献使人快乐的幸福观，带动数万志愿者参加公益活动；奉献基层一线，创建风清气正、文明有序的局面；诚实守信，完成感天动地的生死接力；爱岗敬业，带出了一批知识型现代产业工人和有社会影响的工作品牌；用爱心呵护生命，用艰辛换来百姓健康；在困境中扛起了母女二人生活的重担……

他们的道德规范，已成为这个时代的榜样，他们用真实的故事，诠释着平凡中的伟大，质朴中的高尚。当我们走到他们身旁，才发现故事是何等的动人。也正是因为动人，才有了一次次深入心灵的震撼，一次次嵌进灵魂的洗礼，我们有了精神之获、心灵之获，同时也感受到纯粹、高尚的快乐。

全国道德模范的事迹，让我们在平凡中追寻着崇高。我们将会把这份崇高小心翼翼地珍藏在心中，熔铸于血液，凝成为意志，延展成生命。因为这份崇高有着温暖而柔韧的力量，能够经得起世人的质疑与拷问，能够穿透人们的心灵壁垒，能够融化浮华冷漠，让人世间充满温馨。

在平凡中追寻崇高，不仅仅需要静心聆听动人的故事，还需要睁大眼睛，敞开心灵去体验。青少年朋友们，让我们在实践的熔炉中，铸造新的思想道德素质和科学文化素质，做热爱祖国，理想远大，勤奋学习，追求上进，品德优良，团结友爱，体魄强健，活泼开朗的新一代。

名人名言

最高尚的精神是人生无价之宝。

——[中 国]陶行知

生命短促，只有美德能将它留传到辽远的后世。

——[英 国]莎士比亚

人生咏叹

春之思语

二月的风，吹过树木的额头，刻下轮回的痕迹，刻下冬雪之后的寂寞。

二月的风，轻柔地抚着脸，瞬间用另一种语言向我诉说——春来了。

春来了，我的心中产生了一种与高天寒流抗拒的快意。春天的晨曦是那么的清新。走近春天，追寻属于自己的快乐。

哦，春在枝头，绽放着隐隐约约娇嫩的绿；春在屋檐，唱着鸟儿啾啾欢快的歌；春在水中，划飞一双双或灰或白的翅；春在芬芳的阳光里，让大地有着温暖的气息；春在绵绵的细雨里，让万物有着勃勃的生机。我走出户外，在暖暖的春色里，抓一把芬芳的阳光，细闻风的味道，掬一捧甘霖的细雨，润润我的喉咙，把自己置于春的怀抱，尽情地陶醉。

我迎着春风舞动的身影，春天，像新生的太阳从我身体升起来了，他用充满热情的手，抚摩我，拥抱我，他用馨香的嘴唇狂吻我。顿时，冬天里浸润过的我，对着新生的璀璨太阳，我的脸上泛起了笑的波纹，我的胸膛鼓起澎湃汹涌的热情。我高兴地与阳光牵手漫步，仿佛回到了无忧无虑的孩提时代，一切又显得那么悠然自得。

春，是一个多么优美温柔的词汇。关于春天的名字，我在书中读过这样一段故事：在《诗经》之前，在《尚书》之前，在仓颉造字之前，一只小羊在啃草时猛然感到的多汁，一个孩子放风筝时猛然感觉到的飞腾，一双患风湿痛的腿在猛然间感到的舒适，千千万万双素手在溪畔在江畔浣纱时所猛然感到的水的血脉……当他们惊讶地奔走呼告的时候，他们决定将嘴撅成吹口哨的形状，用一种愉快的耳语的声音来命名这个季节，于是，“春”诞生了！

我喜欢春天，春天是美的灵动。春风、鲜花、阳光、溪水，风景如画。鲜花的芳香扑鼻而来，阳光穿过我的喉咙，舒筋活血，抵达五脏六腑，流淌于骨髓深处，让我心旌荡歌。春天的花朵，都亭亭玉立，迎风而举。在平静之下，有几只蜜蜂来了，停在花蕊上，蜜蜂爱花草，只是简单的、纯粹的功利，却永远功利得适当；有一群蝴蝶也来，它们也不像我常认为的那般唯美，它们也是劳动，努力生存，享受欢乐。

春天的美，美在她充溢着创造的活力，一种全新的奋发作为。我从小就懂得“春”的含义——“耕”。人要在春天里耕耘，而不是坐观美景。一开春，人们手握着歇过冬的锄头，劳作在春醒的田野，把汗水种下，把心情种下，把希望种下，浓郁的劳动清香与春花一起芬芳。劳动铸就了美的人格，劳动充实了美的人生，人们用劳动的手和春的色彩，在人生的图画上绘出了一幅极美的写真，所以，我要把她当作心中的天使，用灵魂供奉着！

春天太美了，趁着夏天还没来，我与她彼此缠绵一会儿吧！相逢不易，相守短暂。只因为春天的短暂，才越发地让我珍惜；只因为春天的美好，才越发地让我眷恋！春姑娘真的要走了，不由得让我恨起了夏天，因为她要带走春天，即便她将给予我火热激情。春夏交替，不可抗拒。我还是离开了春天，但我已把她枯萎成一片金色的记忆，并让她时刻从我心头掠过！

名人名言

钟表滴答一声，生命就减去一秒，无论对谁，它都是同样无情。

——[中 国]孙世杰

春天是自然界一年里的新生季节；而人生的新生季节，就是一生只有一度的青春。

——[古罗马]西塞罗

夏之思语

转眼间，又到了夏天。

现在的季节循环好像有些失调，昨天人们还穿着厚厚的春装，感受着宜人的春暖，今天就穿短衫短裙地感受着如火骄阳的烘烤。难怪人们叹息，春天太短了。尽管如此，我还是喜欢夏天！

夏天，既不像春天那样纯情，也不像秋天那样忧伤，更不是冬天那样苍凉。夏天是一首诗，充满激情，热烈无比。走过夏季，心，不再是浮躁的；情，不再是肤浅的；生命，不再是单调的。因为我穿梭于炙热的太阳，吸饱了阳光，在整个冬天都不会发颤。

夏天，万物充满了生机，活力四射。夏日的天空更湛蓝，云层更蔚洁；夜晚的月亮更具诗情画意，星星更像心灵的眼睛。艳阳、朗月、芳草地，一切洁白无瑕。夏天的瀑布，裁剪一段阳光，洗白了，挂在碧绿的山崖，夏日树木，沐浴阳光，茁壮的英姿，突破了春天。我爱夏日的瓜果，把阳光装满心里，瓜汁甜过蜜糖。

故乡的夏天，因为它绮丽的风景，因

为它热烈的韵味，因为它激情的清泉，我以生命的执著让自己定格住那片美丽的灿烂。

夏天，几近直射的阳光，明艳而耀眼，炙烤着大地，整个空间弥漫着令人窒息的热浪。整个夏天，汗水流淌于我全身每一寸肌肤，汗水侵蚀了我的灵魂，拂晓亦然，黄昏亦然，直至夜之深处。然而，雨，成了我在夏天的最爱与渴盼。

雨骤然落，乍然歇，如梦般，掀起心中的希望。却又在乍然停止后，重新点燃夏的火炬，身上的汗珠又开始滚动着。希望、失望、兴奋、诅咒交替着，雨来了又去。其实夏天的雨是老天对人的考验。夏天，有人依恋，有人郁闷。闷热滋生出烦躁，意志薄弱的人，爽快地把夏天让给无聊、游荡和倦怠；意志坚强的人，却分外珍惜夏天，在酷暑中磨炼自己，宁静而虔诚地拥抱夏天。

夏天的河流是我最向往的地方。记起少年时，我先是在家乡的河滩奔跑、嬉戏，后来试探性地赤身投入河水，在喝了不少浑黄的河水后学会了游泳。在充满阳光的水面上，我以从未有过的感激接受浪花的欢歌笑语，接受被河流接纳的抚慰。游泳对一个人来说，那是夏天给人的灵性。水的平静，给人以宁静致远；水的波涛，又孕育人的梦幻。

眼前是夏收的景象，岁月是泡在光波里的往事，给我留下一个个回忆……每到夏天麦熟的季节，我都想起和母亲收麦的年代，想起母亲收割的形象。在我的心头已凝固成一帧很艺术的照片。一把镰刀在田间扭动的腰肢，露着蒙娜丽莎的微笑，更有几分西施的娇怜，不及黛玉的淡，没有贵妃的浓，她那经霜的容颜，而在这艳阳的光影里，醉过多少人、多少梦、多少灵魂。一抹粉脂涂的是浮华，一滴汗水会因为鲜活开放成花朵。母亲劳动的汗渍在我心中凝成永不风蚀的雕塑。

麦收的夜晚，我在湿热的风中，徐徐入梦。多少次想轻叩母亲虚掩的心房，又不忍惊扰她那沉静的思绪，心中只有那份眷恋，让我焦渴的情怀展开无边无际的梦幻。我怎么也与母亲说不了话，难道阳光和空气真的是这么坚固的障碍？我的蓬勃生长的青春，却穿不透夏天湿热的风？你在风的那边，我在风的这边，我思念的已经不能打动你的眼睑，但我知道我们生动而灼热的感情始终携手于星空下，勾勒出一条被岁月打结的风景线。

夏天那如火如荼的岁月，我是不仅不会轻易淡忘并让我的思绪百般依恋。蒸沤的热浪，堆叠着，郁积着，让人烦闷、惆怅。尽管如此，我快乐，那是因为我为生存而歌唱。是的，我在夏天猛劲地长，不是为了树立自己的形象，而是想看看天上，是否有天堂，真情是否在人间，不给生命留下遗憾。

夏天，热情奔放且充满野性，桀骜不驯且充满激情，诗韵悠长，它将人间一切升华，绽放出来，把大自然点缀得精美灿烂。

夏天才是生命的颜色。我想，谁不爱夏天！

名人名言

唯有刚毅与火热的生命，才能熬过黑暗！

——[中 国]郭　枫

时间点点滴滴消失，犹如蜡烛慢慢燃尽。

——[爱尔兰]叶　芝

秋之思语

秋天是收获的季节，是有成绩的人生。绚烂多彩而肃然庄严，似朦胧而实清明，充满了大彻大悟的味道。境由心生，秋的色彩变幻，让我无限感叹。

秋天的美，不仅仅是那经霜的素红，而是在那临风的飒爽。秋天的美，不仅仅是那傲霜的菊黄，而更是在韵致的高远。秋的色彩明澈、斑斓，乃是一种景观，更是一种感觉，一种化境，蕴藏了诗的空灵，画的神似，歌的婉转。色彩变幻中，诗人畅所欲言，画家捉摸飘逸，歌手拨动心弦。

最动人的是秋收的景象和人们收获的喜悦。秋风吹红了苹果，吹黄了稻穗，地里的玉米棒抖着盔缨在风中向人们昭示着饱满成熟，满地的黄豆荚成双结对挂满了枝头。

每年国庆假日我都要回家探亲走访。观田野里的累累果实，听农家院的欢声笑语，真正让我感觉到这份收获的喜悦。丰收的景象令人心旷神怡，我的情感中流溢着苦尽甘来的味道，秋天的收获是沉甸甸。

一语成秋。在那淅淅沥沥的清琴丽韵中，眼见那秋草湿得沉重，眼见那落叶流金溢彩，我思绪万千。一些心事生长，一些心事凋零，秋雨浇湿了被夏日灼烧的心。于是，河流离我远去，岁月的真实在飘摇中朦胧，往昔的诺言变得通体透明，只是我零乱的思绪被雨后的彩虹折染。

明净的秋月更是多情，如少女那盈盈清澈的眼睛，双清月明，星空浩瀚。月色给大地披上一层薄纱，透出梦幻般的美。我坐在夜里怀想自己也惦念着亲人，幸福的响声来自心底。月亮若近若远，若隐若现，天上人间，一时难话今夕何年。“采菊东篱下，悠然见南山”的绝唱，让我拥有不为俗所知的气韵。中秋月夜树影摇曳，暗香浮动，举樽对月，远去了超然物外，远去了在岁月穿梭中的理性空灵。淡泊宁静感慨一句“但愿人长久，千里共婵娟”。

秋的背后，只积蓄宁静与深沉，所有盛大的静谧，所有依稀的灯光，所有在艰苦中的挣扎，都会静默地演绎着生活的无声所带给这个世界的感动。苍茫旷野，点雀斜飞。秋风天天吹落一些树叶，每一枚飘动的叶片，都成为我思念的语言，潜入内心的底层。一片一片的枯叶静静地走着，什么也不想，无尽地漂泊。累了，只想在路边或倚靠一会儿，或在地上躺卧，静静地望着天空。几片残留的叶依然停留在树枝上，欲编织出亘古的缠绵和凄美。此时，又有谁能看到黑夜降至，树叶离开大树的惆怅，爱与生活生生地劫走它们的气血、丰盈，还有它灵性深处的风景！面对冬的来临，秋叶无怨无悔，孤单的倩影羽化成爱的天使，沉默的心弦边舞边弹，只为心中季节的绚烂。

行走在秋天，秋天也在我们眼中行走。缓缓远去的是喧哗的虚荣，渐行渐近的是沉静的收获，和大地上的万物一起摒弃那些喧闹的浮躁，一起分享生命的淡泊和宁静，分享生活的快乐与艰难。

名人名言

世事之乐不在于实行而在于希望，犹似风景之美不在其中而在其外。

——[中国]丰子恺

我们以后的收获，都取之于我们的生命之树在春天的萌芽。

——[法国]阿尔贝特·史怀哲

冬之思语

踩着满径的黄叶，裹着一路的菊香，秋走了，我很快地走进了冬天。

随着冬的蛰伏，很多东西被洗得失去了光泽，让我感觉岁月变了颜色。没有了秋天的成熟多彩，穿上厚厚的衣裳，手脚变得不那么利落，一切也不再让我兴奋。惊回首，由春而夏，由夏而秋，逝者如斯。进入深冬，茫茫四野，一片雪白，城市内外，尽皆银装。北风呼啸，雪花飞舞。整个空间皑皑苍茫，大地和太空混沌一起。我的思绪不由自主地飘落在一个银色世界。看着冬的圣洁，转换着心境，我的心中肃然而震撼。

冬，的确与我的心境关联。天色灰蒙，风冰气寒，从从容容，凛凛冽冽。独自在冬日的午后去户外散散步，会觉得太阳依然温暖，没有了夏日的火辣烧灼，而是另一番美妙的景象——披起一层凉风裁剪白云缝制的薄纱，酷似一位端庄优美的少妇，安详地凝视着自己怀中的婴儿——大地。当我身临寒冬，白雪飘飞，片片雪花伴着寒风，踏着独有的韵律穿过灰白苍穹，感到自然的博大，人类的渺小。我有一种说不出的心醉！

雪花，晶莹剔透，轻盈而自由，看到它，让我这上了把年纪的人看到了一个美丽的童话世界。飘雪的日子，我仰起头，伸出舌头，希望能接到一片雪花，那淘气的愉快里绽开了“顽童”的梦。当我伸手迎接，倾听这些小精灵带来的天籁之音，细说着卖火柴的小女孩可怜的命运，再远望矗入云霄的白雪冰山，又让我这颗在红尘中受到污染而浮躁的心灵变得纯粹清明！灵魂便依附了一颗最纯真、最美好的心灵！

人生中有如雪洁白的美丽。冬天里有人生艰难困苦的寒冬腊月，但无论是刺骨的寒风还是柔情的瑞雪，人都不要让生命留下遗憾。所以，我说只有读过冬天，才能明白冬雪并不完全代表寒冷，其实，亲情能使它融化，友情能使它沸腾。我在人们嘎吱嘎吱的脚步声中深深体悟生命执著的意义。冬使我忘记身边的忧愁，心境依旧平淡坦然。

人的生命只有经历了冬的蛰伏，才能闪耀出夺目的光芒，“不经历风雨，怎能见彩虹？”经历冬的生命，来年显得美丽。雪被下春的麦苗和枯根里的草芽，在冬天积蓄能量，为春天萌发而努力，寒雪中傲然绽放的枝枝红梅不惧严寒，点燃了那早已冰封的心志。整个冬天，我敞开心扉，抖抖寒风，望望雪花，品品梅韵，周身似乎有一种坚强与傲然。

冬，虽冷峻深沉，却依然灿烂。蛰伏中蕴藏着生机与希望。黑夜里，晨曦中，灯火阑珊处，闪动着一个个劳动者的身影。他们忙碌着，勤奋着，在寒风中升腾向上的力量；他们坚守着，奉献着，在寒夜里点燃温暖的亮光；他们期待着，渴望着，到来的是一个明媚的春天。

当我在季节不断地循环中开启一扇冬天的窗，听听窗外冰融的流水声，哦，这是春之歌的前奏，严冬便给我留下了一个梦：春天不远了。

名人名言

是苦难造就了人类，而不是幸福。幸福，只是苦难的间歇和偶尔的停步。

——[中 国]谢选骏

生命之路，是早就安排好了的。自然规律只允许沿着生命之路朝着一个方向去，而且只能走一次。

——[古罗马]西塞罗

珍爱人生

谁不爱枫叶红色的火焰，谁不爱草原绿色的地毯，谁不爱田野金黄的麦浪，谁不爱蓝天白云的画卷。然而，你是否爱过你正在度过的五彩缤纷的人生？

人生是短暂的，人生却是精彩的。短暂的人生在日新月异的世界顶端闪烁璀璨；精彩的人生让代代相传的生命之花呈现壮丽鲜艳。

少年不再来，一日难在晨。人生苦短，与历史长河相比，仅是一个小小的浪花。人生几十个春秋，转眼就是百年。少年时，风华正茂，切记这个道理:珍爱人生，才会热爱生命；珍爱人生，才会有生活的蓝天。

人生需要播种。希望是种子，实践是土地。播种了不一定发芽，但不播种却永远不会发芽。发芽了，会有令人感动的美丽；没有发芽，也会有伤感悔恨的回味。人生在平凡中显现伟大。因为平凡，才爱憎分明，认真地爱值得去爱的一切，恨必须去恨的一切。因为平凡，我们才可以认真地度过这平静的每一天，在平凡的土地里播下不平凡的人格与操守、尊严与责任的种子，在平凡的人生之路上，永远让快乐陪伴。

人生需要乐观。乐观之于人生，是飘荡在地平线那袅袅升起的热望与希冀，是普照生灵不息的太阳。如果你在乐观撷取一分坦然，人生就会盎然多彩，人生之路就会越走越宽。其实人生就是这样：有不如意才有如意，有不欢欣才有欢欣，有不顺畅才有顺畅，有不成功才有成功。这就犹如两个人同时遥望星空，一个人看到了黑夜沉沉，而另一个人看到的却是星斗闪闪。所以，如意时不要傲傲然目空一切，失意时也不要凄凄然停止不前。

人生需要努力。努力是人生的根基。人生梦想，是人的心愿。理想很高远，那是飘在天空的彩云，也很快随风而逝；目标很高大，那是竖在远方高山上的一面旗，遥远得不知从何处登攀。有梦想，就需要努力，让梦想化为引导行动的理想和目标，为自己的人生航船指引方向。让努力化为人生航船的发动机，驱动着自己的人生驶向理想的彼岸。

人生需要奉献。“奉献乃是生活的真实意义。”（阿德勒语）积极奉献社会使你名扬千秋，奉献乃是人生境界的高点。有人说：人生即是一个过程，一种经历，一种体验。千山外，水流长，哪怕心有千千结，人生是要留痕迹的。一片云，一阵毛毛雨，一声惊雷，一道闪亮，一点智慧，一点奉献。

人生路漫漫，需要跋涉，需要珍爱；

人生很精彩，需要向往，需要呼唤。

名人名言

人生的道路虽然漫长，但紧要处常常只有几步，特别是当年轻的时候。

——[中 国]柳 青

人生不发行往返车票，一旦出发，就再也回不来了。

——[法 国]罗曼·罗兰

从容人生

从容，是人生的坦然。

从容，是生活的乐观。

从容，是一个人遇事的态度，或是不愠不怒、不惊不惧、不暴不躁，或大度、泰然、自如、恬淡。

徒步人生，既不戚戚于贫贱，又不汲汲于富贵，心中舒坦自然，胸中豁达乐观。

从容，反映你做人的气质和修养，尽管从容不等于美德，可作为外在的姿态和心灵的情感变幻，也不乏让世人称赞。

从容，作为一种举止，体现出你在生活中遇到不寻常的事情后，不失常态，宠辱不惊。让你在错过月光后，又迷失阳光的时候，而不致泪盈双眼；让你在失落春天后，又荒芜秋天的时候，而不会叹息不前；让你在拥有名利后，又拥有财富的时候，而不会自喜沾沾。

我们每个人都拥有比自己想象多得多的勇气、力量、智慧和信心。无论做什么，无论遇到什么事，都要坚信：我可以做得更好，只要我努力，只要把自己的才华最大限度地发挥出来，即使不能取得令人骄傲的成绩，你仍然是一个成功者，因为你调动了最大的能动性，充分体现了自己的价值。因为在你的身上，不骄不躁、平和谦逊的心境让人击节赞叹。

从容是一种健康心理的体现，是一种自然而不是刻意的气质和心理自由。当你在几度绝望的情况下，不但要表现得镇定自如，而且还要善于观察分析，妙计百出；当发现自己的一件珍贵东西不见了时，你不是大呼小叫，而是细心查看；当遇到困难和挫折时，你不是长吁短叹，悲观失望，而是耐心等待，静观其变……

遇事从容、冷静，听起来简单，做起来并不简单。

人生从容，从容人生需要修炼，闲暇之余安坐小憩，放缓你的心灵，心灵自由自在地飞向天空，你的心就会沉醉舒坦。

身体的疲劳与心灵的重荷都需要释放，适度地放慢生活节奏，让自己轻松自由休息一下吧，然后再朝前。

名人名言

人生实在是一本大书，内容复杂，分量沉重，值得翻到个人所能翻看到的最后一页，而且必须慢慢地翻。

——[中 国]沈从文

成功的人，都有浩然气概，他们都是大胆的、勇敢的，他们的字典上，是没有“惧怕”两个字的。

——[美 国]卡耐基

人生需自强

自强，是面对失意不气馁的精神，是在鲜花掌声中不萎缩的思想，是无际的大海中沉下还会浮起的一叶小舟，是赛场上跌倒还会爬起的健将！

自强，是面对艰难勇往直前的英雄气概，是冒着风雨披荆斩棘的昂扬斗志，是血汗洗礼的坚强意志，是人生风雨兼程中成长的力量！

自强是远行的马达，是雄鹰的翅膀，它推动着我们在滔天巨浪中前进，引领着我们在疾风暴雨中翱翔。

这种力量来自哪里？是来自内心的呼唤，来自明媚的阳光。也许爸爸妈妈们以为我们是孩子，也许老师以为我们是群小淘气，也许邻居阿姨叔叔以为我们没长大。其实，我们走进校园那一天，戴上红领巾的那一刻起，我们就学会坚强。我们不愿当家里的小皇帝，我们不愿当大树下的小幼苗。我们要做大树茁壮参天，我们要做雏鹰展翅飞翔。

人生不会一帆顺当，恶浪会冲掉我们手中的桨；生活不会总有快乐，暴风会关闭我们心灵的窗。鼓起进击的勇气吧！光明就在前头，让自强的信念塞满心上。奋力抓住手中的桨，尽快打开心灵的窗。

生活告诉我们一切真知。人生挫折给人造成精神上或肉体上的痛苦，使我们遭受失败和打击，让我们的生活变得曲折和艰难，然而，我们从生活中得到磨炼，获得成长。生活使我们青春充满活力，使我们精神更加富有，使我们的心志变得勇敢、变得坚强。

于是，人生挫折成了我们的一笔财富。逆境并不像青面獠牙的恶魔一样让人可怕，只要我们抬起不屈的头颅挺起脊梁，我们自豪地说：人生当自强，命运在手上。

千磨万击还坚韧，任尔东南西北风。人生旅途，我们揣着自信上路，困难、挫折、失败、障碍，一个一个会和我们较量。自强是我们收获的希望，自强陪伴我们，才会有人生之花的绽放。

少年当自强，走进生活的快乐殿堂；人生当自强，成为祖国的建设栋梁。

名人名言

不论是伟人还是小人，只要有极强的意志，往前赶，他便可以做出点事业来。事业的大小虽然不同，可是那般坚强的心力与成功是一样的，全是可佩服的。

——[中 国]老 舍

意志，是唯一不会耗竭的力量，也是人人永远具备的力量。

——[德 国]叔本华

人生在磨砺

小时候，我家盖房子垒墙，由于家里经济状况不好，只买一点砖，用作墙基，然后墙体全用土坯胡基。我家地处低洼，邻居地势较高，刚好高于我家院墙地砖之上。

一天，天降大雨，大雨形成了暴雨，邻居家的水，从鼠洞流进了我家的院子，顿时院中的水猛涨。院墙不到一个小时就浸泡坏了，顷刻变成了一摊烂泥。而其他人家用砖块砌的院墙，雨过天晴，依然完好。

这件事，让我从小时候起就明白了一个道理：砖块和胡基起初都是土坯，一个是经过窑火烧制而成的，变得坚硬，而胡基是在太阳下晒干的，依然是土。人生也是这样，经历千锤百炼，就能坚硬如钢。若不经受磨砺，是经不住风雨的考验的！

日本作家说过："人的一生，或多或少，总是难免有浮沉，不会永远旭日东升，也不会永远痛苦潦倒。反复地一浮一沉，对于一个人来说，正是磨炼。"是的，人生太需要磨砺。只有不断磨砺，才能使我们的心理日渐成熟，才能使我们人格逐渐完善，才能"千锤万凿出深山"，才能“梅花香自苦寒来”，才能奏出激昂的人生旋律，激发自己勇往直前。

人常说：剑不磨不锋利，玉不琢不成器。世界上没有一条通往成功的捷径，人生的灿烂，都凝聚着奋斗的心血，人生奇迹的出现，都有道不完的辛酸，成功的背后，都经受了千锤百炼。从磨砺中享受成功，从成功中体验磨砺，不是一个简单的循环，而是人生之路的必然。

人生需要磨砺，但并不是所有陷入困境的人都会从此变得更奋发图强，都能坚持刻苦磨炼，这需要坚韧和顽强意志，需要健康的心理保障。耐得住寂寞和孤独才能坚持艰苦的磨炼。

人生需要磨砺，这是人生的历程，用不着祷告，因为上帝不会恩赐赦免，人只有像砖块那样“苦其心志，劳其筋骨，饿其体肤，空乏其身”，人生之基才能永固不倒，生命之花才会绚丽灿烂。

名人名言

我们不能指望没有困境，可我们能不让困境扭曲我们的灵魂。于是有一种更博大的雄厚、更深刻的智慧、更广泛的爱心的人类，与天地万物合成一个美妙的运动，如同跳着永恒的舞蹈。

——[中 国]史铁生

有时横祸会成为一种财富，它向人们揭示了蕴藏在自己本性中的许多秘密的财富，有如地震后暴露了许多地下宝藏。

——[法 国]福楼拜

人间无处不秋风

秋高气爽，秋风一起，我走在田野，天高云淡，还真有点初春的感觉。细小的风很美，它像春风那样，轻轻展开灵性的翅膀，在天空中飞翔。它用好听的声音安慰着，像一个守在摇篮边的母亲轻吟夜曲，为孩儿把美梦企盼。

我禁不住内心期盼已久的心思，让秋风扫去夏天的炎热苦闷，犹如我回家开空调的情景，伸手抓住一缕缕秋风，倾听生命中最真实的声音，这风来自森林，来自大海，来自飞翔的一群列队的大雁。

人在风中，风在心头。我何不让风荡涤心灵？风声是大自然内心的絮语，是大地的长笛和洞箫。优美动听的音符，神奇的音韵从远方而来又传得悠远，像流星一样，在我的眼前只是个美丽的瞬间。

我站在秋风中，一种无端的感动与浮想涌在心间。一年一度秋风起，栖居在各个角落的人们，像我一样倾听风声，拥有沉静祥和的心境，用洁净的心灵与大自然交谈。不论富贵，不管贫贱，谁都得度过一个个秋天，谁都得在秋风中飞舞旋转。

秋风吹红了苹果，吹红了大枣，吹得满山遍野层林尽染；秋风也吹黄了树叶，吹去了夏季的燥热，吹得瓜果飘香天高云淡。

其实，我在秋风中每每看到一片一片树叶飘落于地，心中也产生了几分伤感和悲怆。人在生活中奔波，犹如在风中行走。风来不可抗拒，生活的坎坷也就在情理之中了。作家刘心武在《人在风中》写道：“风总是多变的。风既看得见，也看不见。预报要来的风，可能总也没来；没预料到的风，却会突然降临。”怪不得，我走过的路上，有时在“顺风而行”；有时也会“逆风而抗”。顺风而行，我心境安详、坦然，让我对大自然产生依恋；逆风而抗，风声萧瑟，让我在激越的乐感中奋然向前。

深秋的风萧萧瑟瑟，让人感到寒意切切；逆风而抗，也会让人产生一种力量。风吹走的是我的软弱和懦弱，而铸成的却是我坚韧的体魄，勇敢的品格，顽强的意志，远大的理想，坚定的信念。

逆风而抗，我读懂了人与自然画卷的内涵。欣赏的是那飞卷的云头，翻滚的绿浪，汹涌的波涛，漫天的叶落；倾听的是那森林的欢呼，大海的咆哮，高山的鸣响，山雀的啼咽。

人间无处不秋风。宇宙的风永远不会停息，生活的风也会无处不来。风来了，我们如果只顺受而无法逆抗，那将离人生的目标越来越远。我想每个人应以信念、意志、理想来面对人生恶风的狂刮，让风成为悠悠岁月的一道刻骨铭心的风景线。

名人名言

如果五彩斑斓的情感现象和行为方式像教科书一样简单，像抒情诗一样优美，那么永恒的矛盾和永恒的课题就早已不复存在了。

——[中 国]张同吾

不管一切如何，你仍然要平静和愉快，生活就是这样，我们也就必须这样对待生活，要勇敢、无畏、含着笑容地——不管一切如何。

——[德 国]罗莎·卢森堡

低下头来看美丽

无雨的季节总是落雨，凉凉的雨丝流在山间，作为旅游的我忽然没有了兴致盎然，人群中也出现了声声抱怨。我努力拨开雨帘，踟蹰地夹着缕缕忧伤与沉沉思绪在雨丝中遐想。低垂的云，似仙境迷雾，雨点滴落在伞上沙沙流下，在我眼前形成了水帘，我似乎进入了水帘洞一般……

旅游如此，人生如此。我会不期然地走向圆满与成熟的同时，艰辛而从容地面对种种不测的磨难。

人生不会风平浪静，生活不会一马平川。我经常提醒自己低下头来看一看。

低头，我不认为低人一等，下四低三。因为我熟记一句名言：地低成海，人低成王。低头是一种谦逊和宽容的为人品格，是一种踏实而实在的人生态度，是一种博大的生存智慧和本钱。

常言道："水往低处流。"那是智慧之"水"，往低处而流；常言又说："人往高处走。"那又是汲饱了智慧之"水"的人才走向高的境界。

旅游登山，我向山上看，有人信步顶峰；我往后看，有人刚刚起步，而我与大伙正在山腰跋涉。我向上看，蓝天白云，人如长竹；再向下看，山与地接壤，人如蚂蚁般；唯有我的身边，景色宜人，人在山腰走，山在人中间。大伙精神抖擞，兴致勃勃，奋然向前。

我终于爬上了山顶，便有"会当凌绝顶，一览众山小"的感叹。之余，我忽然感到，这么美好的景色，原来是要低头来看。

民间有句非常贴切的谚语：“低头的稻穗，昂头的稗子。”稻子成熟饱满，头垂得很低；稗子果实空空，头抬得老高。人也一样，得意时，指点江山，低下头，把谦逊真诚显现；挫折时，不必惊慌，低下头，把自强自立表现。

人生不如意，低下头，我也能在水中看到星星、月亮和太阳。只要放飞一种快乐的心情，只要珍惜生命中每个瞬间，只要驾驭生活中的点点滴滴，低下头来看，身边的一切依然是美丽灿烂。

其实，万物并不平凡，都有着其闪光点；人生并不暗淡，快乐随时相伴。世界并不全是灰色调，阳光明媚，皓月当空抬头可见；溪水潺潺，蚂蚁搬家，低头可寻；信任、善良、热情每时每刻都在彰显；亲情、关爱、关怀每分每秒都在温暖。我想，人只要少些冷眼，少些刻薄和尖酸，世间的一切在眼前都会变得美好，且风光无限。

朋友，别让高不可攀的东西冰冷了你的心，把人生看得很糟很透，把他人看得很坏很差，把人世间的一切看得很淡很淡。无论你生命旅程是一帆风顺，还是充满曲折和磨难，也要用我们生命的火焰，去点燃生活的热情，低下头来看看自己美丽的人生之花开得多么光彩鲜艳。

名人名言

只要你单身奔赴大自然的怀抱时，像一个裸体的小孩扑入你母亲的怀抱时，你才知道灵魂的愉快是怎样的。

——[中 国]徐志摩

旅行使人变得谦虚，因为它使你领悟，人在世界上所占的地方是多么的渺小。

——[法 国]福楼拜

笑对人生得与失

人生中，得与失常常发生在一闪念间。该得的，不要错过；该失的，洒脱地放弃。都得，一定是他人为你放弃，得的不好，还会惹祸；都失，那也实在对不起自己，让自己的生活怎么过?

其实，得与失互为因果，有失必有得，有得必有失。失与得是万物的两个状态，无时无刻不在我们生活中存在。只看一面，不看另一面是不对的。做人不能因得而猖狂，也不必因失而落寞，正像圣贤范仲淹说的那样："不以物喜，不以己悲。"珍惜得到的，而不去留恋已失去的，这才是明智的人生选择。

不过，得失的权衡很重要。认准要得到的目标，努力追求；对于失去的要有积极的境界。古语说得好："塞翁失马，焉知非福。"可见，得到不一定是好的，失去也不一定是坏的。失之东隅，收之桑榆。

自古以来，万事都付诸流水，万物分分秒秒都在交易中，得失即是永恒的。人不必因为失去而痛苦，因为此刻的得到意味着日后的失去；这一刻的失去，意味着日后的得到。得与失，两者相互转换，在人生路上不断交替。

有则故事阐述了这样的道理，一天佛祖给他的弟子三个苹果，弟子吃了一个，佛祖便问他："你还有几个苹果?"弟子说："三个，两个在手中，一个在肚子里。"佛祖笑了。弟子不小心掉了一个，佛祖又问："你还有几个苹果?"弟子说："还是三个，一个在手中，一个在地上，还有一个在肚子里。”佛祖又笑了：“很好，得即是失，失即是得；有即是无，无即是有。”这个故事告诉我们，是你的终究是你的。即使失去了，也还是你的，我们何必去在乎得与失，何必去无谓地为失去的而内疚自责？

患得患失是人生的精神枷锁，是附在人身上的欲望，欲望的存在会捂住我们应该拥有的阳光。患得患失，劳心伤神，让人落寞。人生旅程多忙碌，奔波来去为生活。古人有言：钱财如粪土，功名似浮云。皆生不带来，死不带去。说这话常被指责为消极人生，其实在于现实生活中的人们怎样去理解。笑对人生得与失，乃是一种人生态度，也是一种人生哲学，更是一种人生境界。

笑对人生得与失。得也应得到真的东西，不要为虚伪的东西所迷惑。既然生命得来不易，生命万般珍贵，万万不可舍，那就该好好地珍惜它、利用它、充实它。人生贵在奉献，果断地放弃不属于自己的一切。

朋友，有得就有失，有失就有得，人生成功的路不止一条，笑对人生得与失，你的生活才会快乐，你的人生才会完美无缺。

名人名言

成功时不要把自己看成巨人，失败时不要把自己看成矮子。

——[中 国]刘 洁

一切成败得失都在于我们自己，但我们却往往诿之于天意。

——[英 国]莎士比亚

常怀谦虚之心

朴实的泥土默默无语，因为它的谦虚而博得万物的青睐；辽阔的大海不择细流，因为它的谦虚而成就了深邃与浩瀚。

大千世界，人海茫茫，我们所拥有的一切，与博大精深的大地相比，与浩瀚无际的宇宙相比，都不过是沧海一粟，实在是微不足道。从历史的长河来看，一个人不管拥有着什么，却只不过是极其渺小的瞬间。

与大海横比，与宇宙竖看，我们还有什么可骄傲，还有什么可炫耀，还有什么理由不低调做人，谦虚待人。然而生活中的许多人，却不以为然。

谦虚是世人倡导的美德。古人早就告诉我们："谦受益，满招损"，这是做人的精髓，更是登上人生巅峰的力量源泉。

而我们在生活中常会遇到一类好为人师的人，他们由于过分自信而狂妄张扬，大有不可一世的骄纵轻狂。--副骄傲的面孔，其实是自卑心理的曲折表现。唯恐被人轻视而炫耀自己，这样的结果只能使他们捉襟见肘，令人讨厌。

人的本性会潜意识地争强好胜，乐于变现本无可非议，不论你的目标为何，如果想追求成功，谦虚才是智慧的体现。谦虚的行为会得来交口称赞。

世界上很多大家名人都是一生谦虚，他们在各个领域中做出的成就非凡，却依然热情满怀、谦虚平淡。

古希腊的著名哲学家苏格拉底才华横溢，而且桃李满天下，他孜孜不倦地用谈话启迪当时青年人的智慧。每当人们把他赞叹，他总是谦逊地说："我唯一知道的就是我自己的无知。"还有"美国之父"富兰克林更是谦逊有加。有一次，富兰克林到一位前辈家拜访,当他准备从小门进入时，因为小门低了些，他的头被狠狠地撞了一下。出来迎接的前辈告诉富兰克林："很痛吧！可见，这将是你今天拜访我们的最大收获。要想平安无事地生活在世上，就必须时时记得低头。这也是我要教你的事情，不要忘了谦虚！"从此，富兰克林牢牢记住这句话，并把"谦虚"列入人生的生活指南。

朋友，让我们常怀谦虚之心，脚踏实地，像泥土默默无闻，像大海不择细流，不骄傲自满，把自己的人生装扮得多彩绚烂。

名人名言

骄傲自满是我们的一座可怕的陷阱，这个陷阱是我们自己亲手挖掘的。

——[中国]老舍

智慧是宝石，如果用谦虚镶边，就会更加灿烂夺目。

——[苏联]高尔基

正直·立身之本

世界上有没有万无一失的成功秘方？有！它就是正直。它是人生的立身之本，它是你自尊自信的源泉，它更是你人格精神魅力的体现。

人活在这个世界上，仅有丰富的学识不行，仅有勤劳的双手不够，还得有正直的品性。这样才会在人生路上勇往直前。

正直是一种坚定，是一种清醒；正直是自律，是一种风骨；正直是一种原则，是一种勇敢。做一个正直的人，应成为每个人的不懈追求，成为每个人必备的资源。

正直的人面对是非，拨乱反正，面对困难，坚韧不拔；正直的人遇到需要帮助的人，毫不犹豫，慷慨解囊；面对生活的挑战，顽强拼搏，勇往直前。

正直就意味着不会口是心非，正直就意味着不会损人利己，正直就意味着不会攀附权力和金钱。

人若有正直的品性，人生定会畅通无阻，生活定会一帆风顺，事业定会左右逢源，生命定会辉煌灿烂。

正直意味着具有道德感并遵从自己的良知。朋友给我讲了一个医生和护士的故事。在一所大医院的手术室里，一位年轻的护士第一次担任责任护士。“大夫，你已经取出了11块纱布，”她对大夫说，“我们用的是12块。”“我已经都取出来了，”医生断言道，“我们现在就开始缝合伤口。”“不行！”护士抗议说，“我们用了12块！”“由我负责好了！”外科大夫严厉地说，“缝合！”“你不能这样做！”护士激烈地喊道，“你要为病人负责！”大夫微微一笑，举起他的手让护士看了看，这是第12块纱布：“你是合格的护士。”他说道。他在考验她的正直——而她具备了这一点。

正直的人，面对挫折心地平静坦然。亚伯拉罕·林肯在1858年参加参议院竞选活动时，他的朋友警告他不要发表某一次演说。但是林肯答道：“如果命运注定我会因为这次讲话而落选的话，你们就让我伴随着真理落选吧！”他是坦然的，他确实落选了。但是两年后，他就当选了美国总统。这个故事折射出不容违背的内涵。真正正直的人，最终能让别人从心底发出敬畏的称赞。

林肯总统还有一句名言：“正直并不是为了做该做的事而有的心态，正直是人快速成功的有效方法。”朋友，让我们记下这句名言吧，做个正直的人，你会拥有一种神圣的力量，你的人生尊严也会尽情展现。

名人名言

必须敢于正视，这才可望敢想、敢说、敢做、敢当。倘使连正视都不敢，此外还能成什么气候。

——[中国]鲁 迅

一个人的个性应该像岩石一样坚固，因为所有的东西都建筑在它上面。

——[俄国]屠格涅夫

恒心成就人

小时候，父亲带我到自留地干活，我向地头提半筐玉米棒，当我提不动时，父亲鼓励说：“坚持一会儿，就到了。”那是我第一次听到“坚持”这个词语，但对词意没有过多的理解。

后来，上了学，不知是上哪年级，老师就告诉同学：坚持就是胜利。再后来老师教我们一句成语就是“持之以恒”。还用很多的例子来证明。其中一个最显著的例子就是，一个挖井人一连挖了几口井，都不能坚持到底，到一半便放弃，他说：这口井没有水。于是他挖了一口又一口的井，但却始终没有挖出水。其实水就在下面，挖井人只是没有持之以恒的决心罢了。

现在，我已年过半百，终于明白了人生要有恒心的道理。人有恒心万事成，人无恒心万事崩。恒心是意志的较量，是信念的考验，是勇气的裂变，是智慧的测验。恒心体现着一个人的人生态度，处事原则。人生巨大的成功靠的不是力量，而是一种坚持中的韧性。所以，人生只有在奋斗中坚持不懈，才会有成功的硕果。

翻开历史的画册，许多人都是凭着恒心取得了辉煌成果。爱迪生做实验虽然失败了一千多次，但依然坚持不懈，终于发明了电灯；达·芬奇每天都画相同的鸡蛋以获得绘画造诣的提升；只要抱着勇攀高山的雄心，怀着西西弗利推石的恒心，即使荆棘巨浪我们也能走过。

人的生命就是一场马拉松竞赛，竞赛也是持久力的竞赛，最大的敌人不是别人，而是我们自己。每个人在人生的旅途中，唯有靠恒心才能成就自己的事业。

“锲而不舍，金石可镂”，这是战国时期著名学者荀子劝告人们学习或做事需持之以恒的一个比喻。坚硬的金石，刻穿它需要我们手中的刀永不停歇。

人在奋斗的过程中，由于条件所限，困难重重，也会有种种干扰。这些困难、干扰就像一座座山横亘在我们前进的道路上，让我们与成功相隔。此刻，是望山止步，还是翻山而行？19世纪英国作家狄更斯说得好：“顽强的毅力可以征服世界上任何一座高峰。”这句话说得不错，只要拿出顽强的毅力，持之以恒，坚持到底，困难的影子就会摆脱，事业上的你一定会有收获。

恒心是有代价的。在向目标挺进时，千万别被别人嘲弄的声音、讽刺的话语、卑鄙的评论所吓倒，而要蒙起自己的耳朵，不去理睬这些，默默地承受，做一个强者。

恒心是有代价的。当你在人生舞台上恒心使然，花朵静静地开放，太阳展开笑脸，你会尽情享受这成功的喜悦。

名人名言

做一件事，无论大小，倘无恒心，是很不好的。而看一切太难，固然能使人无成；但若看得太容易，也能使事情无结果。

——[中国]鲁迅

要有坚强的意志，卓越的能力以及坚持要达到目标的恒心。

——[德国]歌德

勇敢地忍耐

天有不测风云，人有悲欢离合。人生不可能一帆风顺，征途的路坎坎坷坷。有时我们会遇到灾难，有时我们还陷入困惑。这时你不要焦虑，不要急躁，请耐心地等待，困苦时光总会走过。

忍耐就是力量，是奏响人生胜利凯歌的前夜。真正的勇士善于在该忍耐时忍耐。每战胜一次苦难，你的忍耐力就增长一截。真正的忍耐需要勇气，需要智慧的磨合。

忍耐是一种品质，一种磨砺；忍耐是一种明退暗进，一种蓄势待发。忍耐不是忍气吞声，而是对自己的克制；忍耐不是弱者的表现，而是强者的品格。

人生不如意事常八九。面对任何不如意，碰到困境和难题时，想想你的大目标吧！为了大目标，一切都可以忍！千万别为了爽快和个性而挥洒你岩浆般的心中怒火。俗语说得好：“忍一时风平浪静，退一步海阔天空。”只要你善于忍，人生中很多问题会迎刃而解。

善忍者事顺，善屈者福长。凡遇事以忍为上，以退为进，以屈为伸者必会事顺、理明、路通，并能成大事。在中国历史上最有名的忍耐例子就是韩信忍恶少胯下之辱。那时韩信潦倒落魄，无心与恶少争，只好忍辱爬过恶少胯下。这就是“胯下之辱”的典故。还有孙膑忍庞涓之辱很有名，装疯卖傻，就怕庞涓把他杀了。结果如何？韩信终留下有用之身，成为大将；孙膑保住一命，收拾了庞涓。韩信也好，孙膑也罢，都是忍一时之气，争千秋之利。像这样的忍耐事例还有很多很多。

美国前总统林肯说过：对暂时斗不过的小人要忍耐。与其和狗争道不如让狗先走，因为即使你将狗杀死，也不能治好被咬的伤。由此我想，人在待人处世中，当自己处于不利地位，或者危难之时，不妨先退让一步。利用忍耐避开锋芒，脱离困难，另谋战略，忍到最后等到时机成熟再把问题解决。这样，你的人生才能成就大事业。

朋友，让我们在忍耐中努力追求，不断进取；在忍耐中磨炼意志，修养品行；在忍耐中感受人生，品味生活。

名人名言

天下无难事，惟坚忍二字，为成功之要诀。

——[中国]黄　兴

顺境的美德是节制，逆境的美德是坚忍，这后一种是较为伟大的德性。

——[英国]培　根

拥有朋友

“一个好汉三个帮，一个篱笆三个桩。”“多个朋友多条路。”“朋”和“友”在中国传统中是两弯相映的明月。

人生得一知己足矣。拥有朋友，就像沙漠拥有了甘甜的清泉，生活充满了快乐。“有朋自远方来，不亦乐乎。”拥有朋友，就像秋天拥有了丰收的硕果，心中充满了喜悦。

“路遥知马力，日久见人心。”这句古训，道出了朋友的真情历久弥新，朋友的友谊愈陈愈芳。“锦上添花”、“雪中送炭”是朋友之间一生的选择。

朋友跟你同甘共苦，朋友跟你风雨同舟；朋友总是雪中送炭，朋友总是锦上添花。当你四处无助、孤苦伶仃时，朋友会给你带来温馨和喜悦；当你遇到困难哀号无泪时，朋友总会品尝你的忧愁和一切。

朋友是你登高时的一把扶梯，会鼓励你登上山顶的楼阁；朋友是你成功时的朵朵鲜花，会永远不让你失去绿叶；朋友是你受伤时的一剂良药，会让你药到病除，永葆春色。

朋友相识相处，是一个相互认可、相互欣赏的过程，也是彼此体谅、相互容纳的过程。当你被朋友伤害了，忘了吧，让风沙抹平它，就当跨过了一个坎坷；当你受到朋友的帮助时，记住它，把它放在心灵深处，任时光飞逝，都记在心窝。

信任是朋友的根基，是友谊的开始，更是交友的推动剂，是朋友就应相互理解，决不相互猜测，如果彼此间达不到心灵的和谐，那么，朋友关系也将宣告破裂。

做朋友就要做真正的朋友，找朋友也要找忠实的朋友。朋友，不只是得意时和你一起欢笑的人，而是那些当你处于危难之中仍守护在你身边的人。常言道："在家靠父母，出门靠朋友。"成大事的人需要朋友，而朋友是"患难见知己"。有则故事可以给你启示——管宁和华歆年轻时一起求学。有一次，两人一起种菜，看见地上有一小块黄金，管宁理都没理，像看到一块石头，挥锄不停。而华歆却把小金块捡起来左右翻看后才丢出去。又一天，两人正在读书，忽然，门外有喧哗声，原来是一辆华丽的官车经过。管宁仍旧读书，像没事一样，而华歆却扔下书跑出去看热闹。因此，管宁便把座位上的垫席割成两半，自己坐到一半上，对华歆说："从现在起，你不是我的朋友了。"故事告诉我们，志趣相投友谊方能长久，道不同不相为谋。那些缺乏道义支撑的友谊，外表虽徒然亲昵，内心却始终隔绝。

结识新朋友时不忘老朋友，就像大山不忘河流，黑夜不忘明月；新老朋友架起信任的彩虹，共同感受人间的阴晴圆缺。

拥有朋友吧，芸芸众生里，没有谁会比永远拥有朋友的人更富有、更快乐。

名人名言

对于知识，我们应有怀疑的精神；对于朋友，则当采取信任的态度。

——[中国]刘墉

并不仅仅是在不幸之中才需要朋友，因为幸福的人也需要朋友来共享自己的幸福。

——[英国]罗素

谨慎交友

“朋友”两字，像两弯相映的明月，肝胆相照，义字当先。

“人生择友为第一要事。”人际交友，乃人之常情。朋友，有的在远方，有的在身边。不管远与近，全都在心间。

古人云：“与善人居，如入芝兰之室，久而自芳也；与恶人居，如入鲍鱼之肆，久而自臭也。”朋友有益友、损友之分。如果交上益友，可以完善你的品德，提高你的修养，丰富你的内涵，成为你的力量源泉。如果交上损友，则会分散你的精力，影响你的工作，让你精神萎靡，让你变得庸俗无聊，让你腐化蜕变，把你引进迷宫那样不能自拔的生活怪圈。

“择友如淘金。”黄金万两容易得，人间知己最难寻。近朱者赤，近墨者黑。知已者，让你锦上添花，让你终生安宁，让你的事业圆满；非已者，让你雪上加霜，让你烦恼无穷，让你损失不断。

“物以类聚，人以群分。”择友要谨慎，朋友一定要有选择而交。选择一个朋友，就选择了一种人生前途。一代伟人毛泽东早年在湖南第一师范读书的时候，为了结交到一些志同道合的朋友，共同探寻救国救民的道路，他取其名字的繁体画数，印刷了一份“二十八画征友启示”。他在启示中提出的择友标准是“有志于爱国工作”，“随时准备为国捐躯”，最后还引用了《诗经》上的“嘤其鸣矣，求其友声”两句诗。尽管当时受到旧势力的压制，毛泽东最后还是结交了十几位有着共同理想的朋友。后来，大家一起努力，报效祖国，无悔无怨，一生为革命无私奉献。

交友要有选择标准，必须严格把好交友关。交友要像毛泽东等前辈那样交“志同道合”之友，以“德”为先，以“志”为据，以“信”为基。擦亮眼睛，分清良莠，辨别忠奸。心中应该有杆秤，不交无法之人，不交无志之人，不交无义之人，不交无耻之人。“君子之交淡如水”，交友清似茶，自重亦自励。

交友须慎重，患难现真情。高飞之鸟，亡于贪食；深潭之鱼，死于香饵。远离“小兄弟”，净化社交圈。有则故事让人深思，给人启迪。有两个朋友一起上路，不料却与一只熊遭遇了。一个人抢先爬上树，藏了起来，另一个人在快被熊抓住的时候，倒在地上装死；熊到了他眼前，他赶紧屏住呼吸，熊用鼻子闻了闻他，就走开了。据说，熊从来不碰尸体。

熊走后，那人从树上下来，问这个人，熊在耳边说了些什么？这人回答说："熊说，以后千万不要和那种不能共患难的朋友同行。"故事虽短，却长人以见识。真正的朋友，不是得意时和我们一起欢笑的人，而是那些当我们处于危难之中仍能守护在我们身边的人。而"小兄弟"式的朋友人走茶凉，关键时刻，拔腿而退，不经意中就像盆脏水，溅你一身脏，甚至为你招惹祸端。

朋友，记住吧！交友须谨慎，益友见真情，损友埋隐患，你要有远见。

名人名言

交朋友，不可能没有条件。没有条件的朋友，不叫朋友，那叫手足。

——[中 国]三 毛

缺乏真正的朋友乃是最纯粹最可怜的孤独；没有友谊则斯世一片荒野。

——[英 国]培 根

人生美德之歌

我占有缤纷的色彩，这色彩源自于父辈遗传的美德。我占有花草迷人的芳香，这芳香滋生于美德之花的蜜浆。这是我对美德的歌唱。

美德是一杯香茗，是一瓶美酒；美德是一味心灵的健康剂，是一朵芬芳四溢的花香。

美德是生命的灵魂，是我人生的荣光。犹如一缕光芒，照亮了人生，照亮了生命，照亮了中华五千年的辉煌，照亮了整个东方。

中华美德，源远流长。沉香救母、望云思亲、范家门风、破袍倡俭、悬梁刺股、凿壁偷光、程门立雪、七十拜师、密林观虎、蛤蟆戏龙、退避三舍、完璧归赵、一钱太守、义山十成、愚公移山、三顾茅庐、孔融让梨、卧薪尝胆……几千年的故事，几千年的文明，群星璀璨，灿烂辉煌，闪耀数千年。无数的中华儿女把中华美德传承和发扬，我也被美德的故事所感动，被民族的文明所熏陶。从中寻求自己向善的意义，健全自己的品格，实现自己的价值，汲取充满自己人生的力量。

塞万提斯说过："美德的道路窄而险，罪恶的道路平而宽，可是两条道路止境不同；走后一条路是送死，走前一条路是得生，而且得到的是永生。"这话说得太好了，人性的自私、虚伪、贪婪等缺陷，始终无法避免，任其泛滥滋生显然不利，以恶制恶也不妥当。要清除灵魂中的杂草，就应该在自己的心灵种上诚实、谦虚、正义的庄稼。让美德在我们的心灵最深处，焕发出人生的光芒；在我们的坎坷旅途中，为我们校正前进的方向。

美德既能帮助人改变缺点，战胜邪恶，又能对他人潜移默化地教化和影响，还能使人生理想得到升华。美德的大境界，是范仲淹所谓“先天下之忧而忧，后天下之乐而乐”。是儒家所主张的“仁爱天下”，是孙中山所主张的“博爱”和“天下为公”。美德得升华，担当大责任，才能达到和谐人生，和谐社会，和谐万物的大境界，才能使人的理想晶亮、品格高尚。

人的魅力，不是通过外表就能看出来的，外表朴实的人不一定不具备美德。而外表华丽的人，也并不一定心灵美丽。美德来自于生活实践，美德的获得不是取决于读了多少书、做了多大官，在现实的生活中，以正直的态度对待一切，美德的培养就是得到了美德，并在人生实践中汲取、体现和传扬。

人生少年，天真烂漫。正处在学习成长期，幼小的心灵如同一泓清泉，染朱则朱，滴翠则绿，更需要把中华美德的种子播在心田，万万不可荒芜，不断收获人生最美丽的景象。

名人名言

高尚的道德情操和道德行为与追求美的理想这两者常常统在一起，是密不可分的。

——[中国]周扬

德可以分为两种：一种是智慧的德，另一种是行为的德。前者是从学习中得到的，后者是从实践中得来的。

——[古希腊]亚里士多德

道德之歌

晨风吹来了灿烂的黎明，白云擦亮了蔚蓝的天空，潺潺的流水唤醒了沉睡的大地，炫丽的春色带来了生命的鲜活，小鸟在枝头歌唱，给树林带来了欢乐。

道德就是我们生活中的晨风、白云；道德就是我们生活中的溪流、春色。

人生是一幅五彩的图画，可以自由描绘。高尚的道德画卷，正是人生的卷首语：你要捏紧笔，小心翼翼地为自己的形象涂抹颜色。

中国汉代科学家张衡说过一句名言："不患位之不尊，而患德之不崇。"可见在人们的心目中，一个人的道德面貌比他的地位重要得多。

中华民族堪称伟大，道德之泉源远流长。传统的美德是人们心目中真理的花朵、行为的准绳，是爱的丰碑、生命的赞歌。

共产主义道德是人类传统美德的结晶。爱祖国、爱人民、爱劳动、爱科学、爱社会主义。今天，"五爱"是社会主义道德的基本要求，她应该成为我们人生征程中的北斗，行动上的指南，做人做事的核心原则。

道德是有形的。沉绿湖中，大学生勇救落水儿童；华山抢险，谱写一曲舍己为人的壮丽凯歌；玉树藏区，青年志愿者扶贫助困的脚步永不停歇；地震灾区，生与死的搏斗，苦与乐的追求，为救灾耗尽体力，为重建注入鲜活……

朋友们，你可曾想过，在人生的路上，你将留下怎样的足迹？你生活在人群中，在别人心中留下的是怎样的形象？是美，是丑？

青春是美好的，它犹如含苞欲放的花朵，它似壮丽生命的清晨，它对未来充满了诗意的幻想、痴情的憧憬、执著的追求、热烈的向往。可知否，美好的青春，更应该有美好的心灵和高尚的道德。让我们用精神文明来丰富自己庄严的人生；让我们用高尚的道德来装扮自己未来的形象；让我们用美妙的旋律，来抒发自己对祖国和人民的热爱，唱响人生美好的赞歌！

名人名言

在道德生活中，一个人的行为，能感动他人，道德愈高，感人愈多愈深。这是生命之进化之最高境界，好像藏在地心的火力，在火山顶上，大放光明。

——[中 国]冯友兰

没有公德，社会不复存在；没有个人的德行，个人的存在就失去价值。

——[英 国]罗　素

道德清泉不断流

生而为人，必坚守住自己的操守。因为，操守是一个人安身立命的基石。没有了它，就没有做人的资格。

这里的操守，就是我们讲的道德。

中国汉代科学家张衡说过一句至理名言："不患位之不尊，而患德之不崇。"可见在人们的心目中，一个人的道德面貌比他的地位重要得多。

中华民族是一个孜孜以求的民族，人们一代接一代地追求解放、追求自由、追求着幸福和繁荣，在这众多的追求之中，对美好道德的追求一以贯之。多少仁人志士，以德润心，富贵不淫，给人们留下了鲜明的道德形象。

"德兴事业兴，德败事业败。"道德与事业相互映衬，互生光彩。中华民族的辉煌历史证明，道德，是民族发展的强大支撑，是社会文明的鲜明体现，也是时代进步的衡量尺度。人类至高无上的，唯有美德。

新的时期，中华民族繁荣富强、文明进步，涌现出了许许多多的道德模范，他们以自己的行动诠释着"道德"的含义。

郭明义，每天提前2小时上班，15年风雨无阻，为失学儿童、受灾群众捐款12万元，16年从未间断；55次无偿献血，挽救数十人的生命，20年乐此不疲……他不是明星大腕，却成了辽宁省鞍山市希望工程形象大使、鞍山市无偿献血形象代言人；以他名字命名的“郭明义爱心团队”，吸引了5800多名鞍钢干部职工和普通市民加入。

何涛，从上海市一名80后医院护士到安徽大别山区的一名乡村小媳妇，她面对遭遇车祸瘫痪在床的丈夫、偏瘫的婆婆和体弱多病的公公，还有嗷嗷待哺的孩子，始终选择坚强应对，她的真情故事，感染了无数人。

韦正雄，这位全国见义勇为模范面对父老乡亲的敬佩和感动，却一再声称自己并非英雄，“在32个学生的生命面前，我别无选择。”他是贵州省望谟县油迈乡教育辅导站的布依族老师，2006年为了拯救32名身陷洪水的学生，错失了营救两个弟媳、侄儿侄女共7名亲人的机会。

这一个个感人肺腑的故事，正带动起全社会的道德风气；这一个个响亮的名字，正传遍神州大地；这一句句朴素无华的话语，正拨动着男女老少文明良知的心弦。可以说，道德力量推动着国家发展、社会和谐。

其实，在社会这个舞台上，几乎每个人都是一个道德人生故事的持有者——种子未落沃土而落罅隙，当其埋入心田绽放绿色，一株新绿足以辉映春天；送人玫瑰，手留余香。送出爱心，温暖别人，但愿你的生命如圣火般热烈蓬勃。

古人讲，小胜靠术，中胜靠智，大胜靠德。这个“德”的核心价值成为做人的根本。从这个意义上讲，人生的历程，就是不断追求和修炼道德境界的过程。青少年朋友们，让我们在道德的清泉中，汲养真善美，自我完善，自成高格。

名人名言

养成他们有耐劳作的体力，纯洁高尚的道德，广博自由能容纳新潮流的精神，也就是能在世界新潮流中游泳，而不被淹没的力量。

——[中　国]鲁　迅

精神上的道德力量发挥了它的潜能，举起了它的旗帜；于是我们的爱国热情和正义感在现实中均得以施展威力和作用。

——[德　国]黑格尔

勤俭之歌

很小的时候，我读过一首古诗：“锄禾日当午，汗滴禾下土。谁知盘中餐，粒粒皆辛苦。”让我心中唱起了“勤”之歌。

长大了的时候，我读过《朱子治家格言》，书中有句话：“一粥一饭，当思来之不易。半丝半缕，恒念物力维艰……自奉必须俭约。”让我心中唱起了“俭”之歌。

后来我又读到一副春联和一副对联：“勤是摇钱树，俭是聚宝盆。”“历览前贤国与家，成由勤俭败由奢。”又让我心中唱起了“勤俭”的歌。

勤俭是中华民族的传统美德。勤，就是热爱劳动，勤于劳动，自己的事情自己做。俭，就是珍惜劳动，克制欲望，自己的生活简朴过。

勤连着俭，俭蕴藏勤。勤劳节俭的美德，让我理解了生活，又让我理解了大自然和我生活的整个世界。天道酬勤，勤能补拙；俭以养德，俭能避祸。

勤俭是什么？

是爸爸辛勤劳动的背影，是妈妈看着我扔掉半个馍的唠叨，是爷爷奶奶给我的言传身教，是老师劳动课上的耐心开导，是大哥哥为了节水关掉龙头，是大姐姐为了节电关了电灯。勤俭是一条河呀，一条长长的河，从遥远的古代流到现代，并且，还在缓缓地、缓缓地向前流着；勤俭是一支歌，一支悠远飘逸的歌，清风为曲，词唱中华民族的美德。

勤俭会生金，勤俭是做人的根本。我们现在生活在衣食无忧的时代里，可能有的人会说：“勤俭节约的习惯已经过时了。”还有人把“节俭”说成了“吝啬”，理不清两者的区别。勤劳聚集了财富，只想着自己享用，即使一掷千金，也是吝啬；而节俭的人，不放纵自己，不随意向别人索取东西，能与贫困的人同甘共苦，这是高尚的品格，这才是“勤俭”和“吝啬”的区别。

我们的地球只有一个，资源有限，消耗却越来越多。如果我们现在没有节约节能的意识，大手大脚，浪费成习惯，那么我们不久就会失去现在所拥有的一切。

同学们，从现在做起吧，弘扬勤俭的美德。从我做起，从你做起，节约每一粒粮食、每一滴水、每一度电、每一张纸、每一支笔……点点滴滴，涓流成河。

勤俭以富我；

勤俭以强国。

名人名言

奢者富不足，俭者贫有余；奢者心常贫，俭者心常富。

——[中　国]王应麟

有这样两种人，一种人节俭得好像他们会永远活着似的，另一种人是奢侈得仿佛第二天就要死去。

——[古希腊]亚里士多德

铭记自律

生命在于奋斗，人生需要自律。常言道：无规矩不成方圆。没有法度，国将解体；没有约章，人则散乱；没有戒律，人生之路则会虚无缥缈、九曲回肠。

自律，对于青春少年更具有重要意义。自律，看似是一种约束，实则是一种自我修养、人格体现。自律，是永恒的微笑，使你的心灵永远充满激情，使你的双眼永远澄澈明亮。人不自律，他的双眼永远是干涸的；人若放纵，他的人生历程必然黑暗。

蔚蓝的天空下，时刻传来迷人的歌唱，世界的万花筒散发着诱人的清香。只有热忱，没有自律，人生便没有底蕴；热忱之火，不只点燃盲目的冲动，有时还会燃起愚蠢的念头。此时，经过自律过滤后的热情，便没有了盲目的冲动，没有了愚蠢的念头，你的人生历程一定会显现希望的彼岸。

万丈高台，起于规划缜密的技艺；千里之外，始于步步踏实的足迹。我们正处在青春年华，一定要认真地揣上"铭记自律"这句话上路，别把它视为一句戏言。

铭记自律，就要经常修剪自己。将自

己的那些只争阳光、养分而不结果实的枝枝蔓蔓一一剪去，将自己的那些染有霉点开始枯萎而丧失生机的陈旧枝干剪去，连同那些只表现一时荣耀而最终随风落去的多余花苞也一并剪去，这样反反复复地修剪，你的人生花朵定会绚丽灿烂，你的生命之树必然茁壮参天。

铭记自律，不仅仅限于律己，还要宽以待人。以细则律己，不以细则律人，宽人以小过，容人以小短。平和大度，宏观在胸，给己以诚心，给人以爱心。有句话说得好：予人玫瑰，手有余香。我们要把全身心的爱给世界，像天使一样快乐地迎接每一天。

铭记自律，你就会在人生历程中给自己筑起一座坚固的堡垒，抵御来自四面八方的污泥浊水，“出污泥而不染”，你就会打开心窗，让阳光和雨露溢满心间。

人生路漫漫，自律是甘泉。朋友，铭记自律吧，你的面前将拥有一眼纯美清澈的甘泉；朋友，打开心窗迎进自律吧，你的生命历程必将永驻春天。

名人名言

放荡洒脱只是疲倦的表示，那是人生某一时对道德责任松弛后的一种感觉。

——[中 国]沈从文

一个勇敢而率真的灵魂，能用自己的眼睛观照，用自己的心去爱，用自己的理智去判断：不做影子，而做人。

——[法 国]罗曼·罗兰

走近法律

法律是文明的卫士，是人们行为的准则，是人类共同的武器。

法律，多么庄严的字眼啊！它寄托着人类的生存与希望，是一道美丽的风景。

是它，拂去受伤害者的泪痕，让他们欣慰地面对生活，发出如歌的笑语；是它，让美好的更加绚烂，让绚烂的更加辉煌。

是它，把魑魅魍魉打入十八层地狱，使我们社会的肌体健康，让共同的家园充满勃勃生机，繁荣富强。

让我们走近法律吧！因为现实除了有春的芬芳和夏的浪漫外，还有秋的萧瑟、冬的酷寒。不是吗？曾有多少人为不学法、不守法，锒铛入狱而默默哭泣，开始有了懊恼与悔恨；又有多少人为不懂法，不用法，遭受侵害而喃喃低语，忍气吞声，怨天尤人……不管哪种情况，人们在经历了数不尽的磨难，道不完的哀怨，说不出的寂寞和受不尽的风霜洗礼后，才深深地悟到：法律，自我保护的武器。只有法律，能拨开迷雾，让自己的眼睛明亮！

走近法律，你不会盲目、迷惑，你更不会狂热冲动；你会在心灵的土壤里播撒下晶莹的种子，去唤醒那份属于生命的深藏着的绿色渴望。

走进法律，你便走进了一条孕育神奇的土地，生命之树会在这里繁盛成长。法为根，律为干，每一片叶子都会随风飘舞动人的篇章，每一朵蓓蕾都会在精心呵护下绽放出迷人的芳香。

走近法律，你便行走在现实与梦幻的交接地带，去感受正义与邪恶的争斗，文明与野蛮的轮回。你会得到温情脉脉的母爱，也会得到严父训斥般的震撼。

走进法律，你便走进了耕耘者的生命辉煌；走进辉煌，你的心中便会拥有一轮永不落的太阳。

名人名言

每个人应该遵守生之法则，把个人的命运联系在民族的命运上，将个人的生存放在群体的生存里。

——[中 国]巴 金

法律的目的不是废除或限制自由，而是保护和扩大自由。

——[英 国]洛 克

遵守纪律

铺上轨道，飞驰的列车能追过脱缰的野马；装上信号灯，穿梭的汽车停驶有序，互不相撞；打开煤气，灶具上煮熟的饭菜阵阵飘香。

纪律就是列车的轨道，汽车的信号灯。纪律就是水库泄洪的闸门，煮饭的煤气。

没有方向的航行，永远没有彼岸。有人比喻“纪律是达到一切宏图的梯子”。

纪律是做事的规矩，行为的准则。它要求你该怎样做，不应该怎样做，怎样做更规范，它不让你越雷池一步，丁是丁，卯是卯。

纪律像我们的神经中枢，让大家五指攥成拳头，使其奋力挥舞，从而产生巨大的力量。纪律是我们手中风筝的牵绳，于自觉的约束之中能使其在理想的天地里自由地飞翔，跃跃欲试冲破云霄。

春花的计划是秋实。在日新月异的日子里，纪律的旋律唱出了节节嘹亮的进行曲；在书声朗朗的校园中，纪律的清泉浇灌着棵棵成长的幼苗。

纪律是人们心中涌动的追求，而不应是个人演说中的自白。纪律可以是写出来挂在墙上的“座右铭”，而不可以是张贴或演播的自我推销的广告。

纪律不是锁链，而是一位严肃的园丁。它能让人踏上巅峰不轻狂，跌入谷底不凄凉。把道德与纪律联系在一起，会让人的境界更崇高，心灵更美好。

人生在成功的每条路上，都留有许多奋进者遵守纪律的深深足迹。少年朋友们，让我们用高尚的精神文明，来丰富我们庄严的人生！让我们用美好的心灵画笔，把我们的未来形象细描！

名人名言

加强纪律性,革命无不胜。

——[中 国]毛泽东

任何一种不为集体利益打算的行为，都是自杀的行为，它对社会有害，也就是对自己有害。

——[苏 联]马卡连柯

诚信做人

诚信，是我们心中崇高的道德准则，犹如头顶上灿烂的星空。

诚信是雨，洗涤着我们心灵的尘埃；诚信是雪，震撼着我们虚伪的灵魂；诚信是灯，指引着我们人生的成功。

诚，即真诚，诚实；信，即守承诺，讲信用。诚实就是诚实守信，诚是信的基础与把握，只有诚信于心才能言行一致，言行由衷。

我们每个人不是孤立生活的，人和人之间相互相通。付出诚心，我们就会变得宽容、有生气，新的希望油然而生；得到诚心，我们会拥有天使一样的快乐，生命就拥有了春天，生活的世界也变得万紫千红。诚心相待，必然会获得诚信。诚信则让人的情感升华，它像阳光照耀大地，给人以万物一般生长的力量，让社会欣欣向荣。

诚信是社会高楼大厦的钢筋铁骨，是社会成功的脊梁，人人拥有一颗诚信的心，我们心中的大厦永远屹立，我们的社会无处不峥嵘。

诚信于人，诚信于己。谁拥有诚信谁就能获得财富，获得成功。高尔基说过：

“一个人，只有在心中充满了对诚信的渴望，才能在任何时候做到诚信，并实现自己的意愿。”一切的一切，说明诚信与我们的生活和社会多么息息相融。

“狼来了”的故事不能忘记，放羊孩子的教训应该吸取。否则，人得不到信赖，“狼”真的来了，再讲“诚信”也失去“诚信”的作用。

青春年华，是人生的黄金时期，至真至美至纯，诚信是最不应该又最容易让人忽略的美德。我们有必要把诚信的种子埋在心底，让它开花、结果、延续、传播，让它根系发达，枝叶茂盛，成为一株参天大树。诚信的参天大树绿阴葱茏，树阴下的我们也会自信从容，走向人生的成功。

记住，任何一次成功的飞翔和进步，无不起源于诚信于我们心中的搏动！

名人名言

理必求真，事必求是；言必守信，行必踏实；事闲勿荒，事繁勿慌；有言必信，无欲则刚；如若春风，肃若秋霜；取像于钱，外圆内方。

——[中 国]黄炎培

唯有能严守诚实、亲切、友谊等普通的道德，才真正称得上伟大的人物。

——[法 国]法朗士

拥有真诚

真诚是雨，洗去人们心灵的尘埃；

真诚是风，输送着人们奋飞的力量；

真诚是雷，震撼着人们虚伪的灵魂；

真诚是花，散发着人们爱心的芬芳。

真诚，绝对是每个人的渴望。

有人把真诚比作泉水一般清澈的眼睛，金子一般闪亮的心灵；有人把真诚比作冬天的一团炉火，夏日的一缕清风。我说，真诚是社会大厦的钢筋铁骨，是一个人的脊梁。

真诚有如一汪清泉，可以滋养我们心灵贫瘠的土地，让爱的花朵生根发芽；可以冲刷掉人世间所有的尔虞我诈，从而净化我们的身心，让真善美在人世间永放光芒。

真诚是一种珍贵的品德，每个人都应该拥有。人生，漫长路远，面对的诱惑很多很多，在人生的选择题前，无可避免地徘徊起来，我们不仅仅要学到科学知识，还要拥有真诚，这样的人生才会圆满。因为，一个人没有信，没有德，唯有手艺，是修不成正果的，还极有可能误入歧途。所以，真诚是生命的旗帜，你拥有了它，就拥有了人生导航。

真诚，属于每一个生命，它是你呼吸的空气，是你沐浴的阳光。拥有真诚其实并不难，只要你言行一致，心口如一，做你所说，说你所想。在人生与风浪的洗礼中，拥有一颗真诚的心，你已经成功了一半；拥有一双真诚的翅膀，你就能在蓝天下自由飞翔！

用真诚编织的故事，最感人肺腑；用真诚谱写的乐曲，最优美动听。青少年时期，是人生的黄金时期，是人生中至真至美至纯的时光。一定要敞开你的心扉，去接受真诚的哺育，张开双臂拥抱真诚的灿烂阳光！

名人名言

人际关系最重要的，莫过于真诚，而且要出自内心的真诚。真诚在社会上是无往不利的一把剑，走到哪里都应该带着它。

——[中 国]三 毛

诚实的人从来讨厌虚伪的人，而虚伪的人却常常以真实的面目出现。

——[荷 兰]斯宾诺莎

宁静致远

悠悠岁月，世事纷扰。茫茫众生中，谁没有痛苦，谁没有忧伤。

“生活就像爬大山……生活就像趟大河。”这句耳熟能详的歌词，形象地唱出了生活的不易，唱出了人们对轻松生活的渴望。是的，生活本身确实太累，但我们依然对生活充满着美好的憧憬和向往。

人生最大的苦恼，不在自己拥有的太少，而是欲望的膨胀。而宁静可以沉淀浮躁，过滤膨胀。

宁静是一种气质，一种修养，一种境界，一种充满内涵的灿烂阳光。

当你焦躁不安时，请你欣赏一幅画——

一挂雨后山中的瀑布，颇有万马奔腾的气势；湍急的水流猛烈冲击着陡峭山石，仿佛可以听到瀑布不断传来轰鸣；飞瀑的浪花折射着阳光。在瀑布半腰中，有一处突兀横立的枯枝不断地晃动着，而枯枝树梢上却凌空悬着一个鸟巢，一对幼小的雏鸟在巢中安详地闭着双眼，安静地睡着，鸟儿仿佛不觉瀑布巨雷般的声响。

当你物欲膨胀时，请你倾听一段故事——

宁静的湖面上坐着一位老渔翁，悠闲地钓鱼。有鱼在吃鱼饵，老人却似没看到一样。等鱼吃完饵料，要游走，嘴里的钓钩带动了鱼竿，老人才动手拉竿。果然，钓上一条鲜活的鱼。此时，一个年轻人从上游走来，对老人抱怨说："我坐了四个小时，竟然没有任何收获。"老人却说："年轻人啊，如果只是单纯为了得到鱼而来钓鱼，那没有收获就是浪费时间了。但是，你不觉得这周围的景色很漂亮吗？有松鼠蹦来跳去，有野鸭倏然飞来……这么美丽的自然风景，不也是收获吗？"说着，老人收起东西，丢下鱼给了年轻人，走向前方。

一幅画，一个故事，让人顿有所悟：在尘世喧嚷的百忙中，偶然间丢开一切，悠然遐想，你的心中便有一道闪烁的灵光。不妨走进山水之间，呼吸几口新鲜的空气，闻闻几朵野花的芳香。

朋友，宁静致远。让我们怀揣平淡的心态看待生活，享受生活，听听笑话，聊聊家常，放松心情，松弛神经，赶走生活中的苦闷，使我们的生活永远充满快乐和希望。

名人名言

宠辱不惊，闲看庭前花开花落；去留无意，漫观天外云展云舒。

——[中　国]洪应明

人生至要之事要发现自己，所以有必要偶尔与孤独、沉思为伍。

——[挪　威]南　森

海纳百川

海纳百川，是人生需要襟怀的容量，也就是人的度量、气量、宽宏大量。

中国有句老话：“有容乃大。”人的胸襟恰如大海，正因为它极谦逊地容留了所有的江河，才有了天下最壮观的豪迈和辽阔；人的胸怀犹如天空，正因为它极富热情地容留每一片云彩，才有了宇宙的广阔无比；人的胸怀就像高山，正因为它极欣慰地容留每一块岩石，才有了天下巍峨雄伟的壮观。

人有心灵，心底宽广而无所不包容，它可以容纳宽广和阔大，可以容纳细末和纤巧，可以容纳美丽的、美妙的、美好的以及过去的和眼前的。

风物长宜放眼量。你有了天空、高山、大海一样的心境和虚怀若谷的胸襟，就能自信达观地笑对人生的种种磨难与逆境。世间的千般烦恼，万众忧愁如过眼云烟。已经得到的好好珍惜，尽量从容纳的苦与甜中提炼出满足、自信和快乐，应当得到而总得不到的，也不必费尽心机苦苦勉强。

人生苦短，生活中的你总有一个个无奈和伤感。正像歌词里唱的那样：“相爱总是简单，相处太难。”这就道出了你得容纳生活中的一切。容纳他人的兴奋，又能欣赏他人的成绩，既能接受温馨的、优秀的、赏心悦目的、温良恭俭让的，又能兼容苦闷的、麻烦的、羞涩的、压抑的和丑陋的，可见，容纳的是多么杂乱无章。

容纳，让你拥有神清气爽的春风，也会让你心头笼罩愠怒的烟雨，不管怎样，美好的让它更美好，苦涩的让它也化为甘甜。正像泰戈尔说的一句经典：“不是锤的打击，乃是水的载歌载舞才使鹅卵石臻于完美。”你美好的心灵天堂，也会让鹅卵石发出金子般的亮光。

人生跋涉，漫漫征途，一路豪情壮志，一路雨雪风霜。容纳，是心灵的渴望，开阔了求索的视野；容纳，是心灵的飞翔，催动了求知的欲望；容纳，是心灵的富有，孕育了生命的辉煌……

海纳百川，波澜壮观；

人心宽容，一生坦荡。

名人名言

大其心容天下之物，虚其心受天下之善，平其心论天下之事，潜其心观天下之理，定其心应天下之变。

——[中 国]金兰生

宽容就像天上的细雨滋润大地，它赐福于宽容的人，也赐福于被宽容的人。

——[英 国]莎士比亚

宽容之心

宽容之心，王者之心。古云：“宰相肚里能撑船”，说的就是人要多善宽容，这正是你人生走向成功的垫脚石，也是你想自由飞翔蓝天的翅膀。

宽容之心，就像清澈的潭水一样，云过来了，在潭底留下一道影子；云走了，潭底干干净净的，好像云没来过一般。宽容之心，犹如坚韧的竹子一样，风来了，竹子的枝干被风刮弯；风走了，竹子依然挺立，好像风没刮过一般。潭水，也不因为云飘过，就不留云的影子；竹子也不因为风刮过，就再不挺起腰杆。

潭水有潭水的美德，竹子有竹子的修养。它们都是宽容之心的体现。宽容是一种美德和修养，也是一种智慧和希望。人一旦拥有了宽容之心，犹如生活中拥有了明媚的阳光，能消除你心中矛盾的阴暗面。身处纷繁的社会生活中，你会因宽容之心而发现别人的长处，并表现出与人合作的意愿。

宽容别人，或被别人宽容，才能使大家更自信、更宁静、更淡泊、更轻松、更健康、更坦然；才能使我们共同生存和守望的家园充满理解和信任，友爱与互助；才能使这个世界变得更美好、更阳光、更和谐、更甜蜜、更自然。

宽容是水，顺其自然地平和流淌，给人以清爽和甘甜；宽容是海，汇聚涓涓溪流弯弯江河，撑开博大的胸襟。当你拥有了宽容之心，将会在人际关系的丛林游刃有余，出入自然；当你拥有了宽容之心，将会在生活的世界神清气爽，云烟消散。记得莎士比亚名剧中有一段台词：“宽容就像天上的细雨滋润着大地。它赐福于宽容的人，也赐福于被宽容的人，能得到别人宽容的人是幸福的，能宽容别人的人则是高尚的。”莎翁讲得多么透彻，充满了“宽容”内涵的悠远。

宽容他人，宽容自己，宽容他人就是宽容自己；宽容优点，宽容缺点，宽容缺点就是宽容优点。有宽容之心，你不会因为别人两句不礼貌的话，就刮起永远的狂风巨浪；也不会因为别人不礼貌的行为，就在心底刻下无法磨灭的伤感。

人生活在自然中，求生存、求平衡，这是本性、是规律，就像人生气时需要发泄、倾听。有了宽容之心，不管是发泄，还是倾听，态度都会平和温柔，发泄者情绪理智，融洽自然；倾听者云开日出，笑容满面。

朋友，记住“水至清则无鱼，人至察则无徒”的遗世名言。拥有一颗宽容之心吧！感悟出人生的轨迹清晰而平坦；体验到生命的价值辉煌而灿烂。

名人名言

宽猛相济，恩威并重。宽猛相济能成事。宽而栗，严而温。开诚心，布大度。

——[中 国]康有为

一个伟大的人有两颗心：一颗心流血，一颗心宽容。

——[黎巴嫩]纪伯伦

善用迂回

常言道：一味麻木不仁，就会行尸走肉；一味清醒过度，就会痛苦不堪；一味认死理，就会走不出死胡同；一味放纵自己的灵魂，人生就会不圆满。

人生的路上难免要有退有进，退到人生的低谷时也不要放弃自己的成功信念，应始终相信人生如潮，此刻我处在谷底，但是一定能有搏击高空的那一天。

善用迂回，有退有进，真乃人生之智慧。退，不是畏缩不前；退，更是一种策略。引擎利用后退的力量，会引发更大的动能；空气一经压缩，会聚集爆破的威力。我们要人生成功，必须低头迂回向前。有一首诗描写农夫插秧：“手把青秧插满田，低头便见水中天；身心清净方为道，退步原来是向前。”这首诗非常形象，农夫插秧倒退着走蕴含了深刻的做人做事的道理。人生之路，有的时候前面是险坑，跌下去会粉身碎骨；有的时候前面是一道墙，撞上去会鼻青脸肿。如果我们善用迂回，绕个路，转个弯，世界还是一样会有其它更宽广的空间。

我们要相信，世间并没有真正意义上的障碍，有的只是不同的心态，不同的路径。人有时候，应该像水一样前进，如果前面是座山，就绕过去；如果前面是平原，就迈过去；如果前面是张网，就渗过去；如果前面是道闸门，就停下来，迂回岸边。

我的朋友，作家孙硕夫曾写过一篇小品文《意识到弯路》，文中讲到爱因斯坦的一个小故事。有一次，爱因斯坦的孩子问他为什么这样出名，爱因斯坦笑着回答：你看，一只盲目的甲虫在一个环面上爬行，它意识到走过的弯路，幸而意识到了。爱因斯坦的话告诉我们，人生的道路是弯曲的，它如同甲虫在球面上爬行一样。有时，越是聪明的人，自以为是，意识不到自己始终是在走一条弯曲的路；总是想方设法使自己变得聪明，总是千方百计把失败的事情做些补救，却总是破绽百出而无法收拾，总是刚愎自用，结果不成功，便成“仁”了。其实，世界上的路都是相同的，只不过走的方式不同罢了。有时候，不怕走弯路，就怕重复老路。弯路实际上是一种可爱的迂回，迂回的胜利屡见不鲜。

善用迂回，是人生处世的智慧，是人生成功的源泉。人生追求的是圆满自在，只知道前进不懂后退的人，他的世界只有一半。

朋友，善用迂回吧！用进与退的彩笔画好自己的人生画卷，让自己的人生成功圆满。

名人名言

走人生的路程就像爬山一样，看起来走了许多冤枉的路、崎岖的路，但终于到达山顶。

——[中 国]林海音

路确实是坎坷不平、逶迤不断、无边无际的，它具有无数分支，充满着欢乐、痛苦、艰险，但那就是人生的道路。

——[印 度]泰戈尔

善做小事

人生在世，也许你想成为太阳，可你不愿做一颗星辰；也许你想成为一棵参天大树，可你不想做一棵小草；也许你想成为一片蓝天，可你不乐意做白云。想做太阳、大树、蓝天，没有错，可你别忘了，一颗星辰可以发光发热；一棵小草可以让绿色点缀春天；一朵白云可以闲适人们的心情。

同样的道理，生活也充满哲思。有时候，我也常常对一些细小的事物不屑一顾，认为只有做那些轰轰烈烈、惊天动地的大事，才能使自己迈向人生的辉煌。

其实不然。当我的某些欲望得不到满足，心里越想得到，于是心态变得浮躁，浮躁就像人生成功路上的毒瘤，它让我进入了怪圈，使我的生活处于杂乱无章。

一切期待都需要时间的承负，我怎能不铲除浮躁的毒瘤，静下心来从小事做起呢？头顶有飘飘云彩，眼前有朗朗日光。

我不再像以前那样焦虑，心中多了些许平和。当我受到朋友的关注、同事的赞扬，“小事情”也点燃了我心中的亮光。

不管是做大事还是做小事，都不容易做得那么顺当，大路小路都会走到尽头。

不要紧，路的旁边也是路。只要心中重新燃起希望，哪怕是百分之一、千分之一的希望，在今天就付诸行动，像渔夫在渔汛到来之前，加紧结网，结果就会不一样。

做大事得从小事做起，“人，大概只能在外在和内在的局限中做些缺憾的事情”。暂时放下对完美的急切，放下那些一时不能改变的外在条件，放下形式上的轰轰烈烈。大事仍在心里，知道距离，知道局限，眼神安静而从容地注视着远方，把感受捧在心上。敬畏大事的复杂，通过做小事而一点点地努力，欣喜于最细微的变化，而欣喜正是对我最好的奖赏。

我想，远大的理想、宏伟的目标不仅仅只在远方。一个人如果只是希望看到远处的鲜花，而把身边的蔷薇丢掉，那他永远也走不到远方。

名人名言

巨大的建筑，总是由一木一石叠起来的，我们何妨做做这一木一石呢？我时常做些零碎事，就是为此。

——[中国]鲁　迅

一个不注意小事情的人，永远不会成就大事业。

——[美国]卡耐基

成功与失败

人生是一曲乐章，由不同的音符组成。成功的高音让人生华美，挫折的低音让生命低沉，有成功与失败的交替点缀，生命的乐章才会悦耳动听。

生命，就是这样一个过程，其中充满了奋斗与抗争。幸运能转化为幸福，苦难也能转化为幸福。失败能够磨炼和美化人的个性，它教给人以耐心和服从，人们也能从失败的痛苦中提升最深邃和最高尚的思想。如果没有失败，人们就不会有顽强的拼搏，更不会成为成功的精英。

失败是一种体验，更是一种督促。它是一面镜子，映出遥遥无期却又近在咫尺的成功，失败是漫天巨浪上的一座独木桥，勇敢地过去，迎接你的是星辰灿灿的黎明。

人生路上，并没有绝对的失败，失败往往是我们对待问题的方法和态度。很多时候，面对人生失败，有的会深刻反思迎难而上，有的会找出一大堆听起来很客观很合理的借口，进行百般掩盖，迷惑的不是别人，而是自己的心灵。然而，人生的成功，不需要借口，借口是失败的帮凶，是拖延甚至劫杀成功的温床，借口是推卸责任的托词，是迷惑人们的陷阱。

人生成功的路不止一条，如果你是不懈的追求者，在挫折和失败面前，就永远不要停下前进的脚步。成功者必有远见，失败者一定会目光短浅。没有远见的人，只能看到眼前利益的诱惑，则“一失足成千古恨”；有远见的人，心中却装着整个世界，而“一览众山小”，侧耳听雨声。

成功和失败像一把双刃剑，有弊也有利，让人欢喜让人忧。人在成功时若不谦虚，过于自满必会跌倒，自遗其咎，功遂身退，这样的成功比失败还惨；人在失败时，若能忍耐，承受住精神或肉体上的痛苦，使人变得勇敢，变得坚强，那么失败便成了你的一笔财富、一种力量。成功与失败面前，人要达到精神的制高点，唱响生命的交响曲，从而“一览众山小”，才会宠辱不惊，心境安宁。

名人名言

一朵成功的花都由许多苦雨、血泥和强烈的暴风雨的环境培养成的。

——[中 国]冼星海

如果你过分地珍爱自己的羽毛，不使它受一点损伤，那么你将失去两只翅膀，永远不能凌空飞翔。

——[英 国]雪　莱

人生成败在细节

人生的跑道，挤满了参赛选手，获得冠军与名落孙山，关键在于细节。佛语说："一叶一菩提，一花一世界。"生活的一切原本都是由细节构成的，如果一切归于有序，决定成败的必须是微若砂砾的细节。

老子曾说："天下难事，必做于易。天下大事，必做于细。"他精辟地指出了成就一番事业，必须从简单的事情做起，从细微之处入手。一心渴望伟大，追求伟大，伟大却杳无踪影；甘于平淡，认真做好每一个细节，伟大却不期而至。这就是细节的魅力，是水到渠成后的喜悦。

成大业若烹小鲜，做大事必重细节。在小事上认真的人，做大事才会成绩卓越，因为细节最能体现你的智慧和美德。

人生的竞争，是一个个细节的竞争，犹如春风化雨润物细无声。20世纪最伟大的建筑师之一密斯·凡·德罗，在被要求用一句话来描述他成功的原因时，他也是只说了五个字："魔鬼在细节。"他反复地向人们强调如果对细节的把握不到位，无论你的建筑设计方案如何恢宏大气，都不能称之为成功的作品。由此可见，细节就像人体的众多细胞、机器的许多零件，虽小却有巨大作用。人要成伟业，必须从小事入手，从细处着落。

“泰山不拒细壤，故能成其高；江海不择细流，故能成其深。”大海就是一滴滴水珠，高山就是一粒粒尘沙。同样，大礼不辞小让，细节决定成败。不管做大事、小事，完美细节必须努力去做。

细节最能反映出一个人的素质如何。有些事，别人忽视了，你做到了；别人做错了，你做对了，你会因为注意了细节而脱颖而出，你会因为重视了细节而获得了许多。

一个成功者取得成功，既要勤奋努力，又要善于注重细节。如果一味拉车，忽略了细节，很可能像“河坝蚁穴，毁于一旦”。人生多留点时间想想细节，磨刀不误砍柴工，这样会对你人生的未来有一个全面的把握。

名人名言

天下之难事，必作于易；天下之大事，必作于细。

——[中 国]韩非子

人们常以为犯小过无伤大雅，哪知更大的失败是由小过导引而来的。

——[英 国]雪　莱

用幽默完善人生

幽默是一种力量，是一种机智，是一种崇高的境界，是一种恒久的时尚。

一个笑语，让你紧张的情绪变得轻松；一个幽默，让尴尬的氛围得以解除。幽默感是生活的润滑剂，幽默是一种人生的智慧，正如林语堂先生讲的那样，幽默如从天而降的温润细雨，将我们孕育在一种人与人之间友情的愉快与安适的气氛中。它犹如潺潺溪流或者明珠映在碧绿如茵的草地上的阳光。

生活中多一些幽默，就会多姿多彩，人生便会呈现一片新的景象。幽默是你生活的润滑剂，又是你语言的调味品，当你有了幽默，说出的话，隽永甜美，扑鼻醇香。幽默，是一块引力强大的磁铁，当你有了幽默，便可以把一颗颗散乱的心吸入它的磁场，你会获得周围人的钦佩与赞赏。

幽默与智慧是天然的孪生儿，是知识与灵感勃发的光辉，绽放着人生之光的晶亮。

什么是智慧的人生？有人说出了一个惊人的公式，现实−梦想=禽兽；现实+梦想=心痛；现实+梦想+幽默=智慧。公式告诉我们，若仅满足于今天的享受而无明天的梦想，则与动物无异；若是梦想成功却在现实中屡遭失败，就会心痛；只有现实中，用幽默感把现实和梦想调和起来，才是真正的智慧人生。当你有了智慧人生，生命将诞生一股春天的力量。

没有幽默感的语言是一篇公文，没有幽默感的人是一尊雕像，没有幽默感的家庭是一家旅店，没有幽默感的人生不可想象。

幽默是人的个性、兴趣、能力、教养的综合体现；是人的自信、素质、气质、心境的力量。幽默的人，对生活充满热爱和期望；幽默的人，对人生充满快乐和理想。

幽默不仅属于自己，还可以送给别人，因为任何一个幽默都能帮助一个人进行更广阔更富有创造性的思考。这就是我们常说的幽默来源于两个世界：一个是你真诚的内心世界，一个是生活周围的客观世界。当你用智慧把两个世界统一起来，并用足够的技巧和创意去表现你的幽默力量，你就会发现自己置身于趣味盎然的世界之中，你周围的人际关系也会由此和谐、融洽和顺畅。

学会幽默，完善你的人生智慧；

善用幽默，充满你的生活阳光。

名人名言

凡善于幽默的人，其谐趣必愈幽隐，而善于鉴赏幽默的人，其欣赏尤在于内心静默的理念，大有不可与外人道之滋味，与粗鄙显露的笑话不同。幽默愈幽默而愈妙。

——[中 国]林语堂

看到事物一致性的人很风趣，看到事物不一致性的人很幽默。

——[英 国]切斯特尔顿

人生洒脱是放弃

好多人告诉我，一天到晚总是“忙”而“累”，让人疲惫不堪，怎么也洒脱不起来。我说，你总想拥有，不会放弃，怎能给自己一份洒脱，一份超然？洒脱，是在痛苦之后的瓶颈，是在苦涩中品味出的一丝甜蜜。只有适时放弃，才能拥有洒脱，心境才能超然。

洒脱不是随心所欲想怎么就怎么，不是冲淡和搅拌，也不是温情脉脉的浪漫。洒脱应该是真诚而浪漫飘逸的，应该是惬意而赏心悦目的；应该是无痛苦状地进取和满足，池塘里的亭亭玉立的新荷，水墨画的侧笔大写意；应该是自己脚下的红地毯……

人生路上，挫折、痛苦、疲惫不堪。只有用洒脱的心态去面对，才能让你倍感轻松。用坚强抵御困难，就要学会洒脱地放弃。放弃什么？留下哪些？是放弃那种不切实际的幻想和难以实现的目标，留下为之奋斗的过程和努力；是放弃那种毫无意义的拼争和没有价值的争取，而不是丧失奋斗的动力和生命的活力；是放弃那种金钱地位的搏杀和奢侈生活的追求，而不是失去对美好生活的向往和坦然。

洒脱地放弃，是一种超然的生活态度。人生在世，不可能样样都能拥有，就像鱼和熊掌不可兼得一样。许多人在生活中感到困苦和郁闷，原因其实很简单，就是不能洒脱地放弃。如果想要获得豁然开朗的人生境界，就应该洒脱地放弃，即便自己面临危境，也能化险为夷，从容洒脱，处之泰然。

洒脱地放弃，是生存的一种方式，是智者的风范。在人生的征途中，常有竞争和角逐，也有奋斗和拼搏，这需要不屈不挠，永不言败，矢志不渝的精神；但在面对不利的现实时，也需要避开锋芒，急流勇退，不进行无意义的竞争，减少不必的“牺牲”，彰显一个智者的风范。

洒脱地放弃，是一种智慧和远见。生命对于我们来说，短短一生犹如一场旅行，如果我们身上像蜗牛般负重，旅行的压力就容不得我们去欣赏沿途美丽的风景，如果我们放下身上一些不必要的负重和心中的浮华欲望，轻松上路，不选贵的，只选对的，那么我们的生活才能变得轻松潇洒，人生才能辉煌灿烂。

古人云：“不以物喜，不以己悲。”这就是放弃的真谛，也是洒脱的写真。人只有具备这样的心境，才能真正地洒脱。纵观古今，李白放弃了权力和富贵，取而代之的是逍遥自在，是得到名垂千古的“诗仙”殊荣；陶渊明的放弃，有了在落英缤纷、鸟语花香的世外桃源里优哉游哉的田园生活。人生充满缺憾，当我们选择了放弃，就拥有了一份洒脱，就拥有了一份超然。

朋友，让我们适时放弃，洒脱超然；让我们生活洒脱，人生将走得更远、更远……

名人名言

心需要清理，把无益人生的东西扔掉，把无法实现的路标拔掉，把悔恨的磨盘掀开。

——[中 国]原 野

生命的全部奥秘就在于为了生存而放弃生命。

——[德 国]歌 德

寂寞如虹

寂寞是许多人不愿提及的词，它总是用无穷的阴影来将自己隐藏，放在一个黑暗和阴冷的角落，让你感觉孤独、苦涩、迷失、伤感和失落。

其实不然，寂寞也像人生中一道美丽的彩虹。雨过天晴，是那样的宁静、悠远、美丽和洒脱。

人生之旅遥遥太久，在每个人的心中都有寂寞与孤独如影相随，谁也回避不掉。就像生活中的调味品，你不能对它敬而远之，而要善待。你应该让它做一块栖身的芳草地，做一块安慰苦涩心灵的净土，或者把它当作停泊热情和忧郁的港湾，这样就会觉得寂寞如歌。

“四海无人对夕阳”的寂寞是清高的；“独钓寒江雪”的寂寞是孤傲的；“帘卷西风，人比黄花瘦”的寂寞是委婉的；“缺月挂疏桐，漏断人初静”的寂寞是哀怨的；“待到山花烂漫时，她在丛中笑”的寂寞是豁达的；“山光悦鸟性，潭影空人心”的寂寞是幽静的……

“心远地自偏。”在这种境界中，人们可以脱离尘世的喧嚣，在越来越狭小的思想空间里，使思绪尽情飞扬，任想象自由翱翔，让痛苦再次发光，让忧伤透彻沉默。

寂寞是黑暗中的希望，让人走向成功。诗圣杜甫，曾经壮志满怀涉足官场，期待可以建功立业，然而身心正直，容不得污泥沾身，在出卖灵魂和坚守原则之间选择。寂寞之年，留下来“君子不为五斗米折腰”的佳话。“采菊东篱下，悠然见南山。”陶渊明心中的那座山，容不下他，他如此甘愿寂寞地生活。还有居里夫人忍住实验室的冷清，生活中的单调，周围的寂静，以自己坚强的毅力经受住寂寞。终于有一天，她成功了，成为世界上最伟大的科学家，阳光驱散了她所有的寂寞。寂寞是一种自由与智慧的境界，也是交错着痛苦的人生境界。

“明月是寂寞的，洒向土地的依然是清辉一片；流星是寂寞的，陨落的瞬间有灿烂相随；空谷中的幽兰是寂寞的，它却不因此而减退芳华；峭壁上的青松是寂寞的，它并不因此而衰老苍翠。”寂寞谁不赞美，谁不在留恋中饱含着不舍。

寂寞如生活的古化石，虽然没有半点温热，但我可以从中找到自己的精神寄托，它虽然冰冷和沉重，但一点不落寞。就像我喜欢沉静如水的夜，点亮灯光，伏案写作；坐在床上翻阅书刊，临睡前，熄了灯，静静地看着窗外满天的银光星座。这寂寞带来的享受，不可言传，仿佛世界停下了匆匆的脚步，让我好好感觉。这感受谁能理解：甘于寂寞，人生才会有如虹的收获。

名人名言

孤独最大的好处是宁静，宁静最大的好处是超然。

——[中 国]汪国真

人在必然世界里有一个有限之极，在希望的世界里则有一个无限之极。

——[印 度]泰戈尔

心存善意

“人之初，性本善。”这样的道理，在我长大后才得以升华：人来到世界，血管里流动的是善良的血液，作恶者的屠宰场不是我命运的归宿。

然而，生命把情感赋予了我，让我的生活，我的世界，在善与恶间挣扎，在尘世的人情世故中落寞。

善，总像一支灯火，照亮我的心窗，火焰般的热烈，并不断地延续和传播。

善，犹如蒲公英在风中播撒种子；爱，大面积传播开来，开花、结果，善意的芬芳充溢着生活，扩散到整个世界。

于是，生活让我懂得了许多。善意不仅是一种爱心、雅量、文明，更是一种人生境界。常言道：“善有善报，恶有恶报。”善意是一种仁爱的光芒，无上的福分，是对别人的释怀，也是对自己的善解。当一个人心存善意时，便创造了生命的美丽，就多了一份友爱；如果一个人多一点爱心、关怀给他人，他的生活也就充满了喜悦和快乐。那么当一个人不善而恶，它的人生就会被改写。

心存善意是我立身的根基。因为，善事是人生之宝，是一种高贵的人格，更是我走向成功的台阶。

一生求学，始终把善的意念牢牢把握，总怕被所谓的“真知”挤掉。因为我懂得，即使才疏学浅，也能以我的爱心获得成功；相反如果没有了善意藏在心底，即使学识五斗、博学多识，我也终将一无所获，理想破灭。

心存善意，我做人做事诚实守信，得到的不仅仅是朋友的信任，还有值得信赖的整个世界。

心存善意，我不再埋怨世态炎凉，人心不古，因为心中拥有美好的一切。

心存善意，诚信于心。做起人来，一诺千金，言行一致；做起事来，有章必循，有诺必践。做人做事，尽力尽善尽美，不改承诺。

心存善意，我才崇尚正直，歌颂正直的人。正直的人，心存善意，一身正气，嫉恶如仇，敢于同邪恶永不调和；正直的人，坚持真理，修正错误，秉公办事；正直的人，除暴安良，见义勇为，济贫扶弱；正直的人，心胸坦荡，行事端正，光明磊落。“身正不怕影子斜”，那是世界对正直人赞美的歌。

心存善意，我钦佩和敬爱那些善于给予、乐于奉献的人。给予，就是付出，有付出才会有收获。

人心常存善意，眼睛充满亮光。善意在我的家里、我的单位、我的周围张扬传播。我渴望它就像太阳一样播撒阳光，泽被后世，惠及万物，任狂风肆虐，也无法让阳光灰暗、太阳陨落。善意满于我心，生活永远充满快乐。

名人名言

勿以恶小而为之，勿以善小而不为，惟贤惟德，能服于人。

——[中国]刘 备

善良是幸福的天性的一种赐福，教育可以促进它而不能产生它。

——[美国]爱迪生

拥有健康

人生拥有健康，生命才会有灿烂的色彩。

箭疾飞，是因为憋足了劲；马奔驰，是因为练壮了身。雕塑“思想者”之所以给人的视觉冲击最强，是因为那一身粗壮结实的肌肉彰显出健康体魄的力量。

一个人拥有了智慧、财富和幸福，则更需要健康。人们对健康的重视高度浓缩在时刻警惕麻痹的格言中——“健康是最大的财富。”“失去健康就是最大的破产。”“身体健康是生命的本钱。”

健康的体魄，是平安、幸福和快乐的源泉。

健康的心理，是成功、卓越和超群的保障。

健康为本。人若没有健康的体魄，怎能有充沛的精力去面对工作和生活？若没有健康的心理，又怎能有良好的心态去从容面对各种挫折、烦恼和困难？健康是我们强大意志力之根基，是我们快乐成长沐浴的阳光。

拥有健康，这是多么好的心愿啊——渴望自己有一个健康的体魄，让它谱写生命的诗篇；渴望自己有一个健康的心理，让它成就人生的辉煌。

可你是否知道：健康的体魄，在长期锻炼中练就；健康的心理，须在反复磨难中获取。生命之树是这样长成的：不强求似花的娇艳，却拥有亦歌亦泣的饱满情怀；不强求阳光普照到每一片绿叶，却拥有平淡中每一个充实的日子。爱惜健康，生命之树常青。珍爱生命，人生就能走向辉煌。

有人说："健康是人生规划的基石。"朋友，你们是祖国的未来，而未来需要你们为之奋斗，为担负的责任打拼，为梦想的实现追逐。没有好的身体基础，一切无从谈起，何论事业、理想?

"若有恒，何须三更起五更眠。"让我们从当下做起，持之以恒，锻炼身体，真正拥有健壮的体魄和健全的人格。让我们怀揣健康向上、充满信心、勇于挑战、克服困难的运动态度和生活理念，把"平安一生"的祝福在生活中唱响。

名人名言

健全自己的身体，保持合理的规律生活，这是自我修养的物质基础。

——[中 国]周恩来

良好的健康状况和由之而来的愉快的情绪，是幸福的最好资金。

——[英 国]斯宾塞

学会理智

古人有云：冷静观人，冷耳听语，冷情当感，冷心思理。这句话蕴含着一个人生智慧，那就是——理智。

人要生活，做事待人，遇到困难与挫折在所难免。直面种种挑战，理智产生智慧，理智产生信心，理智产生力量。

理和智的有机结合产生了理智。理是理性，智是智慧，是机智行事的方法。理智表达冷静，冷静不是冷漠，而是内心的宁静，它是热情与激情的另一种方式，在冷静的背后，常常掩隐着一颗滚烫的心。

一生运筹帷幄的诸葛亮，就要求子女“非淡泊无以明志，非宁静无以致远”。可见，这种素质是含蓄克制的良好修养，是华夏文明的智慧结晶，是智者追求的高超境界。

一个人一生理智做人做事，更能彰显其从容不迫的气质魅力、坚韧不拔的顽强毅力、以静制动的精神耐力。因为恪守理智是艰难的，顺境时容易，逆境时艰难。逆境常常诱发内心深处的情感，情感无节制地喷发对摆脱逆境并无裨益。于是，我们会使用痛苦酿造理智，心中默默地承受一切痛苦。

宁静的心态是理智的提升，守住一颗宁静的心，你便能够驱散困惑，减少痛苦，让快乐的阳光涌进来，理智之心便有了一支永不停歇的快乐之歌。

理智是一种品德，是一种能力，是一种平和安闲而怡然的心态。它并非天生具备，历练方能养成。

那么，我们应该怎样培养自己理智处事的心态呢？

《庄子》里所载的这一则故事，一定会给我们以很大的启发和帮助。

在一个烟雾弥漫的早晨，有一个人划着船逆流而上。突然间，他看见一只小船顺流而下，直冲他而来。眼看小船就要碰上他的船了，他不由得高声叫道："小心！小心！"但是那船还是直接撞了上来，他的船几乎就要被撞沉了。于是，他暴跳如雷，开始向"对方"大声怒吼，还口无遮拦地谩骂个不停。但是，当他再仔细一瞧，却发现那条船上空无一人，他的气顷刻间全都烟消云散了。从此以后，他很少再发脾气，因为不管遇上什么严重的情况，他已把每个人都看成是"无人的空船"，既然对方是"无人的空船"，那还冲动什么呢？

在我们的现实生活中，可以说锅碗瓢盆磕磕碰碰，种种困难无时不有，我们只要理智，就能凭借自己的实力和智慧，去化险为夷，去转危为安，去在危难险阻中赢得一个又一个胜利。

由此可见，学会理智，就要冷静处事待人，学会忍耐和克制，学会宽容和谅解，学会沉着应对，不感情用事、莽撞冲动。学会理智，就要独立观察思考，树立大局意识，善于谋划决断，不随波逐流，人云亦云。

理智不是放弃，不是退让，不是消极等待，而是养精蓄锐，审时度势。做人做事于理智之中，才能抓住机遇，实现人生飞跃，才能在困境中扭转困局，破茧重生。

名人名言

修养，不是说不会发脾气，而是说不会轻易发脾气。不会发脾气的人不一定是有修养的人，动不动就发脾气的人，则是缺乏修养的人。

——[中国]汪国真

容易发怒，是品格上最为显著的弱点。

——[意大利]但　丁

放飞理想

人有梦想

人的一生中充满了梦想。人的梦想有小有大，不一样的内容，却一样的美丽。有时候，梦想小到不能再小，想一个人逛逛街，或者想吃一点小吃，想得到一个洋娃娃，小小的愿望，会使你变得美丽异常；有时候，梦想大到不可再大，想上一个好学校，想考一个好分数，想找一份好工作，想和鸟儿一起飞，大的愿望，会使你拥有神奇力量。

梦想既是人生的目标，也是实现目标的动力，又会给人指引前进的方向。

梦想随着年轮、心境而改变。但它却是一环连一环，没有止境的。人生旅途中，一个梦想实现了，另一个梦想接踵而来；一个梦想破灭了，另一个梦想仍会毫不迟疑地跟上。

没有鸟飞的天空是寂寞的，忽略梦想的人生是苍白的。关于梦想的伟大意义，马登有非常精辟的见解：我们甚至不能想象，如果人类没有梦想，世界将会怎样。同样，一个人没有梦想，人生将活得怎样。

梦想是生活的航标，梦想是美好的憧憬，每个人都拥有梦想，每个人都期盼将来，每个心灵都有着美好的愿望。

但梦想似乎在远方，时隐时现。梦想与现实之间千重山，万重水。有的人害怕走那么远的路，满足于梦的缥缈与朦胧，于是梦永远只是个梦，他永远无法享受追梦的快乐，无法见到远方更美的风景，只能在梦醒时分黯然神伤。因为，梦想不会轻轻松松变成收获的果子被捏在你的手里，但执著的追求，就能踏出一路风光。

梦想，是最初牵引你上路的激情，也是鼓励你赶路不止不变的鞭策，更是支撑你倒下也不屈，失败也不失志气的太阳。

青春是多梦的季节。青春的梦想五彩缤纷，多彩多姿。这时的梦想，是写给生活的情诗，镌刻在爱的心碑上；是谱写希望的情歌，吟唱在优美的憧憬里；是海之岸，是山之巅，是沙漠对绿洲的渴望，是贫瘠对肥沃的渴望。

朋友，太阳总在有梦的地方升起；月亮也总在有梦的地方朦胧。有梦才会有期望，有期望才会有青春的激情，守住自己的梦吧！别趴下，勇敢地走下去，实现属于你的梦想。

名人名言

人生不可无梦，世界上做大事业的人，都是由梦得来；无梦则无望，无望则无成，生活也就没有生趣。

——[中 国]林语堂

人有了物质才能生存，有了理想才能谈得上生活。你要了解生存与生活的不同吗？动物生存，而人则生活。

——[法 国]雨 果

理想之我见

人生有梦，梦渐渐成熟，成为人的理想。

上世纪70年代，我还是学生的时候，就利用节假日参加生产劳动，当时的庄稼活，全靠体力。我因为生来瘦弱，一天的劳动当然感到很累。一天晚上，累得做起了梦，梦想自己像我的老师一样站在了讲台。梦醒了，我想：我当位老师多好啊。这样的梦想虽不够崇高、不够远大，但还是想改变自己。过了段时间，学校召开班会，让大家讲“我的理想”，我就给同学们讲了我做的梦，当名“人民教师”是我的理想。

从那以后，我一直在向自己的理想不断前进，当老师的理想就像太阳一样引导我像夸父一样不停地追寻。存在于我个人心中的理想之灯照亮我自己的心窗，时时温暖着自己，并指引我朝着理想的方向奋力飞翔。

几年以后，毕业了。一个偶然的机会，幸运降在了我的身上，我的理想实现了，当上了一名光荣的人民教师。工作的过程，我依然追求着这个理想。我竭力地让理想崇高、远大，甚至让它宏伟，让它在我的人生仕途上闪光。

理想，存在于我的心里，它决定着我人生价值的高低，它指引着我灵魂之舟的航向，它让我在生活中不懈地搏击，让我在岗位上慷慨地奉献。

追求理想的过程，让我对理想有着特殊的理解和赞扬——

理想是一切伟大事业成功的杠杆，是一切精神支柱的永恒石基；是默默乎林中的松柏，是高堂广厦的栋梁。

理想是一只翱翔于天地、俯瞰人间的大鹏，它藐视燕雀相啄、附势趋炎的窝里斗小家子气；它是时而俯视待敌，时而长啸怒吼的雄狮。是你人生这本大书的书脊；是你生活中获得快乐的希望之光。

理想的定义是什么？古今中外，多少哲人浩叹不已，多少志士求索不息。自从我在教师岗位加入了中国共产党的那天起，就将理想的真正涵义装在心里——为大多数人的幸福而奋斗，为共产主义而奋斗。那些为理想而捐躯赴难、临危不惧、冲锋陷阵、视死如归的先辈成为我心中的榜样。

崇高理想是每个人为之奋斗的目标。目标高远，但也要放之现实的生活之中，就像真理放之沧海而皆知。只有把理想和现实有机结合起来，才能成为一个可成之人。理想自人的心底萌发，它经过深远的思考，经得起时间的流逝、道路的坎坷，是我人生飞越崇山峻岭的翅膀。

历史开辟了新纪元，面对历史的挑战、时代的召唤，我把誓言揣在心里，把使命扛在肩上，让每个属于我的日子都在理想奋斗中闪光。

名人名言

革命理想，不是可有可无的点缀品，而是一个人生命的动力。有了理想，就等于有了灵魂。

——[中 国]吴运铎

没有理想的青春就像没有太阳的早晨。

——[俄 国]别林斯基

春天的梦

光秃秃的树枝上窜出一簇柔嫩的叶芽儿，轻轻的风，细细的雨，让田野悄悄地变绿，俏丽的蝴蝶在花丛中翩翩起舞……哦，春天来了。

春天，温馨而多情，纯真而清新，朴素而美妙。

春天是一个多梦的季节，梦在哪里？梦在轻轻的风里、细细的雨里，梦在小燕子翻飞的呢喃中，梦在悄悄萌发的芽苞和盛开的花朵里。梦，飞向蓝天，蓝天捧出了彩虹；梦，飞向田野，田野绘出了绿丛；梦，飞向林海，林海呈现了葱茏；梦，飞向车间，车间传来机声隆隆；梦，飞向军营，军营铸成了钢铁长城；梦，飞向校园，校园传出动人的歌声。

春天的梦，也悠悠地飞进了花季少年的心田，把一串串遐想萌芽，与明天的憧憬牵手。于是，他们用歌声问候未来，他们用稚嫩的足迹描绘绿意，他们用五彩的风筝放飞希望，他们用鲜艳的花朵编织前程……

春天的梦是多彩的。在这美好的春天里，我们拥有美好的梦。做一个红色的梦，枫叶遍山野；做一个金色的梦，枝头果飘香；做一个蓝色的梦，乘船游太空；

做一个绿色的梦，装点新大地。

“一年之计在于春。”朋友们，让春天的美丽变幻成梦的画板，让信心和勤奋成为实现梦想的支点。让我们以夏的开朗、秋的朴实和冬的刚劲，风雨兼程地用心呼唤——梦想成真！

名人名言

理想，是的，我又看见了理想。我指的不是化妆品，不是空谈，也不是挂在人们嘴上的口头禅。理想是那么鲜明，看得见，而且同我们血肉相连。它是海洋，我好比一滴水；它是大山，我不过是一粒泥沙。不管我多么渺小，从它那里我可以吸取无穷无尽。

——[中 国]巴　金

当大自然剥夺了人类用四肢爬行的能力时，又给了他一根拐杖，这就是理想。

——[苏 联]高尔基

埋一颗自信的种子

站在世界每个角落的人，必然会有他们的独到之处，必然会有他们的亮点。人降生的那一刻，都站在同一个起跑线。然而，所面临的道路和终点千差万别，各不相同。但有一点是相同的：精彩人生，心中必定有一颗自信的种子；种子开花，是你走向成功人生的起点。

自信，是灯塔，为你导航，把你引向幸福的港湾；

自信，是信念，给你力量，让你走向成功的彼岸。

自信，能给你带来活力，让你光芒四射，使你的谈吐潇洒大方，卓尔不群，并于无形中给你带来一种无穷的魅力。

自信，能让你永葆青春，让你扬长避短，使你的心态从容豁达，临危不惧，并于无形中让你的人生呈现缤纷斑斓。

一个人要挑战自我，靠的是信心。一个人要战胜困难，依然靠的是信心。大家知道，人生不如意的事太多太多，但同样确定无疑的是，有时候，不是周围环境出了问题，而是你自己出了问题，因为你没有选择正确的方向。成功是高山上一朵艳丽的花，如果我们想把花摘到，就要有不达目的不罢休的信念。

自信的人，刚毅豁达。他知道人生是由挫折和磨难组成的，面对生活中的不幸，他能含笑以对，处以坦然。

自信的人，知足常乐。他也知道每个人在社会中都有自己的位置，面对社会的坐标，他会踏实地学习工作，愉快地点燃生活的火焰。

一朵再不起眼的小花，都有属于自己的芳香和鲜艳。所以，人，不要跟别人比头顶的光环，不要盲目地羡慕别人的花朵灿烂，转而正视自己、珍惜自己、欣赏自己，运用自己的才华去努力开创一片属于自己的蓝天。

朋友，在心中埋一颗自信的种子，是人人都可以做到的事。不管你现在的状况如何，我想，你一定有一个成功人生的心愿。那么你立即行动吧！埋一颗自信的种子在心中，并要让它早一点发芽、生根、开花，成为一面为你指引前程的旗帜，给你提供源源不断的动力，帮你一步一步到达理想的彼岸。

名人名言

鸿雁双飞起，翻翔风雨中。英雄不回顾，昂首向高空。

——[中 国]郭小川

我们的生活似乎都不容易，但是那有什么关系？我们应该有恒心，尤其要有自信力！

——[法 国]居里夫人

心中有信心

信心是你成功的秘诀；信心是伴你走向成功的彼岸。

信心是你命运的主宰；信心是让你生活快乐的源泉。

河水奔流不息，因为它有信心，无论山高挡拦，无论沙漠阻隔，终有大海容纳的时间；船舶斩浪劈波，因为它有信心，无论狂风巨涛，无论滩险礁暗，前面一定有它停靠的港湾。

面对生活，如果你信心十足，积极行动，生活便会给你格外的关照，让你情趣盎然；如果你精神萎靡，畏缩不前，幸运之神便会丢给你一个冷漠的背影，让你眼前灰暗。

人生苦短，但要牢记：一切失败源于失去信心。也许，你的人生旅途上沼泽遍布，荆棘丛生；也许你追求的风景是山重水复，不是花明柳暗；也许，你前行的步履总是沉重蹒跚；也许，你需要在黑暗里摸索很长时间，才能寻找到光线；也许，你虔诚的信念被世俗的晨雾缠绕，而不能自由飞翔；也许你高贵的灵魂暂时在现实中找不到寄放的空间……那么，我们为什么不可以以勇敢者的气魄，坚定地对自己说一声："再来一次"，"不怕困难"。这时，你将不会随波逐流，自生自灭。心中的信心，会消除灰心，让你重整旗鼓，赢得一片晴净的蓝天。

人的成功源自于心中的追求，如果没有持之以恒的信心与勇气，就无法克服人生的挫折，无法经受命运的磨炼，也就无法到达理想的彼岸。

朋友，不是吗？在我们身边，多少科学家，一次次失败，又一次次奋起，最后走向成功；多少运动员，一次次失利，又一次次起飞，最后走向领奖台。其实，成功和失败相连，不要以为它非得是惊天动地的举动，只要心中有信心，成功往往在一瞬之间。

信心需要坚持，坚持是信心的体现。滴水不求朝夕之效，故能坚持到穿石的那天。穿石之后，依然平心静气，坚持着自己的信念。信心拒绝急功近利，所以才会勾起人们的长久期待，我们才会把人生的成功永远惦念。

心中有信心，你就能深切感受到生活幸福快乐。

心中有信心，你一定能够享受到生命熠熠绚烂。

名人名言

古之立大事者，不惟有超世之才，亦必有坚韧不拔之志。

——[中国]苏轼

我崇拜勇敢、坚韧和信心，因为它们一直助我应付我在尘世生活中所遇到的困境。

——[意大利]但丁

擎起信仰

生命的琴弦要弹奏出最强音，需要信仰；

青春之火要燃得更旺，依赖信仰。

我知道一只凤凰。它面对着一片熊熊火海，义无反顾地扑向其中，华美的羽毛连同娇美的身躯在火海中燃烧。一刹那，艳美的霞光映射出感人的场景。凤凰在火中消失了——它没有辱没凤凰的威名。这就是“凤凰涅槃”的故事，它让我知道了什么叫做信仰。

信仰，支撑了凤凰一次又一次，奋不顾身扑入火海，以铸就最后的辉煌。

我知道一群人。他们在旧中国的国土上播下马克思主义的火种，在1921年，怀揣理想建立了中国共产党，造就了一种共产主义精神，整个世界震惊了。从此，星火燎原，气势磅礴，成千上万的人，擎起心中的信仰，梦寐以求向党旗靠近，一批又一批，一代又一代，用一腔热血凝成的决心，向党作出海誓山盟；成千上万的人，为寻求真理，救国救民，冲破各种艰难险阻，集结在党旗下，呕心沥血，浴血奋战。他们带领濒临绝境的旧中国，走出了柳暗花明，翻天覆地，重新矗立于地球的东方。

崇高的信仰，支撑着共产党人化渺小为伟大。从南湖红船的灯光，到刑场上的婚礼；从叶挺千古绝唱的“囚歌”，到雷锋为人民服务；从铁人王进喜的“怒吼”，到新世纪杨利伟的太空“行走”。沧海横流，英雄本色不变；乱云飞渡，共产主义的信念不移！有限的生命能够散发出无限的能量，短暂的人生能在勤奋与献身中奇迹般延续，让人生绽放出最灿烂的华光。

信仰，壮你胆识，促你坚定，增你韧性，强你毅力。人如果没有信仰的支撑，心灵就会空虚，会脆弱，犹如屋檐下玲珑剔透的冰锥，经得起凛冽的风霜，却又总是不堪一击。

人生永远需要信仰的支撑，只有带着信仰的灵魂寻找梦想，才会有能力经受挫折，跨越障碍，目标坚定地走向自己的人生理想，才能有信心战胜困难，攀越高峰，永不停下前进的脚步，向自己的人生理想冲锋，并让自己的生命显现出辉煌。

年轻的朋友，擎起自己的信仰吧，对党，对祖国，对共产主义！有了它，才有灿若云霞般的青春；有了它，才有充实的人生……历史将无可辩驳地证明，未来属于共产主义！

名人名言

支配战士的行动的是信仰。它能够忍受一切的艰难痛苦，而达到他所选定的目标。

——[中 国]巴　金

信仰，是事业的千斤顶，失去了它，就失去了人生前进的精神支柱。

——[意大利]亚米契斯

信念之歌

信念和理想常常难分难舍，信念和理想总是相依相恋。人生要有理想，实现理想要有信念。理想，是人们心灵深处最瑰丽辉煌的殿堂，而信念，则是攀向这座殿堂的关键。

信念是理解生命的一句注解，信念是内心世界的一泓清泉。人有了信念，生命的琴弦就能弹出强音；有了信念，青春之火就能燃烧起爱的火焰。

信念是一种力量，支撑着你的生命，带给你无限希望。你只要坚定地义无反顾地按照自己的理想和信念，坚持不懈走下去，表面上看上去似乎是只知道埋头拉车不知道抬头看路，但，你最终一定能抵达人生的彼岸。

信念犹如光焰，当阴霾蔽日之时，指给你奔向光明的前程；当冰凌满谷之时，它犹如温泉，冲荡得你身心暖洋洋；当你向险峰攀登之时，它像葛藤，让你援级而上；当你伫立于科学迷宫之时，它又是一把手中的金钥匙，助你登上殿堂，戴上闪光的皇冠。

信念是丰碑，信念是旗帜。为了你们高耸，多少人奋斗不息，多少人曾为你浴血奋战，多少人曾为你前赴后继，多少人曾为你赴汤蹈火，多少人曾为你披荆斩棘。司马迁身受腐刑，心怀信念，完成巨著《史记》；居里夫人耐住寂寞，拥有信念，从山脊的矿物中提取出镭；霍金瘫坐轮椅，胸怀信念，用僵直的手指在键盘上敲出惊异的思想；身陷囹圄的方志敏，高举信念，面对贫困的大地抒发出对祖国的挚爱；时代青年熊宁，实践信念，为藏区贫困儿童把青春年华奉献……

信念是任何人都可以获取的，相信自己，相信信念，将信念当做人生奋斗的一面旗帜，它将使你的人生绚丽灿烂。

人有了信念便拥有了力量。一个人只要有信念，就不会恐惧怅惘，就能够经受得起生活的挑战和考验。只要有了信念，你就能把握住自己，把握住趋势，把握住自己未来的命运。信念是登上人生辉煌殿堂之门的钥匙，也是成功者求生存的一块踏脚板，让你看得更高更远，让你用智慧的力量，拨开云雾见青天，真正走向成功的岸边。

信念和希望常常并肩，胜利者信守信念，充满希望，而失败者心无大志，不守信念。守住信念就留住了希望。生活中时常会碰到这样或那样的困难，你一定要坚守住自己的信念，不要被困难吓倒。只要你不曾对生活失去信心，生活就不会亏待你。因为守住了信念，就守住了希望，有了希望你就会永怀信念。这就像我们在乌云密布的夜晚，如果拥有对明月的渴望和抱着明月总会出来的信念，静静地等待，最终会等到明月照大地的美好瞬间。

朋友啊，树立起坚定的信念吧！让你的生活更加充实，意志更加坚强，青春更美好，人生更绚烂。

名人名言

人，只要有一种信念，有所追求，什么艰苦都能忍受，什么环境也都能适应。

——[中 国]丁　玲

你坚信不疑的事情总是会发生；从某个方面来说，正是信念使它成为现实。

——[美 国]弗兰克林·劳埃德·赖特

树起心中的理想信念

理想是什么?

是漠漠平林中的松柏，是高堂广厦的栋梁，是一切伟大事业成功的杠杆，是人的灵魂、奋斗的动力、前进的坐标和指南。

啊，理想，古往今来，多少志士哲人描绘你、追求你、向往你，想从你那里得到力量、温馨和启示。——一个人有了理想，就有了明确的奋斗目标和努力方向，就能不断地积极进取、提升自我，实现人生价值，也就会受到人们的尊重与称赞。

人生要有理想，实现理想要有信念。理想，这是人们心灵深处最瑰丽辉煌的殿堂；信念，是一种精神支柱，是攀向这座殿堂的坚韧扶梯。也就是说，理想如航船，信念是风帆，困难像险滩。唯有把握航向、鼓起风帆，才能战胜险滩，驶向成功的彼岸。

理想是一只翱翔于天地，俯览人间的大鹏，它藐视燕雀相啄、附势趋炎的窝里斗小家子气。它时而俯视待敌，时而长啸怒吼的雄狮。信念则犹如光焰，当阴霾蔽日之时，它像罗盘，指引你奔向光明的前程，它又像葛藤，使你不断地能向险峰登攀。

“竹签子是竹子做的，共产党员的意志是钢铁铸成的。”看过《江姐》的人，一定会被这句铁骨铮铮的话而感动，是什么，能让一个弱女子的话语音容穿越了漫长时空，依然华彩熠熠，朝霞灿烂?

正是其崇高的理想，赋予了她的血肉之躯战胜竹签子的意志，也是信念，赋予了“江姐”这个名字所代表的优秀共产党人以高贵的光华和永恒的精神力量，这就是中国的保尔·柯察金——吴运铎所说的，“革命理想，不是可有可无的点缀品，而是一个人生命的动力，有了理想，就等于有了灵魂”。这种灵魂不会因时代的变换而锈蚀漫漶。

理想在奋斗中彰显，信念在坚韧上铸就。理想信念，看上去很虚，其实很实。革命战争年代，无数英烈抛头颅，洒热血，奋不顾身，勇于牺牲；和平建设时期，无数普通党员在平凡的岗位上兢兢业业，甘于奉献。这些脚踏实地为理想而奋斗的人，他们的献身精神生动地体现了理想，给我们以希望，激励着我们从小将理想的火把点燃。

自从我们加入少先队那天起，理想的种子已经埋进心田，“准备着，为共产主义而奋斗”成为我们的誓言，“我们是共产主义接班人”的歌声伴随着胸前的红领巾一起飘扬，并吸引我们向着光辉灿烂的未来勇往直前。

理想，是照耀大地的金灿灿的太阳；信念，是冲破黑暗挥洒清辉的明月。正如，小草为了追求太阳的光辉百折不挠，一心向上，所以才有了穿岩钻壁之奇迹；而人如果拥有这种崇高的理想、执著的信念和顽强的毅力，就一定能到达成功的彼岸。

名人名言

一个人有了远大的理想，就是在最艰苦困难的时候，也会感到幸福。

——[中 国]徐特立

信念只有在积极的行动中才能生存，才能够得到加强和磨砺。

——[苏 联]苏霍姆林斯基

旗帜·信念

“唱支山歌给党听，我把党来比母亲。母亲只生了我的身，党的光辉照我心……”这徐缓、悠扬的歌声，随着清风飘来，像云儿在游，像鸟儿在飞，像柔嫩的手在掀开历史的门窗……

1921年7月，嘉兴南湖，一只小小的红船载来璀璨的曙光——伟大的中国共产党诞生，给这条船导航的旗帜就是用镰刀和铁锤塑造的形象。镰刀收获着祖国的理想，铁锤锻造着民族的希望，这面旗帜就是党旗，她在人们心中是那么庄严，那么高尚。她总以美的色彩、美的舞姿，给人以憧憬、智慧和信念；给人以奋发的豪情、拼搏的勇气和向上的力量。

人生要有理想，实现理想要有信念。在这永不褪色的旗帜上，染尽了中国共产党人的信念与理想。

生命的琴弦弹出强音，依靠信念；生命之火要燃得旺盛，仰赖信念。信念像罗盘，指引你奔向光明的前程；信念像温泉，冲荡你身心暖融融；信念像金钥匙，助你打开知识的大门，登上科学的殿堂。

信念，支持刘胡兰面对敌人的铡刀，视死如归，“生的伟大，死的光荣”；信念，呼唤身陷囹圄的方志敏对贫困的大地抒发出中国可爱的豪情；信念，指引雷锋把有限的生命投入到无限的为人民服务之中……由此可见，人，有了信念，可以让生命放出异彩；可以让心中的理想实现。

朋友们，举起旗帜，树立起坚定的信念吧！有了它，你的人生路上永远明亮，生活更加快乐，青春更加美好，生命更加闪光……

名人名言

我们过去几十年艰苦奋斗，就是靠坚定的信念把人民团结起来，为人民自己的利益而奋斗。没有这样的信念，就没有凝聚力。没有这样的信念，就没有一切。

——[中 国]邓小平

随着年龄的增长，我相信的东西似乎越来越少，但是对于我真正的信念，我似乎越来越深信不疑。

——[加拿大]戴维·詹金斯

榜样无穷

时光匆匆，脚步悠悠，百年间风雷激荡，中华儿女不懈求索，百折不挠；漫过岁月，踏出风光，六十载沧桑巨变，神州大地英雄辈出，群星灿烂。

在共和国的历史长卷中，谱写着中华民族最壮丽的篇章，涌现出众多可歌可泣的英雄模范——

雷锋、时传祥、王进喜、焦裕禄、张志新、蒋筑英、罗健夫、张海迪、邓稼先、孔繁森、许振超、方永刚、郭明义、杨善洲……

穿越时空，我们走进这些一代代中国人耳熟能详的杰出人物，重温一段段感人的英模事迹，感悟英雄人物的崇高，在自己的心中树起一块块丰碑，温暖心田。

我们赞美英雄，因为他们是民族之魂，是自立于世界民族之林的民族之脊梁；我们崇尚榜样，因为他们是民族之生命所在，民族的生存和发展，需要英雄的精神与英雄行为。我们知道，在创立共和国的腥风血雨中，领袖的英明，英雄的伟业，曾激励无数热血青年为民族的独立解放前赴后继、流血牺牲；在建设共和国的艰苦奋斗里，又是英雄的业绩感召和鼓舞了几代青年人为之拼搏和奉献。

“种树者心培其根，种德者心养其心”，榜样的力量是无穷的。英雄，能唤起人民巨大的革命热情，能鼓舞人民无私的献身精神，能激发人民百折不挠的坚强勇气。今天，中国共产党这个人类历史上空前伟大的英雄队伍，向我们充分展示了伟大的中国精神、坚强的中国力量。

榜样是一种态度，是一种动力，是一种力量，是一面旗帜——每一位英雄的壮举，每一个闪光的思想，每一段人生的经验，都会成为我们人生智慧的结晶，都是我们人生的学习榜样。我们知道，壮举的行为充满着崇高理想，思想的发现伴随痛苦的孕育，经验的积累经历无数的挫折与艰难。

榜样是一抹朝阳，彰显生命的蓬勃茁壮；榜样是一泓清泉，长久地滋养心灵；榜样是自己眼前的一片绿山，给予人生美丽的憧憬；榜样是一弯新月，充满着生活的希望；榜样是一串星光，照亮人生的漫漫路途；榜样是一种神奇的力量，激励着我们勤奋学习、创造未来，成为中华民族建设的栋梁。

英雄辈出的民族，长盛不衰；英雄辈出的时代，生机盎然。

青年朋友们，让我们走进新时代，把英雄的旗帜高悬，在春天里，播下新的希望，扬起远航的征帆，敲响生命的鼓点，以澎湃的胸膛，以炉火般的炽恋，向英雄前辈们虔诚地许下心愿——祖国的明天更绚烂。

名人名言

夫英雄者，胸怀大志，腹有良谋，有包藏宇宙之机，吞吐天地之志也。

——[中 国]罗贯中

英雄——就是这样一个人，他在决定性关头做了为人类社会的利益所需要做的事。

——[捷 克]伏契克

四月，我们放风筝

走进四月，握住四月的手，向四月问声好！

四月的蓝天充满天真和幻想；四月的大地披满绿意和欢笑。四月里的孩子顽皮得手舞足蹈——奔向野外，放飞着风筝，在空中比试，在地上跳跃。

蓝天下，五彩的风筝在晃动，载着孩子们的智慧和希望，带着天真烂漫的童心，在空中亲吻着蓝天，亲吻着清风，欲与天公试比高。

风筝，随风而飘，忽上忽下，时而翻转，时而盘旋。一会儿与呢喃的燕子对话，一会儿和老鹰玩耍嬉闹。

风筝，扶摇直上，遨游天空，时而竞飞，时而遐想。一会儿把洁白的云朵扛在肩上，一会儿把快乐的小鸟拥抱。

风筝摇曳着婀娜的身姿，忙坏了鸟儿们，呼朋引伴，赶趟儿似的婉转歌唱；累坏了蝶儿蜂儿们，情不自禁地翩跹舞蹈；乐坏了孩子们，欢呼雀跃，在田野里尽情地奔跑——

追随着风筝奔跑。

追随着春风奔跑。

追随着理想奔跑。

名人名言

我要用一生去实现心中美好的愿望，即便那是一条没有尽头的路，走向远方，又有远方。——[中 国]汪国真

要在自己心中培养对未来的理想，因为理想是一种特殊的阳光，没有阳光赋予生命的作用，地球会变成石头。——[苏 联]谢德林

走进世园会

暖风迎紫气，大地发春华。我们迎着春风，我们一路歌唱，走进世园会，登上长安塔，一片片绿色扑入眼帘。绿色间，色彩艳丽，花香扑鼻。城市园林，勃勃生机，异彩纷呈。置身世园会，不由得让人激情绽放。

“西安世园会”——小小地球村！站在主会址广运潭，爸爸给我讲起厚重的历史。我们穿越千年，站在“灞上”的浐灞之滨，看到了盛唐天宝年间，唐玄宗曾在此举办大规模水运博览会和商品交易会。噢，这里曾是世界上有文字记载的第一次博览会，为世博会之发端，是人类文明之辉煌。

走进世园会，拥抱吉祥物。妈妈给我讲起了美丽的榴花，我们梦幻着天人长安，双手捧起“石榴”娃娃，满眼一片“春风得意马蹄疾，一日看尽长安花”的景象。噢，我们的家园充满着和谐吉祥。

走进世园会，展馆斗艳，百花齐放，各显异彩的魅力。太空植物园，展现航天育种新成果；可爱的大熊猫、金丝猴、羚牛和朱鹮，不愧是秦岭山里的四宝；走进生态示范建筑里，让人感叹生活美好，城市漂亮，世园更辉煌……

走进世园会，一路走，一路看，我们心生感想。低碳生活成为我们的行动誓言，绿色生活成为我们追求的时尚。让我们共同携起手来，记住世园会倡导的“绿十条”，植棵树为大地添片绿阴，栽盆花为家园增加芬芳，让我们的家园更美好，让我们的古城更辉煌。

名人名言

人类的生活，必须时时刻刻拿最大的努力，向最高的理想扩张传衍，流传无穷，把那陈腐的组织、腐滞的机能一一地扫荡摧清，别开一种新局面。

——[中 国]李大钊

未来是光明而美丽的，爱它吧，向它突进，为它工作，迎接它，尽可能地使它成为现实吧！

——[俄 国]车尔尼雪夫斯基

我是小鸟我飞翔

我是小鸟，向往着飞翔。

飞翔是每个小鸟的共同梦想。我多希望能扇动着翅膀飞向蓝天，多希望能知道天有多高，海有多宽，大地有多美的农田。

我在鸟儿啁啾声里，飞入科学的大门去探索科技的奥秘，飞向宇宙，飞到银河系发现宇宙空间的秘密，了解茫茫星海的奇异现象。

我在明媚的春天里，飞过高不可攀的大山，去俯瞰万象更新的世界 ，阳光透进我每一个细胞，细雨润泽每一根神经。彩云在我身边飘荡，壮美的杏树，典雅的芭蕉，高傲的雪松，挺拔的白杨，哪一棵，都让我心儿欢畅。

妈妈绽开笑靥说：“飞翔，不只是飞往高处、远处，飞翔是全方位的。”

妈妈的话是对的，因为全方位的飞翔，才能使我进入无限的时间和空间，而抵达任何一个我想去的地方。

是的，我要全方位地飞翔。听了妈妈的话我抖开轻盈的翅膀，在明艳的阳光下舒展稚嫩的羽翼，在清新的空气里吸吮知识的琼浆。

我是小鸟我飞翔。

哦，这是多么美好的梦想！

名人名言

不经风雨，长不成大树；不受百炼，难以成钢。——[中国]雷　锋

满足并不是幸福追求的理想，幸福是一种连续不断的渴望，满足则是一种安慰，伴随着遗忘。

——[黎巴嫩]纪伯伦

相约世园会

杨柳郁氤氲，金堤总翠氛，人间四月芳菲尽。我们走进了古城西安，我们相约世园会。

这里，碧水蓝天交相辉映，花草树木争奇斗艳；这里，巍峨长安塔矗立花海，椰风水岸。这里，向人们传播着低碳、绿色、生态理念；这里向世界展示着中华文化的神韵与灵感。这里是植物花卉的海洋，色彩斑斓；这里是世界瞩目的焦点，游人乐园。

世园会会徽、吉祥物“石榴”娃娃，让人满目“长安花”，不觉让我们想起“春风得意马蹄疾，一日看尽长安花”的诗句。心中感觉和谐吉祥，天人长安。

相约世园会，我们一起去看航天育种新成果的太空植物园；见见我们可爱的大熊猫、金丝猴，还有羚牛和朱鹮；我们一起去观赏生态示范建筑物，感受一下什么是“零消耗，零排放”，领略“人文山水，诗意长安”的景象，从而在我们幼小的心灵中树起“绿色引领时尚”的理念。

相约世园会，“绿色引领时尚”叫得响，我们少年儿童也要跟得上，记住“绿十条”，树立新观念——安全无害，简约装修；节能减排，低碳出行；省电节电，珍惜能源；珍惜粮食，绿色饮食；按需定量，理性消费；惜水节水，循环利用；低耗高效，无纸办公；提倡有机，减少污染；勤俭节约，拒绝奢侈；种树种花，美化生活。这些既是我们的生活准则，又是我们的行动誓言。

相约世园会，长安塔远眺心欲醉，古城西安美如画。她的厚重、现代、时尚，让古城西安奏响从历史辉煌走向现代文明的乐章；她的美丽、灵动、绿色，让古城西安变幻成一座世纪嘉园。

名人名言

建立自己的生活信念，坚持一定的道德原则，在自己的精神境界中感到安然恬适，不因环境的变化而动摇。

——[中 国]张岱年

向着某一天终于要达到的那个终极目标迈进还不够，还要把每一步骤看成目标，使它作为步骤而起作用。

——[德 国]歌 德

祖国万岁

祖国是什么?

祖国是长江,祖国是黄河。祖国是长城,祖国是五岳。

祖国的山脉巍峨,祖国的河流宽阔,祖国的历史悠久。遥想秦时明月,汉时雄关,回眸白云似的郑和帆影,森林般的金田义旗,聆听太行松涛,长江浪遏。近看风雨潇潇路,井冈篝火红,呼唤东方古国的黎明,为有牺牲多壮志,敢叫日月换新天,岂为全躯士,效命征战场。马嘶人吼,狂飙突进,扫阴霾,澄玉宇,长缨舒臂,红旗猎响,托起一个新中国。

今天的祖国,天空湛蓝如洗,大地簇红拥翠,水风雅,山俊俏。科学发展荡起无尽的温馨与凯歌,科技兴国洒下几多飘逸与自豪,改革开放之路越走越宽阔。

祖国不是一条曲线围成的图腾,更不是两个字的简单组合。一层又一层祖先血的矿脉,一代又一代母亲泪的泉水,构建了九百六十万平方公里的疆域,那是一片充满希望的田野,绽放着十四亿的花朵。

祖国似母亲,她以江河的乳汁、大地的血肉,孕育我们生命的壮本;用文明的长流、智慧的泓泉，滋养我们心灵的嫩芽；展如画江山、丰饶资宝、群星灿烂的风流；敞开我们自豪的海、自信的路，以奕奕的神采、华美端庄的仪容屹立于世界东方。

我们是祖国的儿女，让我们时刻把母亲装在心里吧——我的年轻朋友，让青春和生命在赢取她的尊荣中闪耀！我常想：假如我是一片绿叶，就会长在母亲这棵参天大树上，白天为她吐翠争妍，夜晚给她伴唱轻柔的睡眠曲；假如我是一朵小花，就开在母亲的山巅上，静静地为她点染上温馨鲜美的颜色。

是啊，在祖国母亲面前，我们的青春应该是簇簇鲜花。祖国将因我们献出的色彩而更加辉煌。“我占有缤纷的色彩，这色彩发祥于她土色的襟怀。我占有迷人的芳香，这芳香起源于她泥味的乳浆。我有着茁壮的肢体，这茁壮滋生在她雄峻的姿仪。”这是一位儿女写给母亲的诗，这是包括你在内的炎黄子孙唱给祖国的歌。

十月一日，朝露铺满了前程，雨露在心中滋润，我们对未来充满憧憬。面对升起的五星红旗，让我们齐声欢呼：祖国万岁！万岁祖国！

名人名言

当我死时/葬我/在长江与黄河/之间/枕我的头颅/白发盖着黑土/在中国/最美最母亲的国度/我便坦然睡去/睡整张大陆。

——[中 国]余光中

我无论做什么，始终在想着，只要我的精力允许我的话，我就要首先为我的祖国服务。

——[俄 国]巴甫洛夫

祖国·少年

十月，我们祖国的节日，一个光辉而喜庆的节日，是一个属于你属于他属于我——属于所有炎黄子孙共同的节日啊！

祖国，我们自豪，因为我们拥有世界最古老的文明；祖国，我们幸福，因为我们正处于安宁祥和的环境；祖国，我们憧憬，中华民族永远凝聚活力与希望。

回首历史，我们懂得，我们中华民族用自己的勤劳和智慧，在五千年的风雨历程中，开创了辉煌大业，写就了悠久的文明史。无数先辈英烈，浴血奋战，含辛茹苦，建功立业，就是为了看到这鲜花与少年辉映的美丽情景，就是为了我们能在他们建造的共和国基石上，让祖国更加灿烂辉煌。

今天，我们伟大祖国已经崛起，像一头雄狮醒来，改革开放呈现出前所未有的勃勃生机，让世界震惊，一切都昭示着古老的中国无比灿烂、更加富强。

祖国蒸蒸日上，她让少年朋友感到无限荣光，同时也感到肩上的历史重担。“少年强则国强”，今天的少年儿童，是祖国的未来，民族的希望。祖国把星星与火炬交给你们，祖国把明天与希望交给你们，你们一定要把建设有中国特色社会主义伟大使命担在肩上。

少年朋友们，让我们一同启程，一步一个脚印，坚定有力，铿锵稳健，一步一首凯歌，气宇非凡，雄劲嘹亮！走向祖国未来的灿烂与辉煌！

名人名言

故今日之责任，不在他人，而全在我少年。少年智则国智；少年强则国强，少年独立则国独立；少年自由则国自由，少年进步则国进步；少年胜于欧洲则国胜于欧洲，少年雄于地球则国雄于地球。

——[中　国]梁启超

祖国，这个字眼含着多少魅力啊！她是指引巡礼者的明星，使之免于跌进深渊。

——[秘　鲁]帕尔玛

国旗在心中

“你和太阳一同升起，映红中国每寸土地；你和共和国血脉相依，共同走过半个世纪。五星红旗啊，五星红旗，你将中华民族的心连在一起；五星红旗啊，五星红旗，你让全世界中国人扬眉吐气。”每当听到这首激昂、深情、优美的旋律时，作为中华儿女，眼前就会浮现那面魂牵梦萦的国旗。

国旗，是一首美妙的诗，是一曲雄壮的歌；国旗，是国威的载体，力量的凝聚。国旗飘扬，带来幸福，闪耀辉煌，像一轮红日，染红了天空和大地。

昨天，成千上万的革命先烈，为五星红旗的诞生，抛头颅，洒热血，旗帜上凝聚着他们的追求，凝聚着他们对祖国、对人民的热爱，用爱把中华民族的心连在一起。

今天，亿万中国人民仰望五星红旗，决心把自己的汗水和智慧洒在960万平方公里的国土上；用改革开放的成果，为五星红旗增添光彩；用神圣的使命，为伟大祖国争光争气。

天安门广场的五星红旗，每天伴随太阳一起升起；

校园里的五星红旗，每天伴随队礼注目一起升起；

心中的五星红旗，时刻伴着决心随信念在我们的心中升起。

国旗在心中，心中有国旗。每当看到五星红旗在天空中飘扬，心中的爱不由自主地交相辉映，情不自禁唱起国歌，立正，五指并拢高举头上，向国旗敬礼。

十月一日，伟大祖国的生日，我们踏着前进的鼓点，排着整齐的方阵，唱着庄严的国歌，再一次升起鲜红的国旗。国歌，荡起动人魂魄的涟漪；国旗，升起我们心中的理想。我们像小鸟一样欢乐歌唱，我们邀白云共舞翩跹。我们在国旗下，盛满追赶太阳的诗篇，我们在国歌声中，寻找做人的真理。

鲜红的国旗，从心中升起，我们的人生前程灿烂无比。

面对国旗，我们庄严的队礼，那是一篇闪光的誓言：用高尚的情操，用优异的成绩，用健壮的体魄，用美好的心灵，用我们的实际行动，回报祖国母亲。

名人名言

我是炎黄子孙，理所当然地要把学到的知识全部奉献给我亲爱的祖国。

——[中　国]李四光

我是你的，我的祖国！都是你的，我的这心、这灵魂；假如我不爱你，我的祖国，我能爱哪一个？

——[匈牙利]裴多菲

把"母亲"装在心里

"我占有缤纷的色彩，这色彩发祥于土色的襟怀。我占有迷人的芳香，这芳香起源于她泥味的乳浆。我有着茁壮的肢体，这茁壮滋生在她雄峻的姿仪。"

这是儿子写给母亲的诗，这是炎黄子孙唱给祖国的歌。

母亲——祖国，她以江河的乳汁，大地的血肉，孕育我们生命的壮本；她用文明的长流、智慧的泓泉，滋灌我们心灵的嫩芽；她捧鲜花、芳草、翠竹，沁香我们青春的倩影，希望的梦；她展如画江山、丰饶资宝、群星灿烂的风流；她铺开广袤的土地，让我们描绘春色，舒展浓浓的枝叶，让我们开放花朵。这就是伟大母亲——祖国，中华民族所有儿女都在她的身边集合。

母亲——祖国，我们是你醒来的晨风中，燃烧的那一缕霞光，我们是你春天的花树上，唱歌的那一片绿叶，我们是母亲的骨肉。我们听得见你的呼吸，感知你博大的胸襟；我们摸得见你的脉搏，感知你跳荡的心音。母亲与儿女柔柔相依，荣辱与共。母亲的健康，是儿女最大的幸福；母亲的笑容，是儿女最大的宽舒。今天的祖国母亲，不再是一个任人欺凌蹂躏的弱女子了。改革开放，炎黄子孙齐努力。祖国以惊人的速度振兴、发展起来，以奕奕的神采、华美端庄的仪容翘首昂视，屹立于世界的东方。

少年朋友们，在伟大的祖国母亲面前，我们青春年华应该是簇簇鲜花，祖国将因为我们异彩芬芳而满园春色。

让我们时刻把祖国母亲装在心里吧——我们亲爱的朋友，让花季年华、青春朝气在赢取她的尊荣中闪光！让我们与她一起分享到无限幸福和快乐！

名人名言

我家乡的泥土，我祖国的土地，我永远同你们在一起接受阳光雨露，与花树禾一同生长。我唯一的心愿是：化作泥土，留在人们温暖的脚印里。

——[中 国]巴 金

只有热爱祖国，痛心祖国所受的严重苦难，憎恨敌人，这才给了我们参加斗争和取得胜利的力量。

——[俄 国]阿·托尔斯泰

祖国的生日

十月一日是祖国的生日。

小鸟在蓝天上飞翔，蓝天恬静地笑了，飞扬出美丽的阳光、云霞。

小鱼在水中玩耍，沙河乐呵呵地笑了，翻卷出美丽的浪花、清波。

同学们在校园里唱歌，高唱那首催人奋进、慷慨激昂的歌曲——《十月是你的生日——中国》。

十月的早晨，爸爸给我讲着从爷爷那里听来的传说，这个故事一代一代传下去，连着过去和现在的生活。我们懂得：祖国从贫穷中走来，踏平坎坷，越过荆棘，从一片废墟中崛起，在遍地瓦砾上建设社会主义，走向文明和繁荣，生机勃勃。

祖国，今天是你的生日，我们为你放飞一群小白鸽。鸽子在白云下自由自在地飞翔，风筝在蓝天上无忧无虑地飘荡。当我们再次怀着赤诚、崇敬的心情注视着五星红旗时，禁不住热血沸腾，心潮澎湃，思索了很多，很多……

我们一定要努力学习，学好本领，长

大建设祖国。

我们一定要茁壮成长，成为栋梁，长大报效祖国。

名人名言

我在任何时候都是一个爱国者……我那一颗爱国、爱人民的心还是像年轻时候那样的强烈，今天仍然如此。我过去所有的作品里都有从这颗心滴出来的鲜血。现在我可以说，这颗心就是打开我的全部作品的钥匙。

——[中 国]巴 金

热爱祖国，这是一种最纯洁、最敏捷、最高尚、最强烈、最温柔、最有情、最温存、最严酷的感情。一个真正热爱祖国的人，在各个方面都是一个真正的人。

——[苏 联]苏霍姆林斯基

国歌·国旗

有一面旗帜永远火红，那是五星红旗在蓝天上舞动；有一首歌永远激昂，那是国歌在大地上回荡。

国旗，国歌，您是一首美妙的诗，您是一曲雄壮的歌。您是国威的载体，力量的凝聚，您像一轮红日，带来光明，带来温暖，带来幸福，染红了天空和大地。

十月一日，伟大祖国的生日。我们踏着前进的鼓点，排着整齐的方阵，唱着庄严的国歌，再一次升起鲜红的国旗！国歌，荡起动人魂魄的涟漪；国旗，升起我们心中共同的志向。我们像小鸟一样欢乐歌唱，我们邀白云共舞翩跹。我们在国旗下，盛满追赶太阳的诗篇，我们在国歌声中，编织心中五彩的梦想！

国歌，国旗，在我们心中升起，在我们心中跳荡，给予我们力量，给予我们希望。

国歌，激励我们去构筑中华民族新的长城；国旗，引领我们去谱写祖国新的辉煌。

名人名言

我们不做亡国奴，我们要做中国的主人！让我们结成一座铁的长城，把强盗们都赶尽；让我们结成一座铁的长城，向着自由的路，前进！

——[中 国]田 汉

为了国家的利益，使自己的一生变为有用的一生，纵然只能效绵薄之力，我也会热血沸腾。

——[俄 国]果戈里

祖国，今天是您的生日

今天的天空，如此湛蓝；今天的太阳，如此炽热；今天的鲜花，如此芬芳；今天的我，心情如此激动。今天的校园，张张笑脸迎来了最美好的节日，这就是您的生日——祖国。

曾几何时，我们的祖国栉风沐雨，历尽了千辛万苦。看今朝，伴随着朝阳，代表着共和国的辉煌，五星红旗飘扬在祖国的上空，在我们的眼睛里闪烁。

今天，洁白的丹顶鹤，在云天赞美；青翠的松柏，在高山赞美；我们祖国的下一代，在队旗下赞美。一群群小白鸽从校园飞起，飞过小河，飞过山岭，衔来了一朵朵智慧的彩云，飞进绿林，飞进花园，洒下一声声笑语欢歌。

今天，我们都在深情地呼唤着你的名字——中国。六十多年的风风雨雨，半个多世纪的艰苦奋斗，我们的祖国发生着翻天覆地的变化。改革开放，使祖国富强，人民富裕，昂首走进了新时代。六十多年的蹉跎岁月，劳动者的欢乐愉悦，生命的悲壮咏叹，组成了共和国历史上的壮丽凯歌。

祖国啊，祖国，铺开广袤的土地，我

们描绘春色，浓浓地舒展枝叶，装点山河。我们向您吟唱，把憧憬吟唱成现实，把播种吟唱成收获，把笑声吟唱成花朵，把波浪吟唱成欢乐。

祖国啊，祖国，今天是您的生日，我们为您放飞一群小白鸽，祝福您前程锦绣，灿烂辉煌，朝气蓬勃。

祖国啊，祖国，今天是您的生日，我们在国旗下许诺，一定好好学习，能做的事情自己做。我们到田间劳作，感受劳动，体验生活；我们去山间攀登，陶冶情操，锻炼体魄；我们去触摸社会，培养能力，学会生活；我们聆听教诲，树立理想，学好本领，长大用行动报效祖国。

名人名言

我是炎黄子孙，理所当然地要把学到的知识全部奉献给我亲爱的祖国。

——[中 国]李四光

爱国主义的力量是多么伟大呀！在它面前，人的爱生之念，畏苦之情，算得什么呢？在它面前，人本身也算得什么呢！

——[俄 国]车尔尼雪夫斯基

童 年

童年，人人都有一个个故事，无比斑斓。

童年，个个都有一篇篇童话，精彩好看。

童年，人人都有一首首诗，意境无限。

童年，个个都有一支支歌，动人心弦。

搭起的一块积木，不就是多彩的故事吗？捉住的一个个蟋蟀，不就是精彩的童话吗？放飞的一只只风筝，不就是腾飞的诗吗？写下的一张张日记，不就是幸福的歌吗？

童年的故事写在冬天里。我们带着雪橇，走进雪野，打雪仗、堆雪人。迎着北风跳起舞，伴着雪花笑哈哈……

童年的童话写在秋天里。我们带着镰刀，走进田野，收获金灿灿、沉甸甸的谷穗；走进果园，品尝红苹果、黄香蕉、紫葡萄。

童年的诗写在春天里。我们童年的诗，写在和风细雨里，写在小燕子翻飞的呢喃中，写在悄悄萌发的芽苞和翩翩盛开的花朵上。

童年的歌唱在夏天里。我们把童年的歌，唱在绿色林海的喧哗中，唱在清丽的蝉噪和蛙鸣里，唱在交响乐般的雷雨中，唱在雨过天晴的彩虹上。

童年像六月的草地，学习的疲劳，在这里飞散了；生活的烦恼，在这里溜走了。心，在这里悄悄净化；爱，在这里悄悄升华。童年的我们悄悄长大。

名人名言

黄金时代，不在我们背后，乃在我们面前；不在过去，乃在将来。

——[中 国]李大钊

童年时，人生就像是远处看见的舞台布景；老年时，人生依旧是那台布景，只是移到了极正的近处。

——[法 国]叔本华

“六一”遐想

像花蕾在春风里绽吐五色，像新笋在暖雨中出土拔节，像小苗在阳光下沐浴光芒，我们——祖国的未来，又迎来了自己的节日——“六一”国际儿童节。

我们穿上盛装，欢呼雀跃；

我们放开喉咙，快乐歌唱。

舞起来，唱起来；唱起来，舞起来。舞出吉祥，舞出如意；唱出风采，唱出自强。

每个“六一”都给儿童留下难以磨灭的印象，它们就像一颗颗晶莹透亮的珍珠串成的项链一般，在人生的路上闪耀着光芒。

六一的蓝天下，我们在校园升起了国旗，血红的旗帜，多么绚丽，像阳光一缕，像火苗一般。顿时，我们心潮澎湃，思绪万千……我们仿佛看到：卖火柴的女孩子蜷缩在雪地里，手里捏着一根即将熄灭的火柴，两眼充满着渴望生活的目光；我们仿佛看到孤儿“三毛”，为了生活，在黑暗的社会里挣扎着；我们仿佛又看到无数小红军、小八路，为了我们今天的幸福而献出了生命。我们仿佛看到了很多、很多……

国旗下，飘扬着我们的队旗！我们就是旗上的星星，闪耀着父母的骄傲，老师的期盼；我们就是旗上的火炬，凝聚着党的信念，祖国的希望。

节日里，我们加入了少先队，戴上了红领巾。让胸前的太阳之火，把未来点燃。我们唱着队歌，乘着雄伟的祖国巨轮，破浪远航。

名人名言

青春的美丽与珍贵，就在于它的可遇而不可求，在于它们永不重回。

——[中 国]席慕容

不要向我们述说故事中伟大的名字，我们年轻的时候就是我们光辉灿烂的日子。

——[英 国]拜 伦

入队·理想

六月一日，这是儿童们向往的一天。这天，到处变成了幸福的乐园，你们作为园中的主人，个个张开鲜花般的笑脸，尽情地跳吧，舞姿比花孔雀轻盈；尽情地唱吧，歌声比百灵鸟婉转。

六月一日，这是儿童们幸福的一天。这天，少先队的队旗，是一片火，燃烧的火炬，是它的能源。鲜艳的红领巾映红了入队孩子的笑脸，像一群小花鸟扇落了云雾，胸前红光闪闪；像一群小天使挽着花篮，从蔚蓝的天上撒下了花瓣，铺满了校园。

六月一日，这是儿童们难忘的一天。这天，入队的孩子同高年级哥哥姐姐站在同一条新的起跑线上，共同举起手臂，在辅导员的引领下，向队旗立下了誓言。

有了誓言，就有了理想。少年时代的理想，好似人生彩图，是党的阳光照射着它，祖国的发展衬托着它，然后，是老师的手，帮助你们描绘它，让你们像鸟儿一样，羽毛丰厚，飞翔于蓝天。

十年树木，百年树人。实现理想，必须从最小最小的事情做起，少先队里有句话，自己的事情自己做。自己洗净红领巾给阳光，自己洗净手帕给白云，自己叠被子，自己洗碗筷，晨迎霞光，晚披落日，在风霜雨雪的上学路上，大步向前。

名人名言

一个精神生活很充实的人，一定是一个很有理想的人，一定是一个很高尚的人，一定是一个只做物质的主人而不做物质的奴隶的人。

——[中 国]陶 铸

青春不只是肉体上的年龄。青春应该还具有无穷的希望，不尽的思想。这些理想和希望不断地在沸腾、在旋转、在跳跃。

——[日 本]松下幸之助

风筝·飞翔

蓝天高远，春风轻柔，春光荡漾。

小朋友们，奔向野外，放起各式各样的风筝。在空中比试，在地上欢唱。

一根根长长的扯出的尼龙丝线，牵动着一颗颗天真烂漫的童心，在空中亲吻着蓝天，亲吻着春风，把我们的欢欣升腾到云端。

风筝让我们的生活充满快乐，充满想象。

风筝让我的思绪沾着春风，沾着阳光和鸟语自如飞翔。时而如笛清婉，时而如箫悠扬。任灵感与冲动绽放于情思的枝头，忍不住从心底流出一声感叹——我要飞翔。

是的，飞翔不是梦。科学家利用风筝，空中取电；英雄少年利用风筝向敌人散发传单；杨利伟叔叔乘飞船游弋于蓝天……

今天，你们手中的风筝从蔚蓝的一方徐徐升起。明天，你们会像鸟儿一样自由飞翔。

让我们跟随许多翅膀扇动的音乐，在蝶飞蜂舞的季节里放飞风筝，放飞梦想。

名人名言

倘使有一双翅膀，我甘愿做人间的飞蛾。我要飞向火热的日球，让我在眼前一阵光，身内一阵热的当儿，失去知觉，而化作一阵烟，一撮灰。

——[中国]巴　金

有些人活着没有任何目标，他们在世间行走，就像河中的一棵小草，他们不是行走，而是随波逐流。

——[古罗马]小塞涅卡

星星之歌

漫漫夜空，那样深邃，那样美丽，是谁将它装扮得多姿多彩？是星星。

浩渺宇宙，那样幽远，那样灿烂，是谁让它光彩照人？是星星。

平静的夜晚，坐在空旷的草坪上，尽情欣赏星光灿灿，你会感到天空的博大和空灵。千千万万颗小星星，簇拥在银河两岸，有的银白，有的鹅黄，有的淡红，有的浅蓝……五光十色，透明亮晶，它们调皮地眨着眼睛，用比日光更加柔和的光芒，比霓虹灯更加温馨的容颜，为你讲述一个个美丽的传说和一个个星座的动人故事。

美丽的天鹅星座，像一只金天鹅，飞舞翩翩；可爱的双子星座，像一对孩童，嬉戏游玩；还有那调皮的流星，在云层中悠然、轻盈地穿行。

我喜欢凝望星空，不为看那皎洁的明月，却为满天灿烂的星斗。

妈妈说，天上的星星组成了灿烂的星河，地下的人们建设美好的社会。我说，我渴望做一颗一闪一亮的小星，像珠宝一样永放着清光，为祖国星空添上一道亮丽的风景。

你好哇，星星，你与日月同辉，你笑着，唱着。我赞美你，永远地仰望你！

名人名言

人类的希望像是一颗永恒的星，乌云掩不住它的光芒。特别是在今天，和平不是一个理想，一个梦，它是万人的愿望。

——[中 国]巴 金

目标越接近，困难越增加。但愿每一个人都像星星一样安详而从容地不断沿着既定的目标走完自己的路程。

——[法 国]歌 德

六月，少年在歌唱

伴着花儿的芳香，踏着歌儿的节拍，我们走进六月。

六月的晨曦，点燃着儿童的激情。六月的鲜花，编织着五彩的希望。

六月里，我们最幸福；六月里，我们最欢畅。六月，我们把队鼓擂得更响，把队号吹得更嘹亮。六月，是一只风筝，让我们张开翅膀，自由地飞翔；六月，是一缕阳光，让我们打开心窗，洒满着光芒。

云悠悠，天朗朗。我们邀白云一起共舞翩跹，请小鸟一起欢乐歌唱。歌唱冉冉升起的太阳，催熟波涛起伏的麦浪；歌唱金色的童年，畅想祖国未来充满的希望；歌唱生活温馨甜蜜，歌唱岁月如意吉祥。

情长长，花香香。我们采摘一束美丽的鲜花，把校园打扮得热情明亮，在这欢乐的节日里，让心花和鲜花一同把芳香释放；我们放飞一个飘逸的风筝，把童年的希望送上蓝天，让梦想和风筝一同在天地间飞翔。

六月，我们舒展美丽的歌喉，把心中最甜的歌儿唱出来，把心中最美的歌儿唱出来——唱出花仙子的笑靥，唱出快乐王子的欢畅，唱出豪迈，唱出自强……

六月，我们敞开心灵的门窗，播下一颗希望的种子，欣闻泥土的清香，感受苏醒的律动，绽放嫩绿的芽苞，唱一支心中的歌谣——今天，我们更加发奋朝前走，好好学习，天天向上，沿着父母、老师和祖国期望的目光。明天，一朵朵绚丽的花儿会在祖国的大地上绽放。

名人名言

理想使现实透明，美好的憧憬使生命充实，而人类也就有所寄托，使历史随岁月延续于无穷。

——[中国]柯 灵

青春并不是生命中的一段时光，它是心灵上一种状况，它跟丰润的面颊，殷红的嘴唇，柔滑的膝盖无关。它是一种沉静的意志、想象的能力，感情的活力，它更是生命之泉的新血液。

——[古罗马]塞涅卡

走向明天

当朝霞又牵来一个黎明，当晨风又送来一个明天，你是否思索过，该怎样走向明天？

一个个逝去的昨日，一个个新生的明天，像一根纤绳，扯着你涉过欢乐的小溪、捕捉山花的鲜艳。

小溪坚持走自己长途跋涉的路，告别了昨天巨石留给她的夹缝，告别今天群峰留给她的弯弯曲曲的峡谷，为的是迎接明天的广阔；山花坚持走自己对外开放的路，摆脱昨天蓓蕾的封闭图式，不满足于今天如火如荼的初绽，为的是创造明天的灿烂。

明天，是美丽的梦，让你抚去任何虚妄的痕迹，坚实的足音将羽化为现实的辉煌。那么，就让今天的美丽幻成梦的画板，让昨天生活的酸、甜、苦、辣成为艳丽的色彩，创作一幅最美的人生画卷。

明天，是优美的歌，让你用如火的精力唱出她的生命，让你的眼睛充满靓丽的神采。那么，就让今天的无奈变成心中的欢乐，不要追求声声喝彩，任你的歌声回荡于天地间。

明天，是蔚蓝的海。让你在通往成功

的航线，陶然于生命的恢弘与超然。让你的胸怀装下跳跃的浪花。那么，就让今天的泪水化作海水的苦咸。不要追求一帆风顺，任你的船只乘风破浪，通往成功的彼岸。

明天，是一座高山耸立在面前。是懦夫，一定会迷惘和惆怅；是勇士，一定有信念和希望。

明天，有美好的期冀，正等待你去开创、探索；明天，有绚丽的鲜花，正等待你去培土、浇灌。

明天，蕴含着巨大的希望。你是否怀着几分希望，期待着步入明天。有了希望，生命才有力量；有了希望，未来才会更加辉煌灿烂。幼小在希望的阳光下茁壮成长，稚嫩在明天的召唤下开花结果。让我们举起双手去迎接未来的世界，让我们昂首阔步走向每一个朝阳重新升起的美丽明天。

名人名言

那飞似的光阴，一转眼又过去，决不会满满地伺候我们。

——[中 国]廖仲恺

明天，明天，再一个明天，一天接着一天地蹑步前进，直到最后一秒钟的时间；我们所有的昨天，不过替傻子们照亮了到死亡的土壤中的去路。熄灭了吧，熄灭了吧，短促的烛光！

——[英 国]莎士比亚

迎接希望

走好今天的路

今天，一群热情洋溢、朝气蓬勃的花季少年，手拉手走过忧郁雨季的阴霾和迷茫，走在蔚蓝天空下碧绿的原野上，寻觅青春绚烂的梦。

也许你正在留恋昨天的美好，也许你正在憧憬着明天辉煌的前程……昨天已经过去，明天尚未到来，只有今天在眼前。明天属于未来，并不等于今天，没有今天的努力，哪有明天的辉煌。所以，我珍视今天，我赞美今天。

明天常有，希望常新。可是，有经验的农民，不仅希望明天的丰收，而且重视今天的耕耘。因为，他们懂得，只有今天，清清楚楚，实实在在，看得见，摸得着。对于有作为的人，不仅珍惜昨天的成果，更希望明天的充实，而且不肯放过今天的分分秒秒，像贪婪的禾苗日夜尽情地吸吮着大地的赠予……对于昨天，它是继续，对于明天，它是准备。

没有昨天，今天就显得单薄；没有今天，也不可能有明天。因此，我们必须走好今天的路。也许，路上没有鲜花，满是泥泞，也要走好。路的坎坷是平仄，坚实的足音便是对这种平仄的吟唱。

生活中有许多快乐的宝藏，等待我们去发现去开采，不管昨天是失败还是成功，记住，只管走好今天的路，我们都要让笑声飞扬。

走好今天的路，从不停留追求理想的脚步。去耕耘去收获，幸福与欢乐，在青春的芽上含苞，在累累硕果的枝头上璀璨……

走好今天的路，迈步行进，踏出一路风光。

揣着梦想上路，拥抱明天，人生充满希望。

名人名言

我以为世间最可宝贵的就是“今”，最容易丧失的也是“今”。因为它最容易丧失，所以更觉得它可以宝贵。

——[中 国]李大钊

请记住，每一天都是一年中最好的日子。只有把每一天都当成是生命的最后一天，人才真正学有所成。

——[美 国]爱默生

元旦，仰望太阳

穿过时间的经纬，撕去日历的最后一页，我们在朝霞灿烂的清晨，迎来了新的一年和一轮初升的太阳。

恰似初升的太阳，跃升于地平线之上，这形象真切的“旦”字，令天地间充满了一元复始的辉煌！

太阳已经升起，在早晨绚烂的霞光下，我们用炽热的激情，伴随云彩欢乐，仰望太阳。无须握手，无须言语，只要仰望。

仰望太阳，她准会让你有火一般的热情，把满腔的温馨洒向身旁，让你有霞一样的奔放，把幸福的憧憬寄托春雷的震响。

仰望太阳，能让你有一些思索，多一份欢笑，受一次熏陶，添一种力量。太阳，是人间宇宙一个使者，不向人类索取什么，她的存在就是燃烧自己，永恒地坚强。太阳，从那闪耀灵性的光辉里，最易读到的一句话就是：自己看重自己，有她没她不一样。

仰望太阳，你若是一朵鲜花，才能芳香；仰望太阳，你若是一株小苗，才能茁壮；仰望太阳，你若是一座高山，才能巍峨；仰望太阳，你若是一片田野，才能宽广。

阳光落地，无声的清脆，冲洗人们纯洁无瑕的心灵。不尽地沐浴阳光的鸟儿，衔接着阳光，传递暖意。让我们仰望新年初升的太阳，沐浴阳光为自己加油鼓劲，增添力量；让我们仰望新年初升的太阳，抓住少年好时光，在岁月的长河中奋力疾驰，追逐未来，放飞理想……

名人名言

为了追求光和热，人宁愿舍弃自己的生命。生是可爱的，但寒冷的、寂寞的生，却不如轰轰烈烈的死。

——[中 国]巴 金

青春应该是：一头醒智的狮，一团智慧的火！醒智的狮，为理性而吼；智慧的火，为理想的美而燃。

——[波 兰]哥白尼

追随愿望

一粒种子，追随愿望就能破土而出，结出丰硕的果实；一株树苗，追随愿望就能舒展腰杆，长成参天大树；一滴水珠，追随愿望就能顺溪而下，汇聚成浩荡的海洋……追随愿望，也就是追随奇迹，追随成功。

愿望是人生目标中一个一个可以停靠加油从而更加接近人生目标的“点”。愿望不管大小，它会让你的生命勃勃生机，在你的生命中蠢蠢欲动。

心底有了愿望，就会有永不放弃的探索热情与渴望。你看，杨利伟叔叔因为有了探索太空奥秘的愿望，才会有“神五”飞船遨游宇宙的奇迹；刘翔叔叔因为有了“飞人”的愿望，才会有奥运百米跨栏的惊世记录；人类，因为有了远航的愿望，才会有巨轮劈波斩浪。因为有了征服的愿望，人们才能在珠峰之巅，把自己置于最美丽的风光中。

愿望是一颗名贵的红宝石，它会带给你无穷的力量，让你成功。人，一旦有了愿望，就不怕一切阻挠，实现目标的时候，那种强烈的渴望，会变成一面鼓满了风的帆。

心底有了愿望，就会勇于超越过去的自己，也只有超越自己，我们才能取得更大的成就，才能到达成功的彼岸，才能采撷美丽的花朵。

或许有时愿望会使你感到彷徨和孤单，或许有时我们根本寻不到愿望的影子，但它的根牢牢地扎在你的心底，只不过它繁茂的枝叶太淘气，常爱躲起来，和你玩捉迷藏，让你无奈之余感到“茫然”，那是它对你的考验和对你提出的更高要求。

实现自己的愿望，只有脚踏实地、坚持不懈、勤学苦练，才能练就过硬的本领，才能拥有一副翱翔天际的翅膀，任意搏击沧海，遨游长空，取得人生的辉煌。

名人名言

我们常常为实现不了的愿望而痛苦，是因为我们把幻想当成了希望。

——[中 国]汪国真

如果一个人能把他的愿望分成两半，他就会有双倍的烦恼。

——[美 国]富兰克林

走进新年

我多么高兴，走进了新年。

欢迎我的，是那被锣鼓敲得满天飞转的雪花，是那被北风吹得张开笑脸的腊梅，是那被贴在门框上红艳艳的春联。

新年啊！打开了新的天地，满天春光照进了我的心间。走进了新年，我突然感觉长高了一截，周身的衣服也像花一样漂亮绚烂。

我多么高兴，走进了新年。

小兔子跳跳蹦蹦地来了，小金鱼向着我吐泡泡，小天鹅向着我跳起舞蹈。新的一年依然是童话般的世界。我在甜蜜的梦境中，白雪公主在红梅树上挂着祝福，白马王子在雪白的地上写下祝愿。

新年啊！打开了新的天地，满地春风扑向了我的笑脸。走进了新年，我突然感觉有点伤心，为院落中雪人的渐渐消融而流泪。妈妈却对我说："无须伤心，更无须落泪，雪人融化了，春姑娘就会来到你面前。"

我多么高兴，走进了新年。

假如你问我，你在想什么？我将高兴地告诉你：我正在整理读过的书本，进入美好的回忆，追寻爸爸、妈妈、老师培育我的足迹，心头留下一句句没说出的语言。

假如你问我，你在想什么？我将亲切地告诉你：我正在向你默默地祝福，虽然它是无力的，也许根本帮不上什么忙，但你不会觉得孤单。

假如你问我，你在想什么？我将神秘地告诉你：我正在向新年许愿。虽然它是理想的，也许根本实现不了，但我会扬起智慧的风帆，奋力划向海洋的彼岸。

名人名言

时间能最真实感觉得到的，不是它的流逝，而是它对于人的记载。人对自己的记忆免不了有所欺骗，但记载记忆的时间不会欺骗人。它永远遵守自己的职责——分秒不差地向前走着。

——[中 国]徐国静

生命的魅力常在，永远不会消逝。纵有黑夜相隔，转眼又是黎明。一年四季接踵，为什么要悲鸣？一个春天过去，新春又将来临！

——[突尼斯]沙　丘

新年里我们播种

穿过时间的经纬，翻去台历的最后一页，我们在朝霞绚烂的早晨，迎来了新一年的美好时光。

新年的早晨，太阳升起来了，万道金光，向我们播种着光明；花儿欣喜地绽开了笑脸，为我们播种着温馨；鸟儿在树梢上唱起了甜美的歌儿，为我们播种着欢笑，妈妈精心做好了香喷喷的饺子，为我们播种着深情；祖国蓝蓝的天空升起的鲜艳的五星红旗，向我们播种着期望。

新年的早晨，带给我们无尽的遐想，一切充满了生机，充满了希望。我们走出家门，携着甜甜的歌儿，携着香香的风儿，走进新的一年，走向美好的时光。

新的一年属于未来，未来的世界令我们心驰神往；美好的时光属于我们，未来的我们让祖国绚丽辉煌。

啊，在新的一年里，让我们快快地播种吧！我们每天向太阳播种追求，向大海播种向往，向老师播种希望，向妈妈播种欢乐，向祖国的明天播种繁荣富强。

名人名言

钟表上的时针是在慢慢地移动着的，移动得如此之慢，使你几乎不感觉到它的移动。人的年纪也是这样的，一年又一年，总有一天会蓦然一惊，已经到了中年……

——[中 国]梁实秋

我不把今天的事情留给明天，因为我知道明天是永远不会来临的。现在就去行动吧！即使我的行动不会带来快乐与成功，但是动而失败总比坐以待毙好。

——[美 国]奥格·曼秋诺

新年，新的起点

带着一年的收获，带着四季的欢乐，我们沐浴着初升的太阳，走进了新年，童心、童真、童趣，在天地间处处飞扬。

新年，朝霞灿烂，充溢我们滚烫的心房；新年，鲜花芳香，绽放我们五彩的希望。啊，校园里的小树苗又长高了，棵棵在风里摇动着小手，好像在问我们：新的一年，该怎样天天向上？

是啊，我们走进了新年，该怎样让妈妈放心，让老师高兴？怎么能不辜负祖国的期望？我们不再像过去那样淘气，做事不再毛手毛脚，慌慌张张；我们也不再像以前那样随意，作业不再潦草，上课不再东张西望。我们要让自己的大脑多一份想象，让自己的眉头多一份思考，让自己的双手多一份辛勤，让自己的心中多一份希望。

新年，我们站在了新的起点。手捧新年的祝福，铭记祖国的厚望，在春天里播种，在秋天里收获，一年四季，唱响心里最美的乐章……

名人名言

洗手的时候，时间从水盆里过去；吃饭的时候，日子从饭碗里过去；默默时，便从凝然的双眼前过去；我觉察他的匆匆了，伸出手遮挽时，他又从遮挽的手边过去；天黑时，我躺在床上，他便伶伶俐俐地从我身上跨过，从我脚边飞过了。等我睁开眼和太阳再见，这算又溜走了一日。我掩面叹息。但是新来的日子的影儿又开始在叹息里闪过了。 ——[中 国]朱自清

新的火焰可以把旧的火焰扑灭，大的痛苦可以使小的苦减轻；一桩绝望的忧伤，也可以用另一种烦恼把它驱除。 ——[英 国]莎士比亚

插上翅膀去飞翔

拽着妈妈的裙角，我一天天长大、长高。蹒跚的脚步迈过七彩的积木。我在枫叶染红的季节，走进了校园。书声朗朗，花绽笑脸，蝶飞蜂舞，小鸟飞翔。

小鸟有了翅膀，能在空中飞翔；天鹅有了翅膀，能在碧波中荡漾。蜜蜂有了翅膀，追赶花粉的芳香；老鹰有了翅膀，孕育着搏击长空的希望。

我也希望能插上一双矫健的翅膀，飞出校园，飞向四方，看看天有多高，地有多大，实现心中宏伟的人生理想。

让我也能像鸟儿一样插上翅膀，好好看看祖国的大好河山，看看雄伟壮丽的长城，奔腾不息的黄河、长江……让我也能像蜜蜂一样插上翅膀，在鲜艳的百花丛中，轻轻地吮吸花粉的琼浆，孕育生活的幸福和希望。让我也能像老鹰一样插上翅膀，在蓝天上搏击，看看大山，遥望星空，牵手白云，自由飞翔。

飞翔不是梦。请记住：知识，是飞翔的翅膀！

我插上翅膀，飞进知识的殿堂，学习各种文化知识，研究各种自然现象——云是什么形状的？彩虹是怎么形成的？雷声为什么会震耳欲聋？水晶为什么晶莹透亮……

我插上翅膀，飞向大自然，去倾听山谷对小溪的思念，燕子对蓝天的渴望，天与地之间的呼唤，人与人之间的梦想。

少年朋友们，绽开你的笑靥，就像我插上翅膀，去飞翔。无忧无虑地飞向高原、平川、沙漠、草滩，飞向每一个角落、每一条街巷。

名人名言

要永远积极地对待人生，当你颓丧的时候就是你弱小的时候；当你勇于向命运宣战，并掌握自己命运的时候，你才能成为生活的主人。

——[中 国]范 曾

人生来就是为行动的，就像火光总向上腾，石头总往下落。对人来说，若无行动，也就等于他并不存在。

——[法 国]伏尔泰

走进夏令营

清晨的阳光，把山川河流染上一片金黄。我们走进夏令营，心儿多么幸福欢畅，花儿多么热情怒放。我们像一群快乐的小鸟，拨动着阳光的琴弦，把快乐生活歌唱，让歌声放飞吉祥的白鸽，放飞我们心中的愿望。

我们去爬山，你拉着我，我拉着你，唱着鼓劲的歌儿，一起登上山。我们看日出，红日像火球一样，映红了我们的脸庞。迎接红日东升的时刻，我们手舞足蹈、欢呼雀跃，笑声、欢呼声一同在山间回荡。

我们走进原野和森林，我们和大树、小草一起沐浴阳光。身边的翠柳、黄榆和红松，轻抖着绿掸子似的为我们滤沙拂尘。一股清爽的空气让我们心灵舒畅。我们望着大地，万物充满生机，快活的小鸟，在广阔的天地里，拍打着翅膀自由地飞翔。我们知道了，一棵树只有一片绿阴，千万棵树，才会染绿山冈。

我们走进湖泊和小溪，片片清波，微微荡漾，闪烁着我们小伙伴戏水的浪花；青山间，亮开嗓门儿快乐歌唱。我们知道，小溪和河流汩汩不停地流淌，是用爱心为人们送去甘甜的琼浆。

我们走向沙滩，轻细，柔软，好似一片金色的地毯。我们在沙滩上捡贝，然后用智慧和丰富的想象，让那些五彩的贝壳，变成鸟儿展动的翅膀。我们穿过金色的沙滩，奔向蔚蓝的大海。大海那么好玩，那么令人神往。此刻，我们做了一个纸船，放入了大海。同学们举起双手，为它送行。

船，带走了我们的理想，带走了我们的心愿。

我们走进宁静的夏夜。明月，披着轻纱，星星，闪烁荧光。我们望着天空，眨巴着梦想的眼睛，出奇地望着，脑海里充满了许多美丽的遐想……

名人名言

世界上最快活的人不仅是最活跃的人，也是最能领略的人。所谓领略，就是能在生活中寻出趣味。

——[中 国]朱光潜

像是巨人安泰一般，当他的脚接触到大地母亲时，他永远是不可战胜的坚强，只要海格力斯把他诱到天空，他就失却力量；诗人在他不离开现实的大地时，是坚强有力的，只要他空想地在蓝蓝的空中翱翔，也就变得软弱无力了。

——[德 国]海 涅

面对压力别趴下

世上无难事，只怕有心人。面对压力别先把自己压趴下。人有压力是好事，可以激发人奋进，增强人的意志，帮助你取得成功。

压力是人生不可缺少的东西。人活在这个世界上，生活的压力，工作的压力，家庭的压力，社会的压力无处不有，无处不藏。压力就像放于人背上的一根无形的鞭子，每分每秒都处在压力下，让你感到无地自容。

其实，人自觉地把自己置于一种压力之下，就能感受生存的残酷，就能领悟到竞争的激烈，就能激发工作的热情，就能产生前进的动力，就能使自己的人生走向成功。那么，视压力为包袱、负担的人和在压力面前退缩的人，那便是生活的弱者，碌碌无为将是他们最终的心灵悲痛。

有则故事你听过吧！一个草原上一直共同生活着羊群、牛群和狼群。面对着狼群的压力，牧民和食草动物们必须要时时保持警觉。因为狼群吃掉了不少羊，牧民为了保护羊群，开始大规模屠杀狼群。几年后，狼群终于在草原上绝迹了。羊群、马群和牛群开始迅速庞大。可是，肉价反而下降了，牧民的收入也低了。原来，从前的羊要逃脱狼口必须要经常性地拼命跑。那些跑不过狼的老弱牛羊，只有被狼吃掉。牛羊群里剩下的都是体质好的牛羊，肉质鲜美，能卖上好价钱。后来，无奈的牧民们只好从别处引进狼，牛群、羊群又重新生活在压力当中，不能顶住压力的牛羊被淘汰，羊群、牛群又重新活跃起来，草原和牧民才算重新得到了拯救，草原呈现一片欣欣向荣。

做人也是如此。生活的压力，就好像是驱使每个人前进的狼。没有压力的人就好像没有狼群威胁的羊群，看似安逸，实际却危机重重！

不想承受压力的人，永远不能做出好成绩。面对压力，自己才是一支箭。若要它坚韧，若要它锋利，若要它百步穿杨，百发百中，磨砺它、拯救它的都只能是自己的智慧和武功。

面对压力，请磨砺意志。万事皆由人的意志创造。有坚强的意志，自己就不会被压力压得趴下，生活起来就轻松。

面对压力，请相信自己。万事皆由自己来完成。我的事情我做主。相信自己是一种信念，它不是繁花似锦，却如“大雪压青松，青松挺且直”。记住：船的力量在帆上，人的力量在心中。

朋友，面对压力别趴下。把它当作一个推进器，把它视为一个加力挡，把它看成一剂强心针，让压力在你的心中化为享受人生的感动。

名人名言

切不可听到一二个懦夫的劝阻与黑暗的朋友的威吓，自己就软弱下来，放弃应有的努力，特别是在那稍纵即逝的紧急关头。

——[中 国]方志敏

未曾尝过艰辛的人，只能看到世界的一面，而不知其另一面，……如果不是自己亲手去开辟人生的道路，那么又怎么能战胜今后一生中的艰难险阻呢？真正的人生，只有在经过艰苦卓绝的奋斗之后才能实现。

——[古罗马]塞涅卡

战胜挫折

自然界，有白天也有黑夜，有风和日丽也有狂风暴雨；有高山也有峡谷，有平坦大道也有坎坷小路……人生也像自然界一样，有幸福欢乐的时刻，也有失败挫折。

漫漫岁月，茫茫人海，道路坎坷，就像前进的路上，过了高山又见大河。对高山、大河这些拦路虎，让你没办法避，没地方躲。这时有的人在挫折和逆境面前低下头，任命运牵着鼻子走，而贝多芬代表的千千万万的成功者们对于挫折这样说——我要扼住命运的咽喉，它妄想使我屈服，这绝对办不到——生活这样美好，一辈子活着吧！

挫折像一把双刃剑，有弊也有利，让人忧愁让人乐。它给我们造成精神上或肉体上的痛苦，使我们遭受失败和打击，让我们的生活变得艰难和曲折；然而挫折也能磨炼我们的意志，激发我们的潜能，使我们变得勇敢和坚强，让我们在生活中挺起骨骼。就像法国作家巴尔扎克说的那样："挫折就像一块石头，对于弱者来说是绊脚石，让你却步不前；而对于强者来说却是垫脚石，使你站得更高。"每个人只有这样看待挫折，思想才能达到一个更高的境界。

如果我们能化挫折为力量，那么，挫折就成了心中的智慧和财富。逆境并不像青面獠牙的恶魔一样让人可怕，我们都会与它握手走过。在我们成为生活的强者，也能将挫折像蛛网那样轻轻抹去，只要我们心里有阳光，挫折算得了什么！

无限风光在险峰，生命历程若一马平川，那么水势必然平缓，只有遇到岛屿和暗礁，生命之水才能激起美妙的浪花。从这个意义上讲，挫折是我们生活中的一枝花朵，随困难而开放，又随成功而凋谢。就像黑夜消失便是阳光灿烂；风雨过去，依然日丽风和；走过了春与夏，我们迎来了金秋的收获。

生活丰富多彩，挫折一个一个，生命更是不可捉摸，让我们磨炼意志、激扬斗志、增强自信、鼓足勇气，把一个个挫折越过。

花开花落，月圆月缺，生活需要面对一切，让我们把握现在，完善自我，奋力拼搏，成就自己辉煌的事业。

名人名言

受压迫、处困境的人们，只要意志坚强，不畏艰难，勤奋学习，勇于攀登，胜利与成功之路是走得通的。

——[中 国]钱三强

用笑脸来迎接悲惨的厄运，伟大的心胸应该表现出这样的气概——用万倍的勇气来应付一切不幸。

——[法 国]拉伯雷

心怀希望

人生需立志，立志有希望。

希望是你心中的彩虹，是你精神的支撑，是你前进路上的力量。没有希望，你就不会有渴望；没有希望，你就不会有期望。希望是黑夜里划亮的一根火柴，石头缝间拱出的一棵草芽，窒息中透过的一丝空气，四面无路时亮出的一扇门窗。

希望是永恒的，只要心在跳动，眼睛在闪烁，血脉在波动；希望是亮丽的，尽管有时不很清晰，但色彩鲜艳夺目，呈现无限风光。

希望是催促人们前进的力量，也是生命存在的最主要激发因素。只要活着，就有希望。希望的力量不会辜负任何人，希望是生命的灵魂，心灵的灯塔，成功的向导。人生路上，希望让人变得坚强，只要你心怀某种希望，你必然有行动的力量。当一个目标达到后，又产生新的希望，你便跨越一个个人生的目标，成功之花向你绽放，人生之旅扬帆远航。

希望自人的心底萌发。它经过深远的思考，经得起时间的流逝、道路的坎坷，是风雨人生路上长明的指路灯。天与地就是希望与现实，人生存在的目的，就是寻找那条地平线，看到太阳升起的希望。

很多人抱怨生活中缺少或没有光明，这是因为缺少或没有希望的缘故。只要活在希望中，就会看到光明，这光明也将会伴随你成长。

希望是生命存在的根本。一旦丧失了希望，人生就会变得暗淡无光，失败、贫瘠和疾病也许会将我们置于艰难困苦的境地，但只要心中还有希望，失望就不会露脸，绝望也不敢张狂。有一位老师很有声望，正值壮年，却不幸身患绝症，但他没有绝望，心中依然燃起对生命的渴望。时光飞逝，转眼间，他已平安度过了十多个春光。

“是什么让你战胜了死神？”我们不禁要想。

他微笑着说：“是心中的希望。每天醒来，我都会给自己一个希望，我希望自己能为孩子们再上一天课，希望自己能为孩子们再批改一次作业，希望自己能再写一篇教学心得……直到现在，我心中跳跃着火花——希望。”

希望，让生命之花在泥泞中绽放。

朋友，心怀希望吧，让希望成为我们的生活信仰，即使走在最崎岖的道路上，我们也不会迷失方向；让希望成为我们的心灵天窗，即使在最黑暗的角落里，人生也会熠熠发光。

心怀希望，希望的蓓蕾会在一刻刻的追求中开放；

心怀希望，希望的歌声会在一秒秒的奋斗中欢唱。

名人名言

希望是人生之需要。人如没有希望，何异江河干涸了流水？

——[中 国]巴 金

只要我们能把希望的大陆牢牢地装在心中，风浪就一定会被我们战胜。

——[意大利]哥伦布

享受生活

月亮还是那个月亮，太阳仍然是昨天的模样。每天新的生活在流光溢彩的晨光中平静地到来，太阳的光芒照红了我们的脸庞，意味我们生活的理想有了方向。

哲人说：只有千古不变的日月，没有千古不变的时光。确实，即使太阳月亮千古不变，而我们的日子时过时新，每天都呈现着生活的新景象！

人生如旅，处处风光，不是吗？我们每天都旅行，自转加公转的地球，日行八万里，将朝日星月、春雨夏酷、秋爽冬雪送给我们看，川流不息的人，丰富多彩的事，时时营造出云蒸霞蔚、浩然四极的风光。生活的世界五彩缤纷，让我们眼花缭乱；生活的景象诗情画意，让我们心怀期望。

日月穿梭，编织日子。似相同又不同，似熟悉又陌生。平凡普通的人们，享受着生活。凭借着追求和期望，安静地生活，平平常常。虽不算富裕，但也不怨天怨地。只是日出而作，日落而归，处之泰然，生活也快乐健康。其实，这才是生活的真谛——平静地坐看流逝的时光，我们永远不会感到怅惘。

所以，我们要感悟生活，理解生活，打造自己的方式，享受生活中的阳光。

享受生活，是一种感知。生活中的春华秋实、云卷云舒都值得回味。一江春水、一叶秋实、一句问候、一缕阳光，都是生活里醉人的芬芳。

享受生活，是一种心境。生活的意义，不在权势和金钱，不在物质和名利，不被物使，不为欲动，带着一个美好的憧憬和愿望，胸怀一颗平淡无华的心情，去领略生活中的风雨兼程和无限风光。

生活，有苦有甜。苦的过程，甜的结果，难免情感被羁绊，琐事烦人。享受生活，就是既可坦然地面对苦难，也可淡然地经历欢畅；享受生活，就是在生活中迎苦难而上，提升甜的质量。

融入生活，挺起我们热血的胸膛。

享受生活，展开我们飞翔的翅膀。

名人名言

悠闲的生活始终需要一个恬静的内心，乐天旷达的观念和尽情欣赏大自然的胸怀。

——[中 国]林语堂

生活赋予我们一种巨大的和无限的礼品，这就是青春：充满着力量，充满着期望、志愿，充满着求知和斗争的志向，充满着希望、信心的青春。

——[苏 联]奥斯特洛夫斯基

珍视快乐

谁不希望快乐永远，永远快乐？

快乐可以调味生活，可以使你的生活丰富多彩。多一份快乐，就少一份苦恼。哪怕是小小的快乐，也不应该放弃，要像珍视一切美好的愿望一样珍惜快乐，让快乐永远结伴于你身旁。

快乐是个小精灵。当你愈是有意寻觅它，愈是得不到，而在你不经心、不介意的时候，它却每每来到你的眼眶。如果你会享受快乐，它便可成为你向上的阶梯，进取的力量。

快乐是一剂良药。当你情绪低落时，你不妨抬头看一看喷薄而出的太阳，你就不会忧伤；当你苦闷绝望时，你不妨郊游一次，亲吻一下涌动的春潮，你就不会悲观；当你满腹心事不能自拔时，你不妨推开窗望一望皎洁的月光，你就不会抑郁彷徨。

快乐有如一缕阳光。不管何时，快乐让每个接触过它的人都满怀爱的希望，与此同时，也把温暖留在你的心底，带到每个你去过的地方。当你回首观望，就会发现，其实你已身处美丽的天堂。

快乐并不总是让我们神往，有时候，

生活需要如轻烟般淡淡的忧伤，这样才能从不同的视觉看世界，才能得到不一样的生命体验，从而学会同情、学会感动、学会奉献。

当你降落在这个世界的时候，生命已把情感赋予了你。让你在悲喜间挣扎，在尘世的人情世故中长大，渐渐地脱离了生命应该去的方向，内心充满烦恼与失望，但请你不要感伤，更不要惆怅，生命本来就是这个模样。因为命运摧残不了人心，岁月也无法磨灭希望，只要乐观豁达，你就会永远在幸福中徜徉。

朋友们，不管你的昨天是失败，还是成功，你都要笑声飞扬，生活中有许多快乐的宝藏，等待你去发现、去开采……从中吸取那种生生不息的能量，从而获得生命的灿烂辉煌。

名人名言

一个人的幸福有四种：一是睡在自家的床上，二是吃母亲做的饭菜，三是听爱人说情话，四是跟孩子做游戏。

——[中 国]林语堂

每一种工作都蕴藏着无穷的乐趣，只是有些人不懂得怎样去发掘它们罢了。

——[法 国]卢 梭

祝你快乐

“六月里花儿香，六月里好阳光，六一儿童节，歌儿到处唱……”这首歌从上世纪50年代起到现在一直流传。

六月一日这一天，歌声洒校园，快乐挂两腮，笑声格外甜。

六月一日，一年只有一天。我们要让快乐长久陪伴。快乐从哪里来的，我们怎么做才能快乐永远？

快乐是党和祖国妈妈给的。我们在红旗下出生，在红旗下长大，党为我们开辟了幸福的大道，指引我们走向快乐的人生。我们是田野小小的幼苗，总有园丁培育，有甘霖滋润幼小的心田。

快乐是从学习中来的。学习不仅使我们获得知识，还让我们开阔视野，增长才干，不断进入新境界，不断享受新的喜悦。我们好好学习，天天向上，快乐天天陪伴。

快乐在助人中得来。有句成语是“助人为乐”；有首歌唱得好，“你快乐所以我快乐”。从小到大，我们拥有父母和别人的关爱，在你感恩的时候，他们会真诚地对你笑一笑，他们得到了快乐，我们自己呢？今天，帮助了爸爸妈妈清扫屋子，是不是感到自己长大了？帮助了老人过马路，是不是感到自己很光荣？我们能从中得到由衷的快乐，生活也感到幸福美满。

快乐是爱心换来的。高尔基说过："'给'永远比'拿'快乐。"奉献爱心的人，他的心灵是丰富的，他的生活是充实的，他的精神是高尚的，他的人生是有价值的。献出爱心的人，看见大家的笑脸，他的笑脸会更加灿烂。

少年朋友，只要你心中有祖国，心中有理想，乐于助人，爱学习，献爱心，那么快乐就会永远围绕在你身边。

名人名言

生活是多么广阔，生活又是多么芬芳，凡是有生活的地方就有快乐和宝藏。

——[中　国]何其芳

水只有流动才能保持新鲜。如果我成了伟大壮阔的河流，那么，就是因为我并不躺在那儿做梦，却按照这个原则川流不息。结果呢，我的源源不绝的水，又多么清的水，一年复一年地给人们带来了幸福，因而赢得了光荣的名誉。

——[俄　国]雷克洛夫

品味生活的快乐

品味生活快乐的滋味，每个人都充分地运用自己的色彩情感。有人说它是温馨的，是因为他扑倒在鲜花丛中；有人说它是苦涩的，因为他生活的道路艰辛而坎坷；有人说它是无色无味的，因为他虚度了青春，也失去了生命。

生活并不缺少快乐，而是缺少对生活的品尝。只有那些不怕苦、不怕涩、耐心品味的人，才能品味出生活甘甜。

向日葵快乐，它的花朵总是向阳开放；含羞草快乐，它对谁都收拢心房；蝴蝶快乐，它总爱在花丛中飞舞；猫头鹰快乐，它生活的世界总是黑暗。所以，你只要快乐，身处数九严寒，也会觉得冰水滋润着你那枯竭的心田。

生活毕竟不是只有阴霾，而是时时充满阳光。只要你随时品味生活，有一个好心情，你的心中就会长出幸福的花朵，宛若幸运草般清灵和淳朴；只要你学会品味爱的真谛，心中就会布满愉悦的花园，像朵朵鲜花般绚丽灿烂；只要你永远不失信心和希望，心中就会荡漾欢乐的涟漪，犹如永不断流的清泉。

心有幸运草，快乐自然来。或许，当

你畅饮一杯香醇的美酒时，快乐也许就是那份酣畅；当你享受那阵吹面不寒的杨柳风时，快乐也许就是那份轻松；当你漫步走过一条林阴小路时，快乐也许就是那份安闲……你瞧！这种种快乐，来自生活的细枝末节，只有用心品味，快乐就在身边。

其实，快乐就是一种感觉，一种很温馨的感觉。细细品味，你会觉得生活丰富多彩，快乐与你有因有缘。

人常说，一滴水能折射出太阳的光辉。品味生活的快乐，是从小处着眼，滴滴点点。它会给你的生活带来一片阳光，让你深深地珍爱和怀恋；细琐的每一滴每一点，你将拥有一片幸福的蓝天。

权力无法带来快乐，财富也无法买来快乐。快乐生活只能用阳光的心情去点亮，由自己的内心去品尝。生活，如果一尝到苦味就烦躁不安，甚至轻言放弃，那你永远也尝不到快乐的清香感。

品味生活的快乐，生活就永远充满阳光。

品味生活的快乐，生活就永远幸福舒坦。

名人名言

人人都希望过上幸福的生活，而幸福快乐只是感觉，与贫富无关，同内心相连。

——[中 国]于 丹

不管一切如何，你仍然要平静和愉快。生活就是这样，我们也就必须这样对待生活，要勇敢、无畏，含着笑容地——不管一切如何。

——[德 国]罗莎·卢森堡

成功其实很简单

人生越复杂，越会烦恼痛苦；人生越简单，越能享受快乐。神采飞扬仅是人生瞬间，获得成功其实很简单。

好多事情并不复杂，而是我们心中的恐惧、烦躁不安把事情搞得过分复杂化，或者一味地杞人忧天，使自己变得慌乱不堪。

上帝赐予我们头脑和智慧，只要静下心来，仔细分析身边事，据此来解决问题就很简单。而关键是如何选择——把简单变复杂，考虑周全；把复杂变简单，处之泰然。

人生的路漫长而曲折，困难和失败在所难免。乐观地面对，长久地坚持，成功并不像你想象的那么难。韩国泛业汽车公司总裁，在剑桥大学主修心理学时，他把韩国成功人士的心态加以研究，写出《成功并不像你想象的那么难》作为毕业论文，提交给现代经济心理学的创始人威尔·布雷登教授。教授阅读后大为惊喜，他认为这是个新发现，这种现象虽然在东方甚至在全世界各地普遍存在，但此前还没有被一个人所发现。后来，这本书伴随着韩国的经济起飞了，它鼓舞了许多人，因为他们从一个新的角度告诉人们，成功与“劳其筋骨，饿其体肤”、“三更灯火五更难”、“头悬梁，锥刺股”没有必然的联系。

人世中的许多事，只要你想做，都能做到，该克服的困难，也都能克服，用不着什么技巧或谋略，别把它想象得那么难，一份积极的心态是你成功的一半，你的头脑和智慧会让你的事业圆满。

生活本身也很简单，是人们心理太复杂了，所以自己感受不到简单。

成功就是这么简单，简单应该是人生的一道风景，需要一种无欲的胸怀和智慧的头脑来观赏，一种“此中有真意，欲辨已忘言”的境界，一种“大鹏一日同风起，扶摇直上九万里”的心胸，一种“想当年，金戈铁马，气吞万里如虎”的豪气。无欲无私、心平气和、豪气冲天是一种安详的浪漫，浪漫了必然心里没了负担，你就会有一片心灵的宁静，一种身心放松的超然。

朋友，放下手中的包袱，减轻自己的行囊，朝着理想的目标奋进向前——

目标，并不那么遥远；

成功，其实也很简单。

名人名言

什么是成功的人？就是今天比昨天更有智慧的人，今天比昨天更慈悲的人，今天比昨天更懂得爱的人，今天比昨天更懂得生活美的人，今天比昨天更懂得宽容的人。

——[中 国]林清玄

如果你要成功，就应当以恒心为友，以经验为顾问，以耐心为兄弟，以希望为守护者。

——[美 国]爱默生

笨鸟先飞早入林

成功，人们多是看它光鲜耀眼的一面，其实在它光辉的背后是一串默默无闻的足迹。

俗语说："笨鸟先飞早入林。"那是因为鸟知道，飞到树林是有一段距离的，不论何时起飞都要飞过那段路程，如果不想被饿死、冻死，别无选择，只有飞过去。其实，世上没有太"笨"的鸟，只有不愿多付出或只想不劳而获从别人嘴里抢食的"聪明"鸟。他们哪知道"一分耕耘，一分收获"的道理。

人生可如此。成功的人生是努力出来的，努力是成功的捷径，是成功必须付出的代价。每一个成功者都经历过"先飞"的里程，真正活出了人生的意义。

鲁迅先生从小认真学习，少年时，在江南水师学堂读书，第一学期成绩优异，学校奖给他一枚金质奖章，他便拿到街上卖掉，然后买了几本书，剩下的钱又买了几斤辣椒。每当晚上寒冷和想打瞌睡时，他便摘下一颗辣椒，放在嘴里嚼着，直到辣得额头冒汗，瞌睡也没有了。他以超常的毅力和努力，终于成为我国著名文学家。别人说他是天才时，他说道："我哪里是什么天才，我是把别人喝咖啡的时间都用在工作和学习上了。”鲁迅先生刻苦学习的故事，道出了人生成功的秘密……成功的人比别人更努力！

“笨鸟先飞”肯定比别人多花时间，多下工夫，也意味着比别人多吃苦头，比别人多承受磨难，比别人多耗费心机。因为，“笨鸟”时不我待，如果不“先飞”就永远到不了林子，就会被时代远远抛弃。

古代大文学家苏轼说：“古之成大事者，不唯有超世之才，亦有坚韧不拔之志。”马克思也曾说：“在科学的道路上，是没有平坦的大路可走的，只有在那崎岖的山路上攀登的不畏劳苦的人们，才有希望到达光辉的顶点。”人生没有“捷径”可走，成功需要付出努力。古人是这样，今天依然是这样。我想只有“笨”鸟才真正领悟了这人生的真谛。

名人名言

我是个笨拙的学艺者，没有充分的天才，全凭苦学。

——[中 国]梅兰芳

假如你有天赋，勤奋会使它变得更有价值；假如你没有天赋，勤奋可以弥补它的不足。

——[英 国]雷诺兹

点燃智慧之灯

智慧，是潜藏在人生命里的血液和能量，像悬挂在我们心灵里的不会被风雨熄灭的一盏明灯，你若不将其点燃，她永远也不能照亮我们人生岁月之路；像高挂在我们灵魂中的巨大金钟，如果你不撞击，她永远不会发出惊世骇俗的声音。

庄元巨曾形象地说："圣人之智如日，如日者，无所不照，无所不彻也。贤人之智如月，如月无所不照，无所不彻也。士人之智如烛，如烛者，思至则见，不思则不见也。"从中我们可以看到，智慧越多，人生获得的满足就越大。只有智慧之灯，才能照亮人生。

人生需要智慧，犹如身体需要营养一般。人没了智慧，就像没有蜡烛的灯笼。拥有智慧，就会勇敢、无忧、刚强、富足、矜高和理智；缺乏智慧，就会懦弱、烦恼、软弱、贫困、浅薄和无情。

希腊哲学家苏格拉底说过："真正高明的人，就是能够借助别人的智慧，来使自己不受别人蒙蔽的人。"一个人，获得智慧，感悟人生，决不能靠个人的经历和实践，而须利用前人已积累的经验。因为人不是生而知之，而是后而知之，智慧是父母说的，老师讲的，社会给的，书上写的，生活中感受的，只要我们留心，开动脑筋，睁大眼睛，智慧的太阳就会把我们照得纯净。正像古人云："凡操千曲而后晓声，观百剑而识器。"当前人智慧的结晶，渗透在我们的血液里，通过我们身上每一个细胞中，从而使我们生命的灵光不断地绽放光明。

智慧胜过财富，因为财富有时让人沉沦堕落，让人迷失人生的目标和前进方向，而智慧则像是逐云吹雾的劲风，它不但能还以天空晴朗，而且还能常常拂拭尘埃，让心灵纯洁明净。一位哲人说：人生智慧有三果：一是思考周到，二是语言得当，三是行为公正。有智慧的人，把生活看得透彻，活得洒脱快乐。德国作曲家路易·贝多芬有个弟弟叫约翰·贝多芬。两兄弟一个爱好艺术，一个爱财如命。约翰后来发了财，他得意地给哥哥送来一张名片，上面写着："约翰·贝多芬——土地的拥有者。"路易看到这张名片，拿起笔在上面题了几个字："路易·贝多芬——智慧的拥有者。"这个故事会让人感慨，智慧是人生最大的财富。智慧胜过财富，物质上的财富可能一夜之间失去，然而拥有智慧就会永远拥有一份人生的丰盈。

知识就是力量，但知识不是完全的智慧，再多的知识也不能成为多大的力量。我们要走出这个误区，其实也很简单，就是把学到的知识转化为智慧，也就是把原油提炼成柴油、汽油然后去点燃我们心中的智慧之灯。

记住：智慧是一种变通，变则通，变才能称得上聪明。

名人名言

智慧永远指向虚无之境，从虚无中生出智慧和美；而不是死死盯住现时、现事和现在的人。

——[中 国]王小波

人类智慧的可贵之处，就在于能在苦闷中发挥力量，在黑暗中见出光明，在绝望中看到希望。在丑恶的一面之外，也能同时展示给人们美好的一面。

——[法 国]罗曼·罗兰

天道酬勤

成功来自勤奋，人生需要勤勉。上帝给了人类天分，勤奋则将天分变为天才。伟大的成功和辛勤的劳动是成正比的，有一分劳动就有一分收获，日积月累，就可以创造出奇迹。

勤能补拙。斯迈尔说：“如果你有伟大的才干，勤勉将会增进它；如果你只有平凡的才能，勤勉也可以补足它。”人的生命是有限的，精力是有限的，所以要有所为，有所不为。成功需要努力，需要奋斗，成功更在于奋斗的过程中点滴积累。“宝剑锋从磨砺出，梅花香自苦寒来。”要达到知识和艺术的高峰，没有捷径可走，亦无秘诀可言，只有勤学苦练，才是唯一的途径，更是人生的真谛。

美国作家海明威的作品以风格简洁、清新而闻名。一次，一个记者问他：“您的作品没有一句多余的话，秘诀在哪里？”“站着写！”海明威说，“我站着写，而且用一只脚站着，这样使我处于一种紧张的状态，迫使我尽可能简短地表达我的思想。”这个故事告诉人们，人的学识不是天生的，而是靠后天的培养和训练造就的。想要学有所成，就要勤勉努力。

勤奋是点燃智慧的火把。如果齐白石老先生没有近百年的不断创作，就没有一幅幅灵逸的水墨画震惊世界；如果鲁迅先生没有把别人喝咖啡的工夫用在工作上，就没有一个照亮文坛的巨星冉冉升起；如果陈景润没有在窄小的房间挑灯夜算，就没有哥德巴赫猜想的问世；如果杨利伟没有飞天的理想和刻苦的训练，就没有“嫦娥奔月”的美丽。

勤奋是一种力量，带给你生活的无限希望，支撑你生命的多彩绚丽。我们往往看到成功人士功成名就时的辉煌，却往往忽略了他们在此之前所进行的艰苦卓绝的努力。“耕耘了就会有收获。”这是一条最原始的也是最简单的真理。

勤奋的魔鬼是懒惰，但它也不是不可战胜的，关键是人要超越自己。如同攀登高山，别人给你一根拐棍，可以帮你减轻个人的负担，但是要爬到山顶还要靠你自己。俗话说：“穷莫大于心穷。”超越懒惰便获得勤奋，获得勤奋便会获得胜利。

天道酬勤。朋友，怀着一颗勤勉的心，去耕耘吧！你会尝试到人生成功的甜蜜。

名人名言

形成天才的决定因素应该是勤奋。……有几分勤学苦练，天资就能发挥几分。天资的充分和个人的勤学苦练是成正比例的。

——[中 国]郭沫若

勤劳一日，可得一夜安眠；勤劳一生，可得幸福长眠。

——[意大利]达·芬奇

用知识充实人生

“知识就是力量”，是英国哲学家培根的一句名言。激励着许许多多的人获取知识、奋发图强。

知识是灵魂的支柱，是人生精神的营养，知识就是生命，它供给我们身体所需的血液；知识就是动力，它牵着我们在蓝天上飞翔。知识是人类实践经验的结晶，蕴藏着认识和改造世界的巨大力量。

知识能使一个人博大精深，能让一个社会繁荣昌盛，能让一个民族发达兴旺。

人，拥有多少知识，就拥有多少力量；人没有知识，就会愚昧衰弱，就难以生存，更谈不上美丽的欣赏。没有知识是愚蠢的，而光有知识不知道运用，则更是愚不可及。缺乏知识的灵魂，仅是僵死的灵魂，人生的理想只是空想，一切的向往根本谈不上。

高尔基说：“没有任何力量比知识强大，用知识武装起来的人是不可战胜的。”我们熟悉的一位伟大的科学家阿基米德，还是一位伟大的爱国主义者，当罗马帝国入侵他的家乡时，70岁的阿基米德挺身而出，用他的心智，制作了一面巨大的凸透镜，把阳光聚集到战场上，熊熊大火把罗马士兵烧得狼狈逃窜。他还发明了一种投石器，投出的成批石头，把逼近城墙的敌人打得头破血流。罗马军队统帅马塞尔也不得不服气地说："我们这是在同知识和智慧打仗，知识的力量简直太大了。"

阳光照亮世界，知识照亮人生。"一个人生活的全部意义在于无穷尽地探索尚未知晓的东西，不断地增加更多的知识。"知识的海洋没有止境，人生有涯而知识无涯。我们的知识必须努力更新，这样才能赶上时代发展的方向。

只有学习，才能积聚知识的力量。积聚知识，特别是新知识。当今时代，知识更新速度不断加快。一份权威资料表明：在18世纪时，知识更新周期为80年～90年；19世纪到20世纪，知识更新周期为30年；上世纪六、七十年代，一般学科的知识更新周期缩短为5年；而进入新世纪，这一周期已缩短至2年～3年。社会瞬息万变，科学技术日新月异，新的知识层出不穷。作为新时代的青少年，必须增强更新知识的紧迫感、责任感。用知识充实人生，用知识积聚成长的力量。

名人名言

知识的问题是一个科学的问题，来不得半点虚伪和骄傲，决定的倒是其反面——诚实和谦逊的态度。

——[中 国]毛泽东

知识如同光芒四射的烛光，把人生之路照得耀眼通明；来者从亮光中认识了人生的意义，去者似蜡烛燃尽，照亮了别人。

——[科威特]穆尼尔·纳麦夫

博览群书

你想登上知识的山峰上，观壮阔而美丽的景色吗？你想站在巨人的肩上改变自己的命运，让生命辉煌吗？那就博览群书吧！书是人类智慧的结晶，是我们获取知识的源泉。

古人云："读万卷书，行万里路。"书籍丰富了我们的思想，开拓了我们的视野，使我们的生活更充实。书籍能使我们坚强、忠诚而有理智；能使我们的品德高尚，心灵美好；能使我们心智明晰，神思万千。

当你独处数九寒冬，《爱的教育》《小橘灯》让你感到春意暖暖；当你迷失茫茫雾海，《人生》《心灵咖啡》就会为你拨正生活的航向；当你生活繁忙，心疲力竭，《笑林广记》《幽默》逗你开怀大笑，消除疲倦；当你困陷于荆棘丛林，《钢铁是怎样炼成的》《热爱生命》则会给你战胜困难的勇气和力量。书，让我们"爱而知其恶，憎而知其善"。

的确，我们从书中学到许多知识与精神追求，同时也学到了自信。"腹有诗书气自华"，不错的，在满腹诗书的状态下，我们会悟到"天生我才必有用"，觉悟到自己的诞生必有一个大目的、大意志寄放在自己的生命中，能够迎接人生一个个新的挑战。

读书能使我们聪明、智慧，并且使人谦虚、潇洒、机智、浪漫，而这些都是人生成功必需的素质。日积月累的读书生活，是明天事业成功的关键。没有今天的勤奋读书作为人生的保证，何有将来的事业辉煌？今天的努力，为的是明天生活之花绽放得灿烂。如果不读书，会愚昧无知，人生之路如同黑夜行路，漆黑一片。

有人说，当今时代是一个比心智、比创造的时代，在这个时代，力量的大小不在于脖子以下占身体部分90%的体力，而在于脖子以上占身体部分10%的智力。智力的比拼从很大程度上说就是比读书学习和知识运用的能力。如果我们放弃读书，获取知识，必有“书到用时方恨少”的哀叹。一个人读书多，知识积累就多，人生就越美好，人生力量就越大，生命必然如春花绚烂。

读书的人心灵犹如天使。朋友，让我们一起博览群书吧！让书籍成为我们心灵休憩的港湾，使自己的人生日臻完善。

名人名言

优秀的书籍像一个智慧善良的长者，搀扶着我，使我一步步向前走，并且逐渐懂得了世界。

——[中 国]秦　牧

读史使人明智，读诗使人聪慧，数学使人周密，哲理使人深刻，伦理学使人有修养，逻辑修辞使人长于思辨。

——[英 国]培　根

书香·朋友

书，像阳光，普照心窗。

书，像雨露，滋润心田。

当你在蓝天白云下，绿树青草边，或是在夜间灯光下，开启手中的书籍，屡屡墨香如醇醇杨柳风，濛濛杏花雨，沁人心脾，让心花悄然开放，散发出无数感悟的诗行。透过杨柳、雨丝，我们可以看见远方有青山绿水，红莲婷婷，枫叶彤彤，梅花傲雪，气象万千……

书，是知识海洋里涌起的浪花；书，是知识之树上结出的果实；书，是通往未来路上的铺路石。高尔基说过："书籍是人类进步的阶梯。"和书交朋友，你会看到知识花朵的美丽，尝到知识果实的甜蜜，领略广阔天地，了解文史经传，品味诗词，回味古老悠长，欣赏壮丽河山。

和书交朋友，它会拓展你的视野，让你走进一个新的天地，它会引领你明理，陶冶情操，促使你奋发图强；让你在人生道路上采撷生活的音符，酝酿出一首岁月之歌，唱出春花秋月，落英缤纷；让你在成长中搭起攀登的阶梯，快乐地走向明天。

"满腹诗书气自华，最是书香能致

远”。朋友们，让我们在如歌的花季岁月里，崇尚书香，营造书香，常伴书香，尽情地享受书香，吮吸生活的甘甜。

名人名言

读书好比串门儿——隐身的串门儿。要参见钦佩的老师，或拜谒有名的学者，不必事前打招呼求见，也不怕搅扰主人，翻开书面就闯进大门，翻过几页就登堂入室；而且可以经常去，时刻去，如果不得要领，还可以不辞而别或者另请高明，和他对质。

——[中 国]杨 绛

书籍所赋予我们的思想，比现实生活赋予我们的更加生动活泼，正如倒影里面反映的山石花卉常常要比真实的山石花卉更加多姿迷人一样。

——[美 国]约翰·卢保克

阅读浸润人生

每个人都和我一样，不懂得“阅读”含义的时候，就已经开始阅读了。小时候，看到父亲拿着报纸看，我也走过去瞧瞧，看见姐姐、堂兄拿着书读，我也抢过来翻翻。

到了上学的年龄，进了校园读书、识字，感到很快乐。那时候课本少，作业也少，闲暇时间多，我就到新华书店、小人书摊翻阅书籍。那时书店的柜台书架不是敞开的，不能随便翻看书籍，而是你要买哪本书，售货员才拿过来让你看看。而且时间不能过长，否则人家会跟你要的，说是怕你弄脏书。其实是你翻得时间长，怕你只看不买，人家会厌烦的。小人书摊的书也不能随便看，看是要付钱的：一分钱看薄的，二分钱看厚点的，五分钱看好几本。就这我还是没钱看，每次只能站在小伙伴后面跟着一起看。

到了更大时候，我走进了县上的图书馆，图书馆有两部分，一是借书，二是阅览。我经常来到阅览室，浏览书架上摆放的那些五彩缤纷的画报和报刊。我兴致勃勃地翻阅，那时，我也注意到阅览室里读者的表情，就知道期刊、报纸和画报里有好多好看的故事，大家喜欢看，我幼小的心里感受到了人们渴求知识的心情和欲望。

当我理解了阅读的内涵和它对人生的意义的时候，阅读已成为我人生的一大兴趣，捧起书报刊如痴如醉，孜孜以求，丝毫不倦。阅读给了我知识的力量，更让我得到了前人学以致用的经验。一位学者曾经说过：“历史使人明智，诗歌使人灵秀，数学使人周密，科学使人深刻，伦理学使人庄重，逻辑修辞使人善辩，凡有所学，皆成性格。”我的阅读经历，虽没有使我变得明智、灵秀、周密、庄重、善辩，但却浸润着我的生活，奠基着我的人生之路，能够走得更远。

阅读是一种沟通。人与人的沟通，人与自然的沟通，历史的、现代的，近的、远的，甜的、酸的，精彩的、无奈的，成功的、失败的……无不在阅读中相互融合又相互分离。阅读是一种汲取，无论是家存诗书还是窖藏老酒，无论是古韵京腔还是真草隶篆，无论是轩辕古藤还是华夏新枝，无论是大众俗语还是百家经典，无论是传统纸媒还是网络手机，没有阅读便没有睿智，没有深邃，没有长袖阔带的文气，没有风流倜傥的洒脱和浪漫。

阅读，就是浸润人生，体验生活，感受快乐；

阅读，就是关注生命，融入自然，收藏阳光；

阅读，就是访问名人，倾听心声，吮吸甘泉；

阅读，就是穿越时光，翻阅历史，仰望蓝天。

朋友，阅读吧，起初的星星点点，会给你的人生阳光一片。

名人名言

智者阅读群书，亦阅历人生。

——[中 国]林语堂

课外阅读，用形象的话来说，既是思考的大船借以航行的帆，也是鼓帆前进的风，没有阅读，就既没有帆，也没有风。阅读就是独立地在知识的海洋里航行。

——[苏 联]苏霍姆林斯基

一生学习

人的一生是学习的一生，学习是没有终点的，学习是终身的事业，不断地学习是人一生的追求。只有不断地学习，才能登上人生的一个又一个高峰，才能开创生命的辉煌。

学习可以增加一个人的知识储备，让人永驻青春，气质非凡。就像人一样，年轻时拥有如花的或英俊或漂亮的容颜，但是春夏秋冬，一年一年，容颜易逝，青春难留，一旦时间远去，容颜渐老，人就会失去光彩，不再有属于自己的光芒。而我们不断学习，才华横溢，有知识做依托，气质已不再依附于容颜与青春，而依附于内在的修养和学识，这样虽容颜失色，却“腹有诗书气自华”，青春常在，依然绽放着如花的芳香。

“知识就是力量”，这种力量并不会自发地表达出来。我们只有通过在一步步的学习过程中，掌握了生存的本领，获得了知识的财富，并通过知识转化为力量。那我们就等于站在了巨人的肩上，可以看得更高，更远。

学习是终身的，永远都不晚。生活中也许我们会听到有人说：我年纪大了，学那么多有用吗？也有人会说：现在的工作我都做得了，学多了不一定能派上用场，还有人觉得自己文凭高，不用学习。但是，无论你的文凭多高，官有多大，年龄在哪个阶段，身处哪种环境，成就有多大，你都应不断地学习。前人说得好：活到老，学到老。人生是永远不会毕业的。学习应该成为我们一生的课堂。

学习要日积月累，珍惜时间。人的一生要做许多事，学习的时间其实少之又少。善于学习的人，知道珍惜自己宝贵的时间，唯有那些徘徊在知识宝库门外的人才会白白消磨自己的时间，去做毫无意义的事情。那些走到知识宝库的门口，轻叩门扉或伸进头去略瞟一眼，就自以为已登堂入室了，却不肯继续登攀的人，只能白白浪费大好光阴。如果我们还年轻，那就不要在这宝贵的日子里挥金如土，我们的时间不是再生能源，它会在某一个时候停歇，在某一刻溜走。因此，我们的时间不是很多，而是少得可怜。正如宋代文学家苏东坡有这样的诗句："竹中一滴曹溪水，涨起西江十八滩。"汇涓涓细流以成大海，积点滴时间以成大业。学习中的"点滴"时间会为我们架起成功人生的桥梁。

人生中有的事可以在最短的时间内完成，但是，学习却只能通过一点一滴不断积累。古往今来，凡能成大业者，并不是因为他们天生就能成大业，而是在学习的过程中，摸爬滚打逐渐积累了站立的资本才改变了人生的命运，才展开双翅在蓝天白云间翱翔。

朋友，学习吧！学习，学习，再学习。一生学习，更好地享受人生这短暂而又漫长的时光。

名人名言

只要不断学习，就永远不会衰老。

——[中国]徐特立

人不光是靠他生来就拥有的一切，而是靠他从学习中所得到的一切来造就自己。

——[德国]歌德

感沐党史的光华

七月，骄阳似火，迎风飘扬的党旗更加光彩绚丽；

七月，热情奔放，娇艳盛开的花朵更加尽情绽放。

我们走进革命历史博物馆，把目光投向浩茫的历史长河。我们手捧一本讲述党史的书籍，捡拾先辈们点燃的精神火种。

“读党史，知党情”，我们仿佛看到了90年的光荣党史。从艰难、曲折到胜利、辉煌，每一个脚印都蕴藏着一个动人的故事，每一个故事都颂扬着一个不朽的传奇。

我们没有聆听到革命战争中那隆隆炮声，没有看到那弥漫的战火硝烟。但我们从历史的长征中，从飘扬的党旗中，读懂了先辈们艰辛跋涉、血汗交融的悲壮履历。

翻开党史，我们看到了那么多的革命先烈，那么多的干部战士，那么多的爱国人士，前赴后继，顽强奋战，不仅创造了赶走侵略者，建立新中国的奇迹，也为我们留下了大笔精神财富。新中国成立以来，感动中国的人物依然层出不穷，他们坚持着崇高的理想，恪守自己的誓言，牢记党的宗旨，在平凡的岗位上，做出了不平凡的业绩，让党旗闪光，令百姓感动。

读党史，知党情，抚今追昔。今天，当我们仰望苍穹，向祖国蓝天放飞彩球，遥想先辈们的在天之灵，感受先锋楷模风采，怎能不让我们感怀，不让我们敬仰。

党史告诉我们，中国从贫穷落后中汲取了沉痛教训，用无数先烈的鲜血换来了民族的尊严和人民的觉醒。60年的社会主义建设，祖国的繁荣昌盛，足以让国人骄傲，让世人震惊。

党史告诉我们，中国人民是伟大的人民，中华民族是坚强的民族，是从不屈服外来侵略的民族。

党史还告诉我们，落后就要挨打，发展才是硬道理。

读90年党史，只有共产党能够救中国的真理，将永远铭刻在我们心里。

时光的流变，折射出党的辉煌历程；岁月的尘埃，蒙不住共产主义精神魅力。让我们在90年党的光辉历程中，放缓脚步，沉静心情，享受精神的丰盈，感沐共产党人理想的光华。

名人名言

历史便是人生，历史是我们全部的人生，就是全部人生的经验。

——[中 国]钱 穆

历史是时代的见证，真理的火炬，记忆的生命，生活的老师和古人的使者。

——[古罗马]西塞罗

党旗，我为你歌唱

万丈天幕，绯红如霞。铁锤与镰刀交叉，构成了神圣的旗帜——党旗。

我爱党旗，爱得炽烈，爱得情深，爱得久长。我愿意为您歌唱，您像一轮初升的太阳，给了我生命的力量。

鲜红的党旗，挺立在中华大地，迎风一展，燃烧起熊熊的燎原之火，让祖国每一寸土地，都充满生机，让祖国的一年四季永驻明媚的春光。

鲜红的党旗，壮丽，巍峨，光芒无比。您泼染了沧海桑田，给鲜花以艳丽的色彩，给雄鹰以飞翔的翅膀，给寒冷以幸福的温暖，给耕耘者以快乐的欢唱。为了让中华民族振兴雄起，党旗，召唤着中国人民昂首阔步，挺直脊梁；党旗，引领着各行各业改革开放，奋发图强。二十一世纪，神州大地，处处焕发生机，晴朗天空千万个奇迹飞翔。

鲜红的党旗，总是以美的色彩、美的姿态，给我以憧憬，以信念、力量，给我以奋发的豪情、拼搏的勇气和坚毅的志向。曾在我幼小的心田播下光明的种子，打开了我智慧的门窗，照亮了我生活的道路，让我向着理想境界的春天瞭望……

鲜红的党旗，庄严，肃穆，闪烁辉煌。您映着我的脸庞，拨动着我的心房。我向您耀眼的光华敬礼，为您光辉的业绩歌唱。愿我的歌，迸发着热力的音符，燃烧在您那永不熄灭的光焰之中；愿我的心，闪烁着金子的光泽，熔铸进您那青春常驻的伟大生命。让我热爱的党旗，永远、永远在祖国的蓝天下迎风飘扬。

党旗啊！今天，我们沐浴在党的阳光里，就像一朵朵鲜花在怒放；我们滋润在党的雨露里，就像小树苗在成长；我们生活在党的春风里，就像小燕子在飞翔。我们做党的好孩子，荡起幸福的双桨，歌唱童年的欢乐，在成长的道路上，张满风帆，放飞理想。

名人名言

不管前面是地雷阵还是万丈深渊，我都将勇往直前，义无反顾，鞠躬尽瘁，死而后已。

——[中 国]朱镕基

坚强的灵魂在驱使时间的大地上前进，就像“石头”在湖上漂浮一样，没有信仰的人就会下沉。

——[法 国]罗曼·罗兰

红领巾心向党

每个人都有自己的生日，我们的党也有自己的生日，7月1日是党的生日。

党的生日，我和爸爸妈妈一起向党祝福。

爸爸唱着歌："我把党来比母亲，母亲只生了我的身，党的光辉照万代……"

妈妈唱着歌："党啊党啊，亲爱的妈妈，你用那甘甜的乳汁，把我培养大，教我学文化……"

我也唱支歌："我们是共产主义接班人……"

歌声唱遍大地，唱响天空，唱亮了星星，唱红了太阳。歌声在我心中回荡，让我懂得：没有共产党就没有新中国。

是伟大的中国共产党，带领全国人民翻身把主人当；是前赴后继的中国共产党员，用实实在在的行动，诠释出何为无私奉献，何为人生的真正价值。

许多道理，我们虽然还不大懂得，但我知道，我们今天的生活幸福甜蜜；我们今天的心情快乐无比。祖国日新月异的变化，似一幅幅美丽而壮观的画卷，新时代的曙光为迎接我们而放射出万道灿烂霞光。

今天，党旗映红我们的队旗，指引着胜利的方向，鲜红的领巾，激励着我们天天向上。

红领巾心向党。让我们站在鲜红的队旗下，向党的生日敬礼！让我们举起右拳向党旗宣誓：努力学习，学好本领，建设祖国，报效人民，让一个强大的中华民族永远屹立在世界的东方！

名人名言

我们一定要经常教育我们的人民，尤其是我们的青年，要有理想，为什么我们过去能在非常困难的情况下奋斗出来，战胜千难万险使革命胜利呢？就是因为我们有理想，有马克思主义信念，有共产主义信念。

——[中 国]邓小平

信仰是精神的劳动；只有高尚的组织体，才能达到信仰。

——[俄 国]契诃夫

党旗·队旗

七月，一个彩色的花季。那艳艳的骄阳，给大地镀上了一层烁烁的黄金；那郁郁的树林，披上了一身翠翠的绿装；那盛开的鲜花，露出了千姿百态的笑颜……还有那鲜红鲜红的党旗映衬着队旗，她们和共和国国旗一起闪烁着迷人的朝气。

我爱党旗，爱得炽烈，爱得情深。

党旗辉映着春光，是那么高尚，那么庄严，又是那么亲切而又热烈！她像朝霞，在峰峦上闪耀；她像炽热的火焰，在旷野燃烧；她像多彩的鲜花，在园中绽放；她像鼓风的征帆，在大海里迎风破浪，把未来开启。

7月1日，是党的生日。我们向您敬礼！光辉的党旗——金色的镰刀铁锤普照大地，在您的后面，飘扬着共青团团旗，也紧紧跟着我们星星火炬的队旗。

队旗为什么和党旗一个颜色——由烈士的鲜血染成，来得不易。

那闪烁着星星和火炬光芒的队旗，在少先队员的心中幼小的心田播下光明的种子，打开智慧的门窗。指引着我生活的道路，向着理想境界的春天瞭望，留给人生多少美好的回忆。

我爱队旗，爱得专一，爱得久长。

今天，我是一粒种子，在队旗下抽芽绽绿；明天，我在党旗下开花结果。

今天，我是一棵树苗，在队旗下茁壮成长；明天，我在党旗下成为栋梁。

党旗，您闪烁的血液般的光泽，永远熔进我生命的世界里。

名人名言

我荣幸地以中华民族一员的资格，而成为世界公民。我是中国人民的儿子，我深情地爱着我的祖国和人民。

——[中 国]邓小平

责任、荣誉、国家，这三个神圣的名词庄严地提醒你应该成为怎样的人，可能成为怎样的人，一定要成为怎样的人。它们将使你精神振奋，在你似乎丧失勇气时鼓起勇气，似乎没有理由相信时重建信念，几乎绝望时产生希望。

——[美 国]麦克阿瑟

祖国妈妈，我爱你

翻开日历，看到一张鲜红的“十一”，噢，今天呀，是祖国妈妈的生日。到处都能看到鲜艳的五星红旗，不断听到呼唤祖国母亲的声音。

美丽的鲜花开遍大地，人人心里充满着温馨甜蜜。爸爸妈妈写文章把祖国叫母亲，叫得那么亲；叔叔阿姨用歌声唱祖国母亲，唱得那样深情，眼里还闪着泪花，对母亲的爱发自内心；弟弟的生日刚好也是“十一”，我们一起为他过生日，点燃五根红蜡烛，点燃起了对祖国的祝福，也点燃起我们心中的希冀。

风儿吹美了心灵，阳光映红了领巾。小伙伴们仰起一张张笑脸，大家一起画张画，你画一面五星红旗，我画雄伟的天安门，他画一尊雄狮，我们一起画国庆节美丽的烟火和花朵。爸爸妈妈望着这幅画，问我们题目起什么？我们齐声回答——祖国妈妈，我爱您！

热闹的“十一”，快乐的“十一”。我们又一起跳皮筋，一边跳，一边说——鲜花装在花园里，金鱼装在湖泊里，彩霞装在蓝天里，白云装在大海里。我们心里装什么？祖国装在心窝里。

名人名言

国家是大家的，爱国是每个人的本分……我觉得凡是脚站中国土地，嘴吃中国五谷，身穿中国衣服的，无论男女老少，都应当爱中国。

——[中 国]陶行知

爱国之人，把其根深植在本能以及情操里；国家之爱，乃是亲人之爱的扩大延长。

——[德 国]费希特

五十六个民族五十六朵花

960万平方公里的疆域，盛开着56朵艳丽的民族之花。开在高山，开在平原。

56朵民族之花，聚集着我们56个民族的少年。不同的服装，不同的语言，共同的情怀，共同的笑脸。

中华民族，是我们共同的名字。振兴中华，是我们共同的心愿。党的阳光照耀，天空云霞金灿灿，一道道霞光一道道长虹，连结着天地，连结着我们的心田。

中华民族，那是一部浩瀚的史册，那是一轴长长的画卷，那是炎黄子孙高擎的旗帜，那是华夏儿女的根茎……我们无论身在何方，都是龙的传人；我们无论说着什么语言，都为中华文化的形成和发展作出了独特贡献。

我们同是祖国的未来，共同感受着阳光的温暖。我们同是新时代的花季少年，共同乘坐一艘破浪的航船。飘扬的五星红旗，是永不降落的风帆。我们同是懂得团结友爱执著坚定的中国娃娃，从不离群独处，也不孤芳自赏，我们知道自己如一滴水，只有融进广阔的大海才会永远不干；我知道互相鼓励互相搀扶，齐摇桨橹的航船才能驶向光明彼岸。

56个民族56朵花，56个民族的每一个小伙伴，在祖国幸福的摇篮荡漾。多少童话，多少欢笑，随着白鸽送到窗前；多少梦幻，多少向往，随着彩霞铺展蓝天。我们手拉手，托起民族希望，我们肩并肩，负起华夏的尊严。

群山起舞，舞中华之繁荣；江河欢唱，唱华夏之昌盛。让我们一同启程，用智慧和劳动描绘祖国繁荣昌盛的画卷。

名人名言

中国人是富于美感的民族。

——[中 国]蔡元培

这样就站起来吧，我的民族！加紧自己的两手和心灵的力量，这个力量是再大的灾难也不能摧毁的。

——[匈牙利]裴多菲

祖国大家庭

56个民族，56朵花。

多么美丽，多么芬芳。

56个伙伴是一家，我们有着一个幸福美丽的家园。

红日，蓝天，彩云翩翩。

原野，绿地，鲜花灿灿。

长江，黄河，清水湾湾。

我们在祖国大家庭里，多么幸福，多么亲昵。你是姐姐，我是妹妹；你是哥哥，我是弟弟。我们团结友爱，一起相聚在天安门前。

我们在祖国大家庭里，像鲜花一样美丽。你是茉莉，我是雪莲；你是月季，我是牡丹。我们沐浴明媚的阳光，吮吸亮晶晶的雨露，张开灿烂的笑脸。

中华民族是我们共同的名字。我们穿着不同的服装，讲着不同的语言，却抒发着共同的情怀，振兴中华是我们共同的心愿。

祖国大家庭，鲜花多芬芳；祖国大家庭，伙伴肩并肩。我们一起把家园装扮得更加美丽，把祖国建设得更加富强。

名人名言

我们反对两种民族主义——大汉族主义和地方民族主义的共同目的，就是建设社会主义的祖国大家庭。

——[中 国]周恩来

正是这种民族主义强迫民族与民族之间相互疏远。它们很像森林中的树木，都想傲然独立，但在地下深处，它们的根却盘结交错，在地面上空，它们的枝叶却相互依偎。

——[奥地利]茨威格

奥运·圣火

圣火心中燃，奥运梦今圆。千年历史的泱泱大国，千年文化底蕴的深厚积淀，千年民族梦想的殷殷期盼，千百万人的关注与祝福，千千万万个日夜的不懈努力与付出。2008年8月8日，奥林匹克的五环旗，终于在中国北京的上空飘扬。奥林匹克的圣火，在中国大地上燃烧，点燃了炎黄子孙的激情；终于照亮了奥运盛会的夜空，昭示着中华民族的复兴。

希望和梦想，光明和欢乐！神圣之火与奥运相伴相随，给地球带来温暖和光明，给人类带来生命与活力。远古时代的中国就曾有燧人氏“钻木取火”的美妙传说，西方神话中为人类幸福而去取天火的普罗米修斯也被视为伟大的英雄。两个不同文化语境下的故事寄托了相同的期盼——光明，希望，欢乐，安康。这是全人类的共同追求。

源自太阳神的奥运圣火承载着人类友谊、团结、和平与正义的想象，是奥林匹克理想和精神的崇高象征。

2008年3月24日，北京奥运会圣火在古奥林匹亚遗址点燃，承载着奥林匹克神圣之火的“祥云”火炬开始了“和谐之旅”。当这个集聚中国元素的火炬在世界上热爱和平、热爱运动的各种肤色的人们手中传递时，当这个闪耀着中国人智慧光芒的奥运火炬在我们自己的土地上、在少年儿童的手上或身边传递时，我从你们那含情的眼睛和灿烂的脸庞上看到，激情的圣火在心中点燃，化成一种巨大的潜在力量，激荡色彩斑斓的梦想，照亮人们的心路历程。

奥运，是团结、友谊、进步、和谐精神的象征。

圣火，是点燃少年儿童心中理想信念的神圣之火。

名人名言

寄语年轻朋友，千万要持之以恒地从事运动，这不是嬉戏，不是浪费时间。健康的身体是做人做事的真正本钱。

——[中 国]梁实秋

保持健康，这是对自己的义务，甚至也是对社会的义务。

——[美 国]富兰克林

奥运·福娃

百年奥运，中国圆梦。同一个世界，同一个梦想。2008北京奥运，一届渗透着中国13亿人民的心血、具有中国风格、高水平的奥运会已经呈现在全世界面前。神圣之火燃激情，五环旗帜在飘扬，奥运精神发扬光大，吉祥物福娃欢笑起舞……

福娃的色彩和灵感来源于奥林匹克五环，来源于祖国辽阔的山川大地、江河湖海和人们热爱的动物形象。五个可爱的亲密小伙伴，多像五个小精灵，他们童稚的笑脸向世界各国的运动员、教练员和观光的人们敞开了热情的怀抱——北京欢迎您！

贝贝，繁荣与收获的象征。告诉朋友，我们事业有成和梦想的实现；

晶晶，人与自然的和谐共存。告诉人们，北京奥运是绿色奥运，人文奥运；

欢欢，心中激情万丈，将奥运精神传递得更快、更高、更强；

迎迎，来自于青藏高原，把健康的美好祝福传向世界，传给每一位运动员；

妮妮，一只含情的小燕子，展翅飞翔，把幸运带给人间。

奥运会上，五位福娃团结、友谊、进步、和谐，彰显了奥林匹克精神，展现了梦想与渴望，由于他们的努力，使奥运会变得好生动、好亲切、好亲近喔！

同一个世界，同一个梦想。少年朋友们，努力进取，不断进步，我们要像“福娃”那样，用心感受奥林匹克精神，用爱实现奥林匹克理想。

名人名言

一个人的身体，绝不是个人的，要把它看作是社会的宝贵财富。凡是有志为社会出力、为国家成大事的青年，一定要十分珍视自己的身体健康。而这必须从年轻时期就打好基础，随时地去锻炼身体。

——[中　国]徐特立

运动的作用可以代替药物，但所有的药物都不能代替运动。

——[法　国]蒂　素

民族团结是力量

“团结就是力量。这力量是铁，这力量是钢，比铁还硬，比钢还强。”这首著名的《团结就是力量》，曾经擂响了各民族团结救亡、打败日本侵略者的前进战鼓，吹响了各民族团结建设新中国、建设社会主义的激越号角。我们各族少年儿童也在这首歌的旋律中幸福地凝聚在祖国的怀抱。

我们是炎黄子孙，我们是龙的传人。中华民族在五千年的风雨历程中，开创了辉煌大业。纵观世界历史，没有哪个民族像中华民族这样永远富有活力与希望，没有哪个文明古国像中国长青不老。我们为民族团结自豪，我们为祖国富强骄傲。

今天，我们伟大祖国已经崛起，像一头雄狮醒来，让世界震惊。社会、经济高速发展，人民生活水平不断提高。各族人民同呼吸、共命运、心连心、手挽手、肩并肩，携手谱写了中华民族自强不息、团结奋进的壮丽史诗；共同唱出了共产党好、社会主义好、伟大祖国好、民族团结好。

中华民族生生不息，靠的是各民族团结友爱。团结就是生命，团结就是力量，团结就是形象，团结就是胜利，团结就是希望。我们各族少年同是祖国的未来，共同感受阳光的温暖；我们同是新时代的雏鹰，一起聚集在祖国的怀抱。面对鲜艳的国旗，面对神圣的大地，团结的力量把我们推促，华夏的责任把我们感召。

千里之行，始于足下。让我们接过民族团结的伟大旗帜，继往开来，携手并肩，用智慧和劳动把祖国建设得更加美好！

名人名言

每个人应该遵守生之法则，把个人的命运联系在民族的命运上，将个人的生存放在群体的生存里。

——[中 国]巴 金

要永远觉得祖国的土地是稳固地在你脚下，要与集体一起生活，要记住，是集体教育了你。哪一天你若和集体脱离，那便是末路的开始。

——[苏 联]奥斯特洛夫斯基

后记

做了几年少儿期刊的主编，最让人自豪的是我始终拥有天真，远离世故。我觉得人除了情感丰富之外，还必须有思想。写文章也是如此，不仅要有激情，更要有思想。

2007年9月，我主持召开第二届"《少年月刊》创新与发展"理论研讨会，有编辑提出"卷首语"作为刊物的"魂"和"根"，应该由主编亲自撰写，并建议"卷首语"栏目名改为"主编寄语"，以增加办刊人与读者的亲和力。经过大家的讨论、策划，最后拟定每期以"卷首语"的形式刊发一篇短小的励志美文，形成区别于其他刊物的特色，又能代表本刊品位，给读者以美的享受，并具有诵读性、启发性和激励性。

当我欣然接受了这一"任务"后，"写什么，怎么写"成了思考的重点。"卷首语"作为一个期刊的"魂"和"根"，说明了它的重要性，读者对象是青少年，正处于"人之初"，那么，我写的"卷首语"对他们要有一种"人生"的影响，无论学习还是生活，做人或者处世，这种影响要伴随孩子们的一生。这点思想，我还是蛮自信的。因为人生的好习惯，大多都是在青少年时代养成的，并伴随一生。1987年25位诺贝尔奖获得者在巴黎集会。有人问一位诺贝尔奖获得者："你在哪所大学、哪个实验室学到了人生中最主要的东西？"这位白发苍苍的学者出人意料地回答：是在"幼儿园"。"在幼儿园学到了什么呢？"学者回答："把自己的东西分一半给小伙伴；不是自己的东西不要拿；东西要放整齐；吃饭前要洗手；做错了事情要表示歉意；要注意观察周围的大自然。从根本上说，我学到的东西就是这些好习惯。”这个故事告诉我们，对一个人来说，要成就学业、事业，要拥有美好人生，青少年时期的细枝末节，对于主宰人生至关重要。

然而，在当今社会转型期，许多人的迷茫和颓废是一种常有的现象。迷茫的人想努力但无处使力，找不到自己需要努力的方向；颓废的人没有理想信念，缺乏进取心。针对这种现象，我想以“卷首语”作为载体，以“健康、向上”的姿态干预青少年生活中的细枝末节，让他们走一条属于自己的阳光道路。

于是，我的“卷首语”便在这样的思想基础上应运而生了。志向、目标、信念、求知、毅力、刻苦、宽容、谦卑、专心、认真、惜时、耐心、勇敢、顽强、乐观、上进、成长、成才……这些“人生”成功必不缺少的元素，成为我写“卷首语”的首选。

写作体裁定位为“文字美、韵律美、有诗意、有意境”而且可读可诵的散文诗，既给予孩子们希望，又给予文学陶冶和美的享受。在写作风格上力求适应少年儿童那种稚嫩的心灵，文章短小，文字优美清新，篇篇散发浓浓的诱惑力。语言文字童腔童调，充满着甜甜的“奶味”。写作时做到精雕细刻，字字斟酌，字里行间渗透爱的乳汁，让青少年的生命之花绽放绚烂的色彩。

几年过去了，我写了许多这样的“卷首语”，在我主编的刊物和其它报刊上都有发表，受到了广大读者的喜爱和好评。省新闻出版局审读室主任薛耀晗称赞“主编寄语”优美、清新、富有特色；作家程普、佟希仁、李冀林或打电话、来信赞叹：“‘主编寄语’看着欣心悦目，读着耐人寻味。”许多学校的老师，少先队辅导员对“主编寄语”倍加称赞。城固县考院实验小学三年级班主任方艳萍专门给我写信说：“今在百忙之中来信打扰您，主要是因为阅读了您在贵刊2009年1、2期小学高年级版上亲自为孩子们寄语的《新年渴望成长》，我深受启发和震撼！您是多么关心少年儿童成长，您是多么富有爱心、童心啊！我们对您肃然起敬！我还特意组织学生们把这篇文章当范文学习，孩子们都能够熟读成诵了……”读者的真情实感渗透在字里行间，着实让我感动，怎能让我不倾注思想、倾注心血为孩子写好人生“卷首语”呢？

本书的完成，得益于中国寓言文学研究会副会长兼秘书长、北京少年儿童出版社策划总监、著名儿童文学作家安武林先生的热情关怀，并在百忙中应允为本书作序。我的老领导、原团省委书记、现任中共渭南市委书记庄长兴，建议并鼓励我结集出版“卷首语”，以影响更多青少年成长成才。同时，原团省委书记、现任中共咸阳市委副书记卫华和团省委书记李豫琦，副书记张小平、段小龙，纪检组长赵莉萍鼓励支持我多给青少年人生“寄语”。还有省教育厅基教一处的王跃生处长，团省委少年部的谢小义部长和我的同行郭晓英大姐、永安兄、卫柯老弟以及杂志社的同仁们的智慧支持和关注。在此，向所有曾经帮助过我的老师、同学、朋友表示心中最最衷心的感谢和祝福。

最需要感谢的是西安电子科技大学出版社总编辑阔永红和责任编辑南景对本书的出版所付出的辛勤劳动和热忱支持，还有我的朋友温斌、董欣、石长生为本书设计、排版、校对倾注了心血。

愿这本《人生卷首语》散文诗集能受到广大青少年的欢迎，得到广大教师、少先队辅导员、班主任和家长的喜爱，我相信这本书一定会点燃你人生智慧的明灯，助你的人生走向成功。

陈希学

2011年冬月于西安庸耕斋